BASTEI
LÜBBE

MICHAEL CLYNES
im Bastei-Lübbe-Programm:

13 470 Im Zeichen der weißen Rose
13 515 Das Myterium des vergifteten Kelches
13 568 Die Morde des Heiligen Grals

MICHAEL CLYNES

DIE VERSCHWÖRUNG VON FLORENZ

Roman

Ins Deutsche übertragen
von Hans Freundl

BASTEI
LÜBBE

BASTEI-LÜBBE-TASCHENBUCH
Band 13 631

Erste Auflage:
April 1995

Deutsche Lizenzausgabe 1995
by Bastei-Verlag Gustav H. Lübbe
GmbH & Co., Bergisch Gladbach
Originaltitel: A Brood of Vipers
Lektorat: Dr. Edgar Bracht
Titelbild: Richard Jones,
Headline Book Publishing
Umschlaggestaltung:
Quadro Grafik, Bensberg
Satz: KCS GmbH,
Buchholz/Hamburg
Druck und Verarbeitung:
Brodard & Taupin, La Flèche,
Frankreich
Printed in France

ISBN 3-404-13631-4

Gewidmet einem wirklich guten Arzt:
Dr. Paul Charles Siggins,
M. B., B. S., M. R. C. G. P.
und seiner Familie in Leytonstone

Historische Persönlichkeiten, die im Buch erwähnt werden

Heinrich VIII.: Bluff King Hal oder der Große Schlächter. Er war sechsmal verheiratet und hatte eine ganze Schar von Mätressen. Er ist der ›Maulwurf‹ oder der ›Dunkle Prinz‹, von dem der Zauberer Merlin in seinen Prophezeiungen sprach.

Katharina von Aragon: eine spanische Prinzessin. Die erste Ehefrau von Heinrich VIII. und Mutter von Maria Tudor. Sie war zuerst mit Heinrichs Bruder Arthur verheiratet, aber die Ehe wurde nie vollzogen.

Anne Boleyn: Tochter von Sir Thomas Boleyn (›ein wahrhaft verkommener Mann‹). Zweite Ehefrau von Heinrich VIII. und Mutter von Elisabeth Tudor.

Elisabeth I.: Königin von England, Tochter von Heinrich VIII. und Anne Boleyn. Man nannte sie die ›jungfräuliche Königin‹, aber Shallot behauptet, einen Sohn von ihr zu haben.

Heinrich VII.: der erste Tudor-König, ein ziemlicher Geizhals. Vater von Arthur und Heinrich.

Arthur: Heinrichs älterer Bruder. Er wurde im Alter von 15 Jahren mit Katharina von Aragon verheiratet, starb aber ein Jahr später an Schwindsucht.

Thomas Wolsey: Der Sohn eines Schlachters aus Ipswich stieg zum Erzbischof von York auf, wurde Kardinal und Lordkanzler von Heinrich VIII.

Giulio de Medici: Kardinal, Herrscher von Florenz, der 1523 als Clemens VII. zum Papst gewählt wurde.

Will Shakespeare: der berühmte englische Dramatiker. Shallot behauptet, Shakespeares Gönner und Vertrauter gewesen zu sein und ihn in mannigfacher Weise inspiriert zu haben.

Savonarola: ein feuriger italienischer Sittenprediger im 15. Jahrhundert. Er begründete in Florenz eine kurzlebige ›Gottesrepublik‹, wurde dann gestürzt und hingerichtet.

Leo X.: einer der ersten Medici-Päpste zu Beginn des 16. Jahrhunderts. Sein skrupelloses Gewinnstreben war einer der Gründe für Martin Luthers Aufstand.

Martin Luther: ein deutscher Mönch, Mitglied des Augustiner-Ordens. Er führte den Widerstand gegen Korruption und den moralischen Verfall des Papsttums an. Luther gilt als einer der Begründer des Protestantismus.

Lorenzo de Medici: Ende des 15. Jahrhunderts Herrscher über Florenz. Er war ein Förderer der Künste; unter seiner Herrschaft erlebte die Stadt ihre größte Blütezeit.

Francis Drake: ein berühmter englischer Seefahrer und einer von Elisabeths Kommandeuren in der Seeschlacht, die zum Untergang der spanischen Armada führte.

Alexander VI.: einer der Borgia-Päpste, Onkel von Lukrezia und Vater des noch verrufeneren Cesare.

Suleiman der Prächtige: Herrscher über das Osmanische Reich.

Machiavelli: florentinischer Schriftsteller. Sein Hauptwerk ›Der Fürst‹ ist eine Analyse von Politik und Macht.

Adrian VI.: ein Reformpapst, der 1523 unter mysteriösen Umständen starb.

Karl V.: Verwandter von Katharina von Aragon, Herrscher über Spanien und das Heilige Römische Reich.

Prolog

Gibt es einen Zusammenhang zwischen Heirat und Mord? Diese Frage stellte ich mir unlängst, als mein Schreiber, Gott segne den kleinen Furzer, mich um Erlaubnis bat, heiraten zu dürfen.

»Heiraten in Eile bereut man mit Weile«, entgegnete ich.

Da trollte er sich und überließ mich meinen Gedanken. Der Frühling ist gekommen. Ich kann den Gesang der Gänse hören, wenn sie über die Sümpfe in den Wäldern von Burnham Manor fliegen. Ich greife nach meinem Stock und trete auf die Stufen meines Herrenhauses hinaus, einen Arm um Margot, den anderen um Phoebe gelegt (zwei betörende junge Gespielinnen!). Ich starre hinauf zur Sonne, die an Kraft gewinnt. Meine Augen sind schon schwach, aber ich recke mein Gesicht nach oben, um die Wärme einzufangen. Ich erinnere mich an die schönen, weindurchtränkten, mörderischen Tage unter der Sonne der Toskana, die schon eine Ewigkeit zurückliegen, als ich und mein Meister, Benjamin Daunbey, der geliebte Neffe des großen Kardinals Wolsey, nach einem Mörder suchten. Ah ja, Wolsey, der Kanzler und wichtigste Berater des größten Schweinehunds, den unser Königreich jemals hervorgebracht hat, Heinrich VIII., von Gottes Gnaden König von England, Schottland, Irland und Frankreich.

Ich drehe mich um und kehre zurück in die große Halle. Mein Blick wandert zu den kleinen Bildern von Holbein dem Jüngeren, die die ›Große Bestie‹ in all ihrer Pracht zeigen – Heinrich VIII. mit seinem feisten, kräftigen Gesicht, dem golden schimmernden Bart und den unverwechselbaren Augen. O Herr, diese Augen! Wie die eines Wildschweines, kurz bevor es auf einen losgeht. Und diese Lippen! Diese nassen, triefenden Lippen! Ich erinnere mich, wie dieser Mund einmal dicht an mein Ohr gepreßt war.

»Shallot!« zischte Heinrich damals. »Ihr werdet Euch in Tyburn vor Angst in die Hosen scheißen! Und Euren schönen kleinen Hals wird man wie ein Stück Tuch in die Länge ziehen!«

Nun ja, da hat er sich wohl geirrt, habe ich recht? Der alte Shallot hat das alles überlebt, und ich habe einmal mehr unter Beweis gestellt, daß ich über den schärfsten Verstand und die schnellsten Beine der ganzen Christenheit verfüge. Roger Shallot war nicht umzubringen, wenngleich es an Versuchen nicht gefehlt hat, ins Werk gesetzt von den Legionen niederträchtiger Mörder, die ich im Laufe all der Jahre kennenlernen durfte. Nein, nein, Roger Shallot gedieh und entwickelte sich wie der Lorbeerbaum in den Psalmen und die Zedern des Libanon.

Jetzt bin ich, Sir Roger Shallot, schon über neunzig Jahre alt, Ritter des Hosenbandordens, Ritter vom Bade, Beauftragter für das Geschworenenwesen, Mitglied des Geheimen Rates und Friedensrichter. Ich habe vier Ehefrauen gehabt, die alle schon längst tot sind, Gott erbarme sich ihrer! (O ja, ich war glücklich verheiratet! Meine Frauen waren glücklich, und ich war verheiratet!) Der alte Roger Shallot, Herr von Burnham Manor mit seinen Feldern, Weiden, Wäldern, Bächen, Karpfenteichen, Obstgärten, Scheunen und Kornkammern. Vertrauter und (ja, ich bekenne es) auch Geliebter unserer Königin Elisabeth, Gott segne sie, die Tochter von Anne Boleyn (zwei wirklich entzückende Mädchen, haben beide wunderschöne kleine Brüste!).

Was hat der alte Shallot schon alles erlebt! Aber es war ein langer Weg! Geboren in Ipswich zur Zeit der großen Seuche, wuchs ich auf, wenn auch nicht rechtschaffen, wie man es von mir erwartete, aber ich wuchs auf – ich hatte ein dunkles Gesicht, dunkle Haare, eine dunkle Seele, und eines meiner Augen schielte leicht. Nein, das stimmt nicht. Ich tue mir selbst unrecht – ich hatte keine finstere Seele, nicht ich, der gute Roger! Ich habe sehr viel geliebt. Vielleicht habe ich die Verkehrten geliebt, aber das ist allemal besser, als überhaupt niemanden zu lieben. Natürlich habe ich auch einiges angestellt. Ich bin dem Mord begegnet – auf den Straßen, an den Kreuzungen bei hellem Mondenschein, in den Abwasserkanälen von Venedig, in den stinkenden Gassen von London, in der windzerzausten Heide Schottlands, an den feinen Höfen von Paris und Konstantinopel, in den rattenverseuchten Plätzen von Florenz. Ah ja, Florenz! Die goldene Stadt an den Ufern des Arno, deren Paläste mit Reichtümern, Kunstwerken und Gemälden gefüllt waren, wie sie die Welt niemals wieder zu Gesicht bekommen wird. All dies ist jetzt vorbei. Die verdammten Franzosen haben dafür gesorgt. Sie schickten ihre Soldaten über die Alpen, um zu brandschatzen und zu plündern und alle Zeugnisse menschlicher Größe zu zerstören.

Jetzt ist der alte Roger allein. Ich sitze in meiner Geheimkammer und diktiere dem Kaplan meine Lebenserinnerungen. Meinem geschätzten kleinen Schreiberling!

Und dieses kleine Männchen mit dem zusammengekniffenen Arsch und dem verkrampften Gesicht will heiraten! Ausgerechnet jetzt! Ich habe bemerkt, wie lüstern er auf Phoebes Hintern oder auf Margots üppige Brüste stiert. »Lieber heiraten als verbrennen«, sagt der heilige

Paulus, und ich glaube, ich werde meinem Kaplan wohl die Erlaubnis geben müssen, in den Stand der Ehe zu treten. Er kehrt zurück, um mit mir zu streiten. Wenn er sich nicht besinnt, werde ich ihm mit meinem Rohrstock einen Hieb auf die Finger geben und ihm befehlen, endlich mit den Aufzeichnungen fortzufahren.

Ich starre durch das Stabwerkfenster hinaus in die Sonne. Sie ist immer noch schwach, nicht so wie in Florenz, wo sie wie eine geschmolzene Scheibe niederbrennt. Ich wünschte, der Sommer würde bald kommen! Ich wünschte, ich könnte mich hinausbegeben in meinen Irrgarten, dort bei meinen Hunden und bei einem Krug Rotwein sitzen und über meine Erlebnisse berichten, von meinem Abstieg in die Hölle, wo ich Teufeln mit menschlichem Antlitz begegnete. O ja! Ich wünschte, Benjamin wäre hier (Gott lasse ihn ruhen in Frieden!) – Benjamin mit seinen gütigen Augen und dem langen, dunklen Gesicht. Er hatte den gebeugten Rücken eines geborenen Gelehrten, aber sein Herz war groß und reich wie das eines Heiligen. Wir haben damals die Welt gesehen, Benjamin und ich! Wir reisten durch Europa im Auftrage Seiner Teuflischen Eminenz Kardinal Wolseys und des Teufels höchstpersönlich, Heinrichs VIII. Ah, entschuldigt mich, mein Schreiber unterbricht mich erneut, schon wieder schwätzt er von seiner Heirat. Er möchte, daß ich sie bezahle. Der elende kleine Bastard! Er ist ein solcher Geizhals, daß sich in seiner Geldbörse wahrscheinlich schon Spinnweben gebildet haben. Er gehört zu jener Sorte von Leuten, die einer Spinne sogar noch eine tote Fliege wegnehmen würden, wenn sie damit etwas anfangen könnten! Träte man ihn ins Herz, würde man sich wahrscheinlich alle Zehen brechen! Ja, ja, mein treuer Gehilfe. Er ist immer da, wenn er mich braucht. Er ist jemand, der einem, wenn man sich in Nöten befindet, das eigene Hemd reichen würde, das man auf dem Leibe trägt, und der einem Ertrinkenden beide Enden des Seils zuwerfen würde!

»Hortet Eure Reichtümer im Himmel!« brülle ich ihn an.

Er ist so knauserig, daß er sich wahrscheinlich nicht einmal bereit finden würde, eine Anzahlung für eine Harfe zu übernehmen. Aber bevor er ins Ehebett steigt, wird er noch etwas für sein Aussehen tun müssen – und ein bißchen Gewicht verlieren, vor allem in seinem fleischigen Vollmondgesicht. Warum soll denn ausgerechnet er ein dreifaches Kinn haben, wenn alle anderen mit einem einfachen auskommen? Ich sehe, daß seine Schultern sich wieder schütteln. Dabei weiß ich nie, ob er lacht oder weint. Gewiß, er ist im großen und ganzen kein schlechter Kerl, wenn er mir nicht gerade meinen Wein stiehlt oder Margot auf den Heuboden zu locken versucht.

»Ihr trinkt zuviel Wein!« keift er.

Der elende kleine Heuchler! Wie kann er es wagen, mich belehren zu wollen! Dabei braucht man, wenn es dunkel ist, keine Kerzen, weil seine Nase so rot leuchtet, daß sie den ganzen Raum erhellt! Ich möchte Euch von einem kleinen Streich berichten, den ich ihm neulich gespielt habe. Ich mußte nach London reisen. Die alte Königin wünschte sich mit mir zu beraten, in ihren Geheimgemächern im Tower. Sie machte sich Sorgen um unseren Sohn, unseren geliebten Sprößling, den man zuletzt in Südspanien gesehen hatte, wo er versuchte, seine Memoiren zu veröffentlichen. Also, ich besuchte sie, nicht irgendwelcher fleischlichen Gelüste wegen, sondern um die Vergangenheit wieder aufleben zu lassen und sie zum Lachen zu bringen, so daß ihre rote Perücke verrutschen und die weiße Farbe auf ihrem Gesicht Risse bekommen würde. Meinen Kaplan nahm ich dieses Mal allerdings nicht mit. Ich war seiner ewigen Vorträge über das Trinken und den Wein überdrüssig. Nun, in London leistete ich mir dann einen kleinen Spaß. Ich ging zu einem Schreiber vor der Kathedrale von Sankt Paul. Ich gab mich als einer dieser Puritaner aus, Ihr wißt, welche Leute ich meine – diese erbärmlichen Kreaturen, die erfüllt sind von der teuflischen Mission, jedermann das Leben zu vergällen. Ich beschloß, mich Reverend Josiah Blackwood zu nennen, und ließ den Schreiber folgenden Brief an meinen geschätzten Kaplan abfassen:

> Werter Herr!
> Ich wurde von unserem gütigen Herrn im Himmel beauftragt, das Land zu bereisen und alle gottesfürchtigen Menschen vor den üblen Gefahren des Trinkens zu warnen. Bei meinen Reisen und Wanderungen wurde ich begleitet von einem jungen Mann namens Philip, ebenso wie Ihr aus guter Familie stammend, dessen Leben ruiniert worden war durch unzählige Becher von Rotwein, Malvasier und Ale. Während meiner Predigten pflegte Philip auf einem Schemel neben mir zu sitzen, mit rotem Gesicht, gläsernen Augen, furzend, rülpsend und obszöne Gesten vollführend. Ich präsentierte Philip als lebendes Beispiel für die teuflischen Gefahren des Trinkens. Ihr werdet es bedauern zu hören, daß Philip nun kürzlich verstorben ist. Ein guter Freund gab mir Euren Namen. Er meinte, Ihr könntet mir möglicherweise als Ersatz dienen. Daher möchte ich Euch fragen: Wäret Ihr bereit, Philips Platz einzu-

nehmen? Ihr könnt mich unter dem Zeichen der Grünen Tunika gegenüber der Kathedrale von Sankt Paul erreichen.

Herzlichst, mit gesegneten Grüßen
Reverend Josiah Blackwood

Nun, ich lachte mich fast krank. Nach meiner Rückkehr aus London fand ich meinen Kaplan ziemlich verstört vor. Er fürchtete wohl, Reverend Blackwood könnte persönlich vorbeikommen, um ihn aufzusuchen. Oh, was habe ich gelacht! Wie köstlich habe ich mich amüsiert! Es vergingen Wochen, bis er merkte, daß ich ihn verladen hatte. Ich hebe meine Hand, blicke in sein kleines, rundes Gesicht und schwöre feierlich, daß ich ihm die Erlaubnis gebe zu heiraten. Für den Kirchenschmuck werde ich Sorge tragen. Ich werde ein Bankett ausrichten. Ich verspreche, daß ich seiner Braut nichts über seine Vergangenheit erzählen werde, allerdings unter einer Bedingung: Er muß während der ganzen Zeremonie eine Maske tragen. »O tempora, o mores!«

Der kleine Mann kratzt mit seiner Feder über das Pergament. Ich werde wieder nüchtern, sobald die Erinnerungen in meiner Seele aufsteigen. Die Tür fliegt auf, und die Geister winken mich zurück durch den Korridor der Zeit, zurück nach London, als Heinrich und Wolsey das Land fest im Griff ihrer habgierigen Hände hielten. O ja, zurück zu raffinierten Ränken und ausgeklügelten Plänen! Zu Verrat, Mord und Tod durch tausend Stacheln! Benjamin wartet dort auf mich. Ich höre das Klopfen, es will nicht mehr enden. Ich öffne die Türe, und da steht der Mord mit seiner schauderhaften Fratze, er streckt mir seine blutbesudelten Hände entgegen, um mich zu begrüßen.

Kapitel 1

Im Frühling des Jahres 1523, es war das vierzehnte Jahr der Regierung von König Heinrich VIII., erholten mein Meister und ich uns auf dem Herrensitz in der Nähe von Ipswich von vergangenen Anstrengungen. Benjamin war mit seinen guten Werken beschäftigt, während ich mich nach Kräften bemühte, das Sprichwort ›Der Teufel findet auch für Müßiggänger Arbeit‹ in die Tat umzusetzen. Ich hatte versucht, im Dorf ein Apothekergeschäft zu eröffnen. Benjamin beendete mein Unternehmen, als er merkte, daß ich meine Lieferungen von einem gewissen Doktor Quicksilver bezog, der in den heruntergekommenen Häusern gegenüber von Whitefriars wohnte. Benjamin zitierte mich in seine Kammer. In seinem ovalen, dunklen Gesicht standen Wut und Enttäuschung geschrieben.

»Roger, Roger!« Er fuchtelte mit einem knochigen Finger vor mir herum. »Seit wann ist zerstampfter Frosch ein Aphrodisiakum?«

»Das habe ich nie behauptet«, erwiderte ich.

»So hast du es jedenfalls Hick, dem Postmeister, gesagt.«

»Was soll ich denn tun, Master? Er ist bis über beide Ohren in die Magd verliebt.«

»War nicht sie es, mit der ich dich neulich auf der großen Wiese unten am Fluß gesehen habe?«

Im stillen verfluchte ich das unbestechliche Gedächtnis meines Meisters.

»Ich glaube nicht«, stotterte ich und vermied es, ihm in die Augen zu sehen.

»Was war mit Vikar Doggerell?«

»Was soll mit ihm sein, Master?«

Benjamin entspannte sich auf seinem Stuhl hinter dem Tisch.

»Die Salbe, die du ihm gegen seine Glatze verkauft hast. Ich habe am Sonntag nach der Messe daran gerochen.«

Ich blickte ihn unschuldig an.

»Sie roch ziemlich stark nach Kuhmist«, fuhr Benjamin fort.

»Ein Geheimmittel, Master. Zerriebene Kräuter und Gras mit einem Spezialelixier. Wenn Vikar Doggerell sie jede Nacht aufträgt, wird er bald so dichtes Haar haben wie ich.«

Benjamin beugte sich nach vorn. »Nein, das wird er nicht, Roger. Ich möchte, daß du damit aufhörst und daß du alles Geld, das du verdient hast, in die Armenbüchse der Kirche gibst.« Benjamin schob seinen Stuhl zurück. »Du hast einen scharfen Verstand, ein flinkes Auge und eine gute Hand. Wie kommen die Fechtübungen voran?«

»Signor d'Amoral«, sagte ich und brachte damit den Portugiesen ins Gespräch, den Benjamin für uns beide angeheuert hatte, »meint, daß ich mir schon eine große Fertigkeit erworben habe.«

»Mein Onkel wird uns bald wieder zu sich rufen«, kündigte Benjamin leise an.

Mein Herz machte einen wilden Satz, und der Magen verkrampfte sich, aber ich beherrschte meine Gesichtszüge. Immer wenn der Fette Tom, der Kardinal, Erzbischof von York und Minister von Heinrich VIII., seinen ›geliebten Neffen‹ und meine Wenigkeit zu sich bestellte, konnte das nur eines bedeuten: Der gute Shallot war wieder im Begriff, in Kuhscheiße zu tappen, die tausendmal dicker und wesentlich gefährlicher war als jene, die sich Vikar Doggerell auf seinen dummen, kahlköpfigen Schädel schmierte.

»Weshalb glaubt Ihr das, Master?« stotterte ich.

Benjamin warf den Kopf in den Nacken und starrte auf die beiden Wappen über dem Kamin. Das eine stellte die Wappentiere von Daunbeys Familie dar, das andere jene von Shallot.

»Bist du sicher, Roger?« fragte er geistesabwesend.

»Worüber, Master?«

»Daß zu Shallots Wappen ein roter, aufgerichteter Bulle gehört?« Benjamin grinste mich schief an. »Der hier ist wirklich sehr hoch aufgerichtet!«

Ich zuckte mit den Schultern. »Die Familie Shallot ist sehr alt«, log ich. »Sie gehörte früher zu den Großen und Edlen, bis sie in harten Zeiten unterging. Aber, Master«, beharrte ich, »weshalb glaubt Ihr, daß Euer ›allerliebster Onkel‹ uns wieder zu sich bestellen wird?«

»Ich spüre es, Roger, ich spüre es.«

Ich seufzte leise und schloß die Augen. Auch im letzten Winter hatte der ›allerliebste Onkel‹ uns ›zu sich bestellt‹. Benjamin und ich wurden in die eisige Ödnis von Somerset geschickt, wo wir uns mit Hexerei, abgeschlagenen Köpfen, einer Ruhmeshand und Mord herumschlagen und in einem eiskalten See um unser Leben kämpfen mußten.

»Roger, warum hast du die Augen geschlossen?«

Widerstrebend öffnete ich sie wieder und rang mir ein Lächeln ab. »Ich bete nur, Master, ich bete, daß Euer werter Onkel sich bester Gesundheit erfreuen möge.«

»Nun, wir haben viel Arbeit vor uns«, sagte Benjamin. »Du kennst doch diese alte Ruine auf dem Berg?«

»Der sich hinter der Mühle erhebt?«

»Ja, Roger, ich glaube, es handelt sich dabei um eine alte Bergfestung.«

Erneut seufzte ich still in mich hinein. Master Benjamin, ein wahrer Vertreter der neuen Gelehrsamkeit, hatte ein großes Herz und einen forschenden Geist. Er pflegte zwei Leidenschaften – die Alchemie und Antiquitäten. (Vielleicht sollte ich noch eine dritte hinzufügen – seine wahnsinnig gewordene Verlobte, Johanna. Nachdem sie von einem Edelmann verführt worden war, hatte sie den Verstand verloren und war bei den Nonnen im Kloster Syon untergebracht worden. Das arme Mädchen! Sie wurde weit über achtzig. Noch an dem Tag, da sie starb, glaubte sie, der junge Edelmann würde zu ihr zurückkehren. Dazu war er natürlich nicht mehr in der Lage. Benjamin, der sehr gut mit dem Schwert umzugehen verstand, hatte ihn getötet!)

Nun, wie ich schon sagte, mein Meister war ein großer Gelehrter, er liebte alles, was mit der ruhmreichen Vergangenheit zusammenhing. Warum auch nicht? Er war sogar nach Wales gereist, um am Eisteddfod, dem jährlichen Sänger- und Dichterfest, teilzunehmen, das in Caurawys abgehalten wurde, und er hatte sich mit Tudor Aled, dem größten walisischen Dichter angefreundet. Er kaufte sich John Fitzherberts Buch über die Kunst des Haushaltens und bestellte auch eine Abschrift von Hans Sachs' Werk *Die Wittembergische Nachtigall*, ein Gedicht über Martin Luther. (Die Wittembergische Nachtigall! Luther war ein alter Furzer, der unter Verstopfung litt. Das ist Euch doch auch bekannt, oder? Daher finden sich in vielen seiner Werke, auch in den Tischgesprächen, immer wieder Hinweise auf den Stuhlgang, die Darmentleerung und die Körperflüssigkeiten. Ein gutes Abführmittel hätte Luthers Beschwerden kurieren können. Dasselbe gilt für seine Geliebte, die ehemalige Nonne Katharina. Ich begegnete den beiden einmal. Ich kann nur sagen, sie waren häßlich wie die Hölle und paßten wirklich ganz ausgezeichnet zueinander.) Ach ja, all die Menschen, die ich in meinem Leben getroffen habe! Ich wünschte nur, Benjamin würde noch leben. Will Shakespeare würde ihn bestimmt in den Bann ziehen. Letzten Sommer kam Will nach Burpham und führte hier sein Stück *Was Ihr wollt* auf. Ich steuerte auch ein paar Zeilen bei, insbesondere folgenden Satz Malvolios:

> Einige werden hoch geboren,
> einige erwerben Hoheit,
> und einigen wird sie zugeworfen.

Ja, diese Zeilen habe ich und niemand sonst verfaßt. Der alte Will legte seinen Kopf schief und schaute mich an.

»Und wie verhält es sich mit Euch, Roger Shallot?« fragte er. »Welche dieser Möglichkeiten trifft auf Euch zu?«

»Alle drei!« antwortete ich. Shakespeare lachte in seiner feinen, angenehmen Art. In seinen schlauen Augen sah ich, daß er die Wahrheit kannte, also stimmte ich in sein Lachen ein. Aber was war die Wahrheit? Der alte Shallot ist ein Lügner. (Mein Schreiber klopft mit seiner Feder auf den Tisch und wirft mir über die Schulter einen mißbilligenden Blick zu. Sein Gesicht hat mehr Falten als eine eingeschrumpfte Backpflaume. Dieser alte Saufbruder! Mein lüsterner kleiner Kaplan! »Ihr schweift ab!« zeterte er. »Ihr schweift schon wieder ab!«)

Ja, das tue ich, in gewisser Weise. Aber alles, was ich sage, hat etwas mit meiner Geschichte zu tun. Ich werde

Euch über Morde und grausame, verschlagene Kreaturen berichten, daß Euch der Schrecken in die Glieder fährt und Euer Herz zu rasen beginnt. Habt nur noch ein wenig Geduld. Nun, an jenem milden Frühlingstage hatte es sich Benjamin also in den Kopf gesetzt, den Boden des Berges über der Mühle aufzugraben. Also machten wir uns am nächsten Morgen auf den Weg, bewaffnet mit einer Abschrift von Tacitus' *Leben des Agricola* sowie mit Spitzhacken, Bogen und Schaufeln.

Zuerst murrte ich. Ich jammerte Benjamin vor, meine alten Wunden hätten sich wieder gemeldet und würden stechende Schmerzen durch meinen Rücken jagen. Benjamin lachte nur. Ich sehe ihn noch vor mir, wie er dastand: das schwarze Haar hinten in einem Knoten zusammengebunden, die schwarzen Beinkleider in feste Stiefel gestopft, das Leinenhemd am Kragen offen, die Ärmel hochgekrempelt. Schweiß lief über sein Gesicht hinunter und hinterließ kleine graue Flecken auf seinem weißen Hemd. Er blickte mich feierlich an.

»Ich möchte, daß du mir beim Graben hilfst, Roger. Ich bin überzeugt, daß dort ein Schatz verborgen ist.«

Ihr dürft mir glauben, ich grub, als gäbe es kein Morgen mehr, so daß Benjamin meine Begeisterung bremsen mußte. Aber ich fand keinen Schatz. Schließlich hörte ich auf zu graben, stützte mich auf meine Schaufel und funkelte Benjamin wütend an.

»Warum graben wir hier? Warum hier, warum nicht weiter oben?«

Benjamin zeigte zur Spitze des Berges.

»Ich glaube, daß früher dort oben eine Festung stand. Dies hier war vermutlich der Burggraben am Fuße des Berges, der zu beiden Seiten des Eingangs endete. Die Leute, die hier wohnten, haben wahrscheinlich ihre

Abfälle in den Graben geworfen. Und außerdem wurden, laut Tacitus, die Toten hier beerdigt, nachdem die Römer die Festung erstürmt hatten. Also, grab weiter, Roger!«

Das tat ich auch, fluchend und Verwünschungen ausstoßend. Das Erdreich wurde lockerer. Ich erspähte etwas Weißes.

»Master!« rief ich.

Benjamin eilte zu mir herüber. Er schaufelte die Erde mit seinen bloßen Händen heraus, und dann starrten wir hinunter auf ein unverhülltes Skelett. »Was ist das, Master?« flüsterte ich. »Oh, verdammt!« Ich trat einen Schritt zurück. »Ich weiß, was jetzt geschehen wird. Man wird uns dafür verantwortlich machen. Was ist das? Hexerei? Ist hier jemand lebendig begraben worden?«

»Beruhige dich, Roger. Dieser Mann ist seit mehr als tausend Jahren tot.«

Wir gruben weiter und förderten dabei noch weitere Skelette zu Tage. Hin und wieder fanden wir auch Gegenstände – einen Ring, ein Schwert, Halsbänder und Ledersandalen. Benjamin erklärte mir geduldig, daß wir auf ein Massengrab gestoßen waren. Er deutete auf die Schädel der Skelette, die alle ein Loch in der Stirn hatten, direkt über der Nase.

»Ich glaube, das waren Kelten«, stellte Benjamin fest. »Sie wurden getötet, als die Festung erobert wurde.«

»Master Daunbey, Ihr habt recht.«

Beide wirbelten wir herum. Vor uns stand der Mord – wie üblich von Kopf bis Fuß in Schwarz gekleidet. Das Gesicht unter seinem breitkrempigen Hut war gerötet und strahlte wie das eines fröhlichen Mönchs; der Mann war glatt rasiert und stupsnasig, und er hatte seltsame, farblose Augen.

»Doktor Agrippa!« stieß Benjamin hervor, ließ die

Spitzhacke zu Boden fallen und wischte sich die Hände an seinem Hemd ab. Er ergriff die schwarz behandschuhte Hand von Kardinal Wolseys Sonder-Emissär.

»Mein Onkel möchte uns sehen?«

Agrippa nickte und nahm seinen Hut ab. Er stellte ein Bein leicht nach vorn und klopfte mit dem Hut auf sein Knie, während er auf die Skelette hinunterstarrte.

»Ich war damals hier«, sagte er leise.

»Hier?«

Agrippas Augen wanderten zu mir. »Schön, Euch zu sehen, Roger.«

Er trat näher an mich heran. Ich roch den Duft seines exotischen Parfüms – Sandelholz, vermutete ich, vermischt mit Myrrhe und Weihrauch. Ich starrte in sein Gesicht und versuchte, die Angst zu bezwingen, die meinen schweißgebadeten Nacken hinaufkroch. Agrippas Augen hatten inzwischen ihre Farbe gewechselt und waren jetzt hellblau, unschuldig wie die eines Kindes.

»O ja, ich war damals hier«, fuhr er fort. »Einst stand eine große Festung auf diesem Berg. Sie war von den Ikeni errichtet worden, großgewachsenen, blonden Männern, die Epona, die Pferdegöttin, anbeteten und Gefangene opferten, indem sie sie an Eichen aufhängten.«

Benjamin hatte sich umgedreht und ging weg, um seinen Umhang zu holen. »Die Römer haben sie alle umgebracht«, fuhr Agrippa geistesabwesend fort. »Sie haben ihnen die Kehlen aufgeschlitzt, Männern, Frauen und Kindern, und sie auf einen Scheiterhaufen geworfen. Das Feuer und den Rauch konnte man meilenweit sehen. Nichts hat sich geändert«, murmelte er. »Nichts hat sich geändert.«

Was sollte ich ihm darauf antworten? Ich habe Agrippa schon in meinen früheren Aufzeichnungen erwähnt. Er behauptete, seit der Zeit von Jesus Christus zu leben. Ihr kennt die Geschichte? Von dem römischen Soldaten, der Christus auf seinem Weg zum Galgen beleidigte und ihn zur Eile antrieb. Jesus wandte sich um und sagte: »Ja, ich werde mich beeilen, aber du, du wirst auf mich warten, bis ich wiederkehre.«

Ich weiß nicht, ob diese Geschichte stimmt oder nicht, aber Agrippa hatte kein Alter. Er war ein Herr der Mysterien, Großmeister des geheimen Templerordens und ein Prophet. Er hatte mir zugeflüstert, daß Heinrich der Große Maulwurf war, der Dunkle Prinz, den Merlin prophezeit hatte, der das Königreich ins Verderben führen und seine grünen Wiesen mit Strömen von Blut überschwemmen werde.

Ich weiß, Ihr glaubt mir nicht, aber Agrippa war wirklich ein seltsamer Mensch. Als der alte Heinrich starb, zerfressen von der Syphilis, zwängte Agrippa den feisten Bauch des toten Königs so fest in den Sarg, daß dieser barst. Er verließ den englischen Hof, und ich sah ihn erst viele Jahre später wieder, und er war, ob Ihr es mir nun glaubt oder nicht, um keinen Tag gealtert. Er kleidete sich stets in Schwarz. Niemals sah ich Agrippa schwitzen, niemals hörte ich ihn über Hitze oder Kälte klagen. Mein Kaplan pflegt sich immer über meine Geschichten lustig zu machen. Aber jetzt lacht er nicht mehr. Neulich, an die siebzig Jahre nach den Ereignissen, von denen ich hier berichte, sah mein Sekretär eines Tages einen gänzlich in Schwarz gekleideten Mann, der zu meinem Haus heraufstarrte. Oh, was ihm dies für einen Schrecken einjagte! Aber mein Anwesen wird von bewaffneten Männern und großen irischen Wolfshunden streng bewacht. Mein Kaplan kam über die Galerie gelaufen, zitternd wie Espenlaub. Doch als ich nachsehen ging, war der schwarzgewandete Mann verschwunden. Als mein Kaplan ihn mir beschrieb, erkannte ich, daß es Doktor Agrippa gewesen sein mußte.

O ja, ich werde gut bewacht! Einst drohte der Sultan von Konstantinopel mir seine ›Gärtner‹ auf den Hals zu hetzen, Taubstumme, die zum Töten abgerichtet sind. Und weshalb? Nur weil der gute Shallot damals die saftigste Pflaume aus dem Harem seines Großvaters gestohlen hat. Die ›Luciferi‹ aus Frankreich haben noch eine Rechnung mit mir zu begleichen, ebenso die Heilige Inquisition in Toledo. (Heilig nennt sie sich! Die hinterhältigste, blutrünstigste, verkommenste Bande von Mördern, die ich jemals kennengelernt habe!) Die ›Secretissimi‹ aus Venedig würden mir gerne Zunge und Ohren abschneiden, und dann gibt es natürlich noch die ›Acht‹ aus Florenz. Ah, ich habe die Stadt schon wieder erwähnt. Florenz! Ich muß zurückkehren zu meiner Geschichte.

An jenem strahlenden Frühlingstage also stand Doktor Agrippa vor den Skeletten und machte seine Bemerkungen darüber, während Benjamin und ich unsere Grabwerkzeuge zusammensuchten und Agrippa zu unserem Haus führten. Wir beide wußten, daß die unbeschwerten Tage nun vorüber waren. Natürlich ließ sich Agrippa nicht ausfragen. Wir sollten uns am Abend des folgenden Tages im Palast von Eltham einfinden, sagte er uns, mit gefüllten Geldbörsen und fertig gepackten Satteltaschen.

»Übrigens«, fuhr Agrippa grinsend fort, »Euer werter Onkel hat gesagt, Ihr sollt auch Schwerter und Dolche mitbringen.«

Nun, das reichte mir. Beim Abendessen goß ich wie ein Verdurstender den Wein in mich hinein, um meinen rebellierenden Magen zu bändigen und das aufsteigende

Gefühl von Übelkeit zu bekämpfen. Nein, Ihr dürft keine falschen Schlüsse ziehen. Der alte Shallot ist keineswegs ein Feigling. Ich habe nur einen gut entwickelten Selbsterhaltungstrieb. Immer wenn Gefahr im Anzug ist, dann laufe ich vor ihr davon, so früh und so schnell wie möglich.

»Was will er denn jetzt schon wieder von uns?« jammerte ich.

Agrippa hatte den Tisch verlassen und war nach draußen gegangen, um in den sternenübersäten Nachthimmel hinaufzustarren. (Das hatte er uns zumindest gesagt! Ich glaube eher, er ging hinaus, um mit dem dunklen Engel, seinem Schutzgeist, Zwiesprache zu halten!) Benjamin war immer noch so nachdenklich und in sich gekehrt wie seit Agrippas Ankunft.

»Ich weiß es nicht, Roger«, murmelte er. »Aber Agrippa hat davon gesprochen, daß sich in London ein furchtbarer Mord ereignet hat und daß mein geliebter Onkel uns deshalb sofort sehen möchte.«

»Aber er ist doch im Palast von Eltham!« warf ich ein.

»Wir müssen dorthin. Und falls mein Onkel sich dort nicht mehr aufhält, wenn wir ankommen, gehen wir zum Palast von Westminster.«

Ich seufzte, lehnte mich auf dem Stuhl mit der hohen Lehne zurück und starrte auf die Überreste des Fasans, an dem ich mich soeben gütlich getan hatte.

»Wer ist denn ermordet worden?« fragte ich gehässig. »Der König?«

Benjamin lächelte. »Jemand, der dem König sehr nahestand. Wir werden es beizeiten erfahren.«

(Fürwahr, das taten wir! Nachdem uns in den folgenden Wochen maurische Korsaren, verschlagene Geheimpolizisten, ekelhafte Ratten und ein kaltblütiger Mörder zugesetzt hatten, kann ich wirklich sagen, daß man das Nötigste immer beizeiten erfährt. Doch davon später. Ich werde mich beeilen.)

Früh am nächsten Morgen verließen wir unser Anwesen. Im nächsten Dorf trafen wir auf Agrippas Truppe. Die Männer steckten alle in einer schwarz-roten Kluft, den Farben von Wolsey; auf ihren Umhängen und den kleinen Standarten, die sie mit sich führten, prangte das goldene Monogramm *T. C.*, für ›Thomas Cardinalis‹. Es war schwer zu glauben, daß es sich bei diesen Leuten um Männer des Kardinals handelte! Die Kadaver, die in Smithfield an den Galgen baumeln, sehen nach einer Woche noch besser aus als diese Gestalten! So viele Tagediebe, Halsabschneider und Galgenvögel habe ich selten auf einem Haufen gesehen. Unter ihnen fühlte ich mich stets wie zu Hause. Sie kamen aus einer Schenke geschwankt und umarmten mich wie einen lang verschollenen Bruder. Ich griff sofort nach meiner Geldbörse, um mich zu vergewissern, daß sie mir diese nicht entwendet hatten, und schrie, sie sollten von meinen Satteltaschen wegbleiben. Natürlich mußte ich ein paar Spielschulden begleichen. Sie konnten beim Würfelspiel viel besser betrügen als ich. Lachend protestierte ich dagegen, während ich mir im stillen schwor, das verlorene Geld bei der erstbesten Gelegenheit zurückzuholen. Ich besitze immer noch den Würfel, den ich ihnen gestohlen habe – den Fulham-Würfel, der an einer Seite fein säuberlich zugeschliffen ist, so daß man voraussagen kann, wie er fallen wird. (Mein Kaplan wirft die Feder auf den Tisch und hopst auf einem gesteppten Kissen umher.)

»Ich habt mich betrogen! Ihr habt mich betrogen!« kreischt er.

(Ja, in Dreiteufelsnamen, das habe ich getan! Ich kann

das Geld nicht mehr zurückgeben, denn ich habe es schon ausgegeben. Möge ihm dies eine Lektion sein, niemals wieder mit jemandem zu spielen – besonders nicht mit mir).

Wir waren den ganzen Tag unterwegs. Das Land war wunderschön anzuschauen, es reifte heran wie junge Trauben unter der Sonne. Die Hecken waren leuchtend grün, das Getreide drängte aus dem Boden. Auf dem üppigen Gras der Wiesen weideten dickbäuchige Rinder. Hin und wieder jedoch sahen wir verfallene Bauernhäuser, sterbende Dörfer und Felder, die nicht mehr unter den Pflug genommen wurden und sich allmählich in Weideland für die dicken stummelschwänzigen Schafe verwandelten. Am zweiten Morgen nach unserer Abreise aus Ipswich hielt Benjamin einmal auf einer Hügelkuppe an. Er schaute hinunter auf die Felder, die sich vor uns ausbreiteten.

»Vor vierzig Jahren«, sagte er, »war dies alles noch Ackerland.«

Er zeigte hinunter zu einer Straße, auf der eine Gruppe von Landlosen unterwegs war, die gerade aus einem Dorf kam.

»So etwas werden wir in Zukunft häufiger sehen«, fuhr er fort. »Die Reichen vertreiben die Armen von ihrem Land, um darauf Schafe zu züchten, deren Wolle sie ins Ausland verkaufen.« Er griff nach den Zügeln seines Pferdes. »Roger, wenn wir an ihnen vorüberreiten, gib ihnen ein kleines Almosen. All dies wird in Tränen enden.«

»Nein, es wird in Blut enden«, warf Agrippa ein. »Im Westen gibt es schon bewaffnete Aufstände! Die Gewitterwolken beginnen sich zusammenzuziehen.«

»Hat der König denn nichts aus der Geschichte gelernt?« fragte Benjamin.

Agrippas schwarz behandschuhte Hand schoß herüber und packte Benjamin am Arm. »Erwähnt nichts von der Vergangenheit!« zischte er. »Wenn Ihr dem König gegenübersteht, sprecht nicht von seinem Vater oder seiner Jugend! Seine Gnaden wünscht zu vergessen.«

Nach dieser rätselhaften Bemerkung führte Agrippa uns weiter. Ich blieb zurück, um den graugesichtigen, heruntergekommenen und in Lumpen gehüllten Männern ein paar Pennies zu geben. Ihre knorrigen Finger, die schmutzig und verschwielt waren, griffen gierig nach den Münzen, aber kaum daß ich weitergeritten war, spuckten sie voller Verachtung aus.

Zuerst hieß es, wir würden die Hauptstraße nach London nehmen, doch an einer Wegeskreuzung wandte Agrippa sich nach Westen und führte uns durch das Dorf Epping zu einem kleinen, verschlafenen Weiler namens Wodeford, der von einer großen Kirche beherrscht wurde. Agrippa erklärte uns, Wodeford, einst ein blühendes Dorf, habe sich nie mehr richtig von der Pest erholt, die hier vor zweihundert Jahren gewütet hatte.

»Weshalb sind wir hier?« fragte ich, während ich neugierig die kleinen Häuschen und strohgedeckten Hütten musterte, die wir passierten.

»Wir müssen hier jemanden abholen.«

»Wen?«

»Edward Throckle«, erwiderte Agrippa.

»Wer ist das?«

»Er war der Leibarzt des alten Königs und in dessen ersten Regierungsjahren auch der Medicus von König Heinrich. Der König möchte, daß Throckle nach London kommt.«

Benjamin zügelte sein Pferd. »Aber Ihr habt doch

gesagt, der König möchte nichts mehr wissen von der Vergangenheit?«

Agrippa hielt sein Pferd ebenfalls an und lächelte.

»Nein, nein, das ist etwas anderes. Heinrich hat, wie soll ich es nennen, gewisse heikle Beschwerden.« Er lächelte. »Die Adern an einem Bein sind geplatzt und haben sich zu einer schwärenden Wunde entwickelt.«

»Gibt es dafür keine Ärzte in London?« wollte ich wissen.

»Nun, da sind noch einige andere Beschwerden. Delikaterer Art.«

»Ihr wollt sagen, er hat den Tripper?« rief ich.

Agrippas Augen funkelten, und mit einer Handbewegung bedeutete er mir, leiser zu sprechen. Dabei achtete niemand auf uns. Wolseys Haudegen hatten gerade ein Bauernmädchen erspäht und waren damit beschäftigt, ihr zuzupfeifen und unsittliche Gesten zu machen.

»Es ist mehr als ein Tripper«, sagte Agrippa. »Habt Ihr schon von der Französischen Krankheit gehört?«

Ich warf einen schnellen Blick zu Benjamin. Heinrich VIII. hatte seine gerechte Strafe ereilt! Vor einigen Jahren hatte der König die Frau eines seiner Höflinge verführt. Der Adelige hatte seine Frau allerdings regelrecht an Heinrich verkuppelt. Was der König nicht wußte (der Höfling aber sehr wohl), war, daß diese hübsche Frau die Französische Seuche hatte, eine fürchterliche Krankheit, die erstmals bei den französischen Soldaten aufgetreten war, die in Süditalien marodierten und plünderten. Die Krankheit rief offene Wunden an den Geschlechtsteilen hervor, die sich zuerst blau, dann schwarz verfärbten und schließlich abfaulten. Sie befiel auch das Blut, vergiftete die Körpersäfte und führte schließlich zur Gehirnerweichung und zum Wahnsinn.

»Und Heinrich glaubt, daß Throckle diese Krankheit kurieren kann?«

Agrippa zuckte mit den Schultern. »Er vertraut Throckle. Auf meinem Weg hierher suchte ich ihn auf und überbrachte ihm Wolseys Einladung. Der alte Mann täte gut daran, sich bereitzuhalten!«

Wir passierten Wodeford und folgten weiter dem Weg, der sich durch den dichten Wald von Epping schlängelte. Als wir eine Weggabelung erreichten, hielt Agrippa vor einem Tor an, das zu einem dreistöckigen, schwarz-weißen und mit roten Schindeln gedeckten Haus führte. Es war ein wahrhaft prunkvolles Herrenhaus. Seine Balken glänzten tiefschwarz, der Gips strahlte leuchtend weiß, und an einer Seite hatte man einen fabelhaften Schornstein errichtet. Agrippa, Benjamin und ich stiegen ab und gingen den Gartenweg hinauf. Zu beiden Seiten des Weges zeigten die Blumen ihre üppige Pracht und erfüllten die Luft mit ihrem schweren Duft. Es waren Tagetes, Schlüsselblumen, Akelei, Veilchen, Rosen, Nelken und Gewürznelken.

Agrippa klopfte an die Tür, aber im Haus blieb es still. Er klopfte nochmals.

»Gibt es hier keine Diener?« fragte Benjamin.

»Er ist wie sein Herr, der alte König«, sagte Agrippa grinsend. »Wenn Throckle einen Penny sparen kann, dann tut er es.«

Nun hämmerte er an die Tür, aber es kam wieder keine Reaktion. Agrippa schob den Riegel beiseite und stieß die Tür auf: In dem mit Steinplatten ausgelegten Gang roch es weniger angenehm als draußen. Die Luft war abgestanden und faulig, aber da war noch etwas – es roch nach Rauch, nicht nach dem Rauch eines Holzfeuers, sondern so, als hätte man alte Lumpen, Papier und allen möglichen Abfall zusammengetragen und verbrannt. Wir gingen durch die unteren Räume – eine kleine Eingangshalle, eine Vorratskammer und die Küche –, doch hier war niemand zu sehen. Ich stieg die Treppe hinauf und schritt die Galerie entlang. Dann sah ich eine Türe, die nicht verschlossen war. Ich stieß sie auf und betrat Throckles Bettkammer. Hier war der Rauchgeruch stärker. Die überdachte Feuerstelle war voll von weißlicher Asche. Die Fenster waren verriegelt. Ich nahm meinen Zunder, suchte eine Kerze und zündete sie an. Dann ging ich zum Fenster hinüber, öffnete es, drehte mich um und hätte vor Schreck fast die Kerze fallen lassen. Neben dem Bett stand ein großer Badezuber, und darin lag ein alter Mann, beide Hände in dem rotgefärbten Wasser. Eine Meute von Fliegen schwirrte um ihn herum. Nun, ich habe schon viele Leichen gesehen, aber diese hier war wirklich grauenerregend. Der rasierte Schädel, die eingesunkenen Wangen, der blutige, rot verklebte Mund, die halb offenen Augen und dieser Körper ... dieser schmutzige, bleiche Körper, der in dem rötlichen Wasser lag.

Ich stellte die Kerze auf einen Tisch und rief Benjamin, der mit Agrippa zusammen, sofort die Treppe hinaufstürzte. Entsetzt starrten sie auf die Leiche.

»Komm!« rief Benjamin. »Wir müssen ihn herausheben!«

Er trat an das Kopfende des Badezubers und griff dem Mann unter die Arme. Ich schloß die Augen, tauchte die Hände in dieses Höllenwasser und faßte den Mann bei seinen dürren Knöcheln. Wir zogen ihn heraus und legten ihn auf den Teppich. Ich erinnere mich, daß es ein dicker, weicher und blutbefleckter Teppich war. Ich richtete mich wieder auf und ging zur Seite, die Hände vor den Mund gepreßt, um meinen Brechreiz zu unterdrücken.

»Ist er ermordet worden?« fragte ich über meine Schulter.

»Das bezweifle ich«, antwortete Benjamin. »Schau, Roger!«

Widerwillig trat ich näher an den Toten heran. Seine Handflächen waren jetzt nach oben gedreht. An beiden Handgelenken hatte er große Schnittwunden; die Adern waren durchtrennt worden.

»Er ist auf die römische Art gestorben«, murmelte Agrippa.

»Was meint ihr damit?« fragte ich.

Agrippa ging zum Bad zurück. Er tauchte eine Hand in das blutdurchmischte Wasser, fuhr, ohne mit der Wimper zu zucken, suchend darin umher und förderte schließlich ein langes, dünnes italienisches Stilett zu Tage. Er warf es auf den Teppich.

»Das ist die römische Art«, sagte er. »Man füllt ein Bad mit kochend heißem Wasser, legt sich hinein und schlitzt sich die Adern auf. Es heißt, der Tod komme dann wie im Schlaf.«

Ich starrte auf den Leichnam hinunter. »Aber warum sollte er Selbstmord begehen? Ein angesehener Arzt?« Ich fuchtelte herum. »Seht Euch diese Kammer an. Wollene Teppiche auf dem Boden, keine Matten. Kostbare Vorhänge über dem Himmelbett, Bienenwachskerzen und dieser teure Wandbehang.«

Ich deutete zu einem großen Wandteppich, auf dem Szenen aus dem Leben der Heiligen dargestellt waren – der heilige Georg, ganz in Gold, wie er eine mächtige Lanze in den Körper des Drachen der Finsternis bohrt; der heilige König Edmund, der von wild dreinblickenden Dänen mit Pfeilen getötet wird. Benjamin kauerte sich vor dem Kamin nieder. »Er hat Selbstmord begangen«, murmelte er. »Aber zuvor hat er noch einige Papiere verbrannt. Weshalb nur hat er das getan?« Er stand wieder auf. »Weshalb begeht der angesehene Arzt Edward Throckle in seinem Bad Selbstmord, nachdem man ihn freundlich eingeladen hat, sich an den Hof zu begeben?«

Agrippa zog die Bettvorhänge zurück und setzte sich auf das Federbett.

»Woher wissen wir denn, daß diese Einladung der Grund war?« fragte er, während er mit den Fingern sein Knie rieb.

»Warum hätte er sich denn sonst umbringen sollen?« fragte ich und warf einen Blick zu Benjamin. »Wie lange ist er wohl schon tot, Master?«

Benjamin beugte sich hinunter und befühlte den Körper. »Er ist kalt, sieht schon ziemlich wächsern aus«, murmelte er nachdenklich. »Wir sind gestern morgen aus Ipswich abgereist. Doktor Agrippa, Ihr seid am Tag vorher dort angekommen?«

»Und am Tag *davor*«, sagte Agrippa, »war ich hier mit Wolseys Schreiben eingetroffen.«

»Ich glaube, er starb am Tage Eurer Ankunft in Ipswich«, sagte Benjamin. Er blickte zu Agrippa hinauf, der eine Unschuldsmiene aufgesetzt hatte, und fuhr fort: »Roger hat recht. Diese Einladung muß der Grund gewesen sein.« Er richtete sich wieder auf. »Kommt, Doktor Agrippa, keiner von uns gibt sich irgendwelchen Illusionen über den König hin. Gab es eine versteckte Botschaft? Wovor hatte dieser Arzt Angst?«

Agrippa schaute ihn eulenhaft an und hob dann seine linke Hand.

»Ich schwöre Euch, Master Benjamin, es war ein ganz einfacher Brief. Er war nicht einmal versiegelt. Wolsey übermittelte ihm seine Grüße und schrieb, der König persönlich lade seinen ›geachteten und geschätzten Leibarzt, Sir Edward Throckle‹ ein, sich in Begleitung seiner loyalen Untertanen Benjamin Daunbey und Roger Shallot zu ihm nach Eltham zu begeben.« Agrippa schloß seine Augen und fuhr fort: »Er schrieb weiter, der König vermisse ihn und bitte ihn, einige seiner berühmten Heilmittel mitzubringen.«

»Welches zum Beispiel?«

»Getrocknetes Moos, zerriebenes Kamillenpulver, Fenchelwurzel etcetera.« Agrippa schüttelte den Kopf. »Nichts Außergewöhnliches.«

»Und als Ihr hier ankamt?« fragte Benjamin.

»Zu diesem Zeitpunkt war der Arzt noch putzmunter.«

»Ihr habt ihm den Brief gegeben?«

»Ja, wir setzten uns unten in die Küche und tranken Wein zusammen.«

»Und Throckle hat das Schreiben gelesen?«

Agrippa stand auf. »Er las den Brief, lächelte und sagte, er werde der Einladung sehr gerne folgen. Ich kann Euch versichern, Master Daunbey, seine Stimmung veränderte sich nicht im geringsten, er zog weder die Augenbrauen hoch, noch zeigte er irgendeine Spur von Angst. Das kann ich beschwören!«

Agrippa war ein guter Schauspieler, doch ich spürte, daß er diesmal die Wahrheit sprach.

»Und als Ihr dann wieder gegangen seid?« fragte ich.

»Er redete wie ein Wasserfall. War sehr aufgeregt. Er sagte, er freue sich schon darauf, wieder an den Hof zu kommen, und er werde die Leiden des Königs in kurzer Zeit kurieren.«

»Das ergibt keinen Sinn«, bemerkte Benjamin. Er trat zu dem Leichnam und starrte auf ihn hinunter. »Nehmen wir einmal an, daß unser guter Freund Throckle vom

König etwas zu befürchten hatte. Aber wäre dies der Fall gewesen, dann wäre Throckle, so wie wir unseren König kennen, schon vor Jahren gestorben. Man hätte ihm nicht erlaubt, hier in diesem opulent ausgestatteten Haus seinen Ruhestand zu verleben. Was folgt daraus? Throckle hatte nichts zu befürchten. Versuchen wir es also mit einer anderen Hypothese. Enthielt dieses Einladungsschreiben etwas, das Throckle als Bedrohung auffassen mußte? Aber das würde unserer ersten These widersprechen. Ergo«, sagte Benjamin und schaute mich an, »hat ihn vielleicht noch ein anderer aufgesucht, nachdem Doktor Agrippa gegangen war. Jemand, der nicht wollte, daß unser Doktor hier an den Hof reiste. Er setzte Throckle unter Druck und bedrohte ihn, so daß dieser schließlich im Selbstmord den einzigen Ausweg sah.«

»Es gibt noch eine andere Erklärung«, warf ich ein. »Throckle war doch Arzt? Und zugleich auch Apotheker? Wäre es möglich, Master«, sagte ich, wobei ich es vermied, Doktor Agrippa anzusehen, »daß jemand ihn aufsuchte, seinen Wein vergiftete, sein Bad mit heißem Wasser füllte und schließlich dem armen Hund die Pulsadern aufschnitt?«

»Was Ihr nicht sagt!« rief Doktor Agrippa spöttisch. »Versucht nicht, mich zu beschuldigen, Roger! Ich habe mich kaum eine Stunde hier aufgehalten. Ihr könnt meine Männer unten fragen. Sie stampften fluchend und schimpfend im Garten umher, weil ich ihnen versprochen hatte, daß sie in der nächstgelegenen Schenke einkehren könnten.«

»Mit allem gebotenen Respekt, werter Doktor Agrippa«, gab ich ebenso spöttisch zurück. »Aber Eure Männer würden sogar noch mit den Knochen ihrer Mütter würfeln.«

Agrippa seufzte und verrückte seinen breitkrempigen Hut. »Glaubt, was Ihr wollt, aber ich schwöre, ich habe Throckle nicht umgebracht! Ich habe mit seinem Tod nichts zu tun, und ich weiß auch nicht, weshalb er Selbstmord begangen haben könnte.«

»Ich glaube nicht, daß es Mord war«, mischte sich Benjamin ein. »Es gibt nur sehr wenig Anhaltspunkte, aber« – er blickte in der Kammer umher – »hier ist alles sauber und aufgeräumt.« Er zeigte zu dem Schreibpult in der Ecke, auf dem mehrere Stücke Pergament lagen. Darüber waren Regale angebracht, auf denen in Kalbsleder gebundene Bücher standen.

»Nichts ist hier durcheinandergebracht worden«, fuhr er fort. »Aber einige Papiere und Pergamente wurden verbrannt. Seht Euch den Kamin an. Bemerkt Ihr, wie sauber er ist? So als habe Throckle zuerst die Papiere verbrannt und dann sorgfältig seinen Selbstmord vorbereitet.«

Agrippa ging zu dem Schreibpult hinüber. Ich hörte, wie ein Stück Zunder angerissen wurde, und sah eine Kerze aufflackern.

»Ihr habt recht!« rief Agrippa, während er eine Pergamentrolle hochhob. »Dies ist der letzte Wille, das Testament von Sir Edward Throckle, vor zwei Tagen unterschrieben und versiegelt. Throckle hat sich selbst umgebracht«, erklärte Agrippa triumphierend, kam zu uns zurück und warf Benjamin die Rolle zu. »Aber weshalb nur?« Sein Lächeln wurde breiter. »Hier, glaube ich, haben wir die Lösung des Rätsels!«

Kapitel 2

Benjamin öffnete die Schriftrolle und begann zu lesen.

»Ich, Edward Throckle«, fing er an, »erkläre im Vollbesitz meiner geistigen Kräfte . . .« Er las stumm weiter, bewegte dabei seine Lippen und blickte dann erstaunt auf.

»Es sagt nichts aus. Es liest sich, als ob Throckle bei der Abfassung dieses Testaments vorgehabt hätte, noch mindestens drei Dutzend Jahre zu leben. Kein Hinweis auf Befürchtungen oder Krankheiten. Und er vermacht dieses Haus und all sein Hab und Gut dem König!« Benjamin warf die Pergamentrolle auf den Tisch. »Kommt«, forderte er uns auf, »schauen wir nach, was sich hier sonst noch finden läßt!«

Es war nicht sehr viel – Manuskripte, Rechnungen, Briefe an Freunde; der Rest bestand aus Dingen, die Throckle im Laufe seines Lebens gesammelt hatte. Benjamin seufzte und erklärte, Throckles Tod bleibe nach wie vor ein Rätsel. Er legte ein Bettuch über den Leichnam, während Agrippa nach draußen ging, um durch einen seiner Männer einen der örtlichen Notablen holen zu lassen. Nachdem dieser eingetroffen war, setzten wir unsere Reise fort, aber ich verspürte wieder das altbekannte Kribbeln der Angst in meinem Magen. Irgend etwas stimmte hier nicht. Dämonen sammelten sich in der Dunkelheit und rüsteten sich, über uns herzufallen. Auch Benjamin fühlte sich unwohl. Am späteren Nachmittag kehrten wir in einer Schenke kurz vor dem Ende der Mile End Road ein. Als wir uns in einer Gartenlaube hinter dem Haus niedergelassen hatten, außer Hörweite von Wolseys Männern und den anderen Gästen, beugte sich Benjamin hinüber und ergriff Agrippas Hand.

»*Concedo,* werter Doktor«, murmelte er, »daß Master Throckles Tod ein Geheimnis bleibt, aber jetzt sagt mir, weshalb wir nach London reisen?«

Agrippa spielte mit seinem Weinbecher. Er saß uns gegenüber und wirkte wie ein gütiger Engel. Trotz der warmen Nachmittagssonne trug er immer noch seinen breitkrempigen schwarzen Hut, und er hatte sich so fest in seinen weiten Umhang eingewickelt, als wäre es tiefster Winter. Doch auf seinem glatten Gesicht zeigten sich kein Körnchen Staub und auch keinerlei Schweißperlen.

»Werter Doktor«, knurrte ich. »Wir warten mit angehaltenem Atem.«

Agrippa stellte den Becher auf den Tisch.

»Nun gut. Erstens, ich habe mit Throckles Tod nichts zu tun, und ich weiß auch nicht, warum er Selbstmord begangen hat. Ich vermute, der Coroner wird feststellen, daß er zu Schwermütigkeit neigte und sich deswegen selbst das Leben nahm. Ich habe Kardinal Wolseys Schreiben abgeliefert. Als ich Throckle verließ, war er noch bei bester Gesundheit. Ich konnte in diesem Brief nichts erkennen, was einen Mann so sehr in Angst und Schrecken stürzen könnte, daß er sich das Leben nimmt.«

»Und die Angelegenheit in London?« fragte Benjamin.

»Nun, dabei geht es um Mord!« Agrippa winkte uns näher zu sich. »Vor zehn Tagen kamen die Albrizzi, reiche Kaufleute aus Florenz, am Königshof an. Sie sind Gesandte dieses mächtigen Stadtstaates, der große Mengen englischer Wolle kauft und sie mit feinstem Gold bezahlt. Sie führten Schreiben von Giulio de Medici, dem Kardinal und Herrscher von Florenz mit sich, die an den König und an Giulios ›lieben Bruder in Christo‹, Thomas Wolsey, gerichtet waren. Auch die Albrizzi sind eine einflußreiche Familie. Sie besteht aus, oder vielmehr«, korrigierte sich Agrippa, »*bestand* aus Francesco, dem Oberhaupt der Familie, einem Mann von Ende Fünfzig, seiner Gemahlin Bianca, die nun Witwe ist, was ich noch genauer erklären werde, Francescos nur wenig jüngerem Bruder Roderigo, Francescos erstem und einzigen Sohn Alessandro, einem jungen Mann von Anfang Dreißig, Francescos Tochter Beatrice und deren Ehemann Enrico, dem einzigen Nachkommen einer anderen mächtigen Familie. Enricos eigentlicher Name lautet Catalina, aber er hat den Familiennamen der Albrizzi angenommen. Sie haben auch ihren Arzt, Sekretär und Kaplan, einen päpstlichen Sekretär namens Gregorio Preneste bei sich, sowie ihren Leibwächter, einen Söldner namens Giovanni.« Agrippa zuckte mit den Schultern. »Von dem übrigen Gefolge ist eigentlich niemand besonders erwähnenswert bis auf Maria.« Agrippa grinste übers ganze Gesicht. »Eine gnomenhafte Frau, die eine Art Hofnärrin der Familie ist. Ein seltsames Wesen«, fuhr er leise fort. »Ich habe solche Menschen schon häufiger kennengelernt; sie ist eine vollkommene Frau, aber eben nur wenig mehr als ein Yard groß.« Agrippa führte seinen Becher zum Mund und nahm einen langsamen Schluck. »Nun«, fuhr er dann fort, »diese bunte Reisegruppe wurde also im Palast von Eltham untergebracht. Ihr Aufenthalt sollte ihnen so angenehm wie möglich gestaltet werden. Die Albrizzi unterhalten enge Beziehungen zur englischen Krone, die bis in die Regierungszeit des Vaters unseres gegenwärtigen Königs zurückreichen. Sie kamen nach England, zum einen, um neue Handelsverträge zu unterzeichnen, zum anderen, um Heinrichs und Wolseys Position in Erfahrung zu bringen, falls der Herrscher von Florenz, Seine Eminenz Giulio de Medici, bei der nächsten Papstwahl seinen Hut in den Ring wirft.«

»Wir haben doch einen Papst«, warf Benjamin ein. »Den Holländer Adrian von Utrecht, einen ehrgeizigen Reformer der Heiligen Mutter Kirche. Adrian hat angekündigt, Rom von allen Makeln zu reinigen, und er hat bereits begonnen, die Dirnen, Hexer, Zauberer und Höflinge aus der Stadt zu jagen. Ich habe sogar gehört, er habe gedroht, alle Bischöfe abzusetzen, die der Korruption für schuldig befunden worden sind, und ebenso alle Kardinäle zu entfernen, die sich die Finger schmutzig gemacht haben.«

»Ja, ja«, murmelte Agrippa und kniff die Augen zusammen. »Papst Adrian ist entschlossen, den Tempel zu reinigen und die Geldverleiher und all jene hinauszujagen, welche die gottesfürchtigen Gläubigen ausplündern.« Agrippa blickte auf, und seine Augen waren wieder seltsam farblos. »Doch Rom ist und bleibt ein Sündenpfuhl, ein wahrer Augiasstall. Adrian ist ein kränkelnder Mann. Wen die römischen Kardinäle nicht mögen, der stirbt manchmal eines plötzlichen und rätselhaften Todes.«

(Niemals habe ich ein wahreres Wort gehört! Nun, wie Ihr wohl wißt, bin ich ein Anhänger des alten Glaubens. Priester kommen in mein Haus, um die Messe zu lesen, und ich bete immer noch meinen Rosenkranz vor einer Statue der Jungfrau Maria. Die römische Kirche hat sich selbst gereinigt, die Korruption ausgerottet, doch in meiner Jugend war Rom der Arsch der Welt. Lest es selbst in den Geschichtsbüchern nach. Ich wette, sogar der Teufel höchstpersönlich hatte Angst vor dem trefflichen Gespann aus Rodrigo Borgia oder Papst Alexander VI., wie er sich nannte, und dessen Sohn Cesare, den sich Machiavelli für sein Werk *Der Fürst* als Vorbild nahm. Die beiden glaubten genausowenig an Gott wie ein Fuchs daran, daß er fliegen kann. Sie hatten nur ein einziges

Prinzip. Nein, ich lüge, sie hatten zwei: »Zuerst kommen die Borgias und danach niemand mehr«, und »Schlage gegen deinen Feind los, bevor er Zeit findet, gegen dich loszuschlagen«. Später mehr von diesen beiden Kreaturen!)

An jenem warmen, sonnigen Nachmittage in diesem englischen Garten, als die Rosen ihre Blüten der Sonne entgegenreckten und die Luft mit ihrem betörenden Geruch erfüllten, da schienen all diese Widerwärtigkeiten unendlich weit entfernt zu sein. Dennoch, Agrippas Schweigen und sein düsterer Gesichtsausdruck jagten mir einen kalten Schauer über den Rücken. Agrippa hatte seinen Finger am Puls der Macht, und er hatte hier soeben die Ermordung eines Papstes prophezeit.

»Und wie hat Heinrich die Albrizzi behandelt?« fragte Benjamin und unterbrach damit das Schweigen.

»Oh, wie Brüder, die er lange nicht mehr gesehen hatte. Wie üblich tauschte man Geschenke aus. Die Florentiner überreichten Heinrich ein Bild, das ihn als Jüngling zeigt, der vor dem Grab seines Vaters betet. Heinrich zeigte sich äußerst zufrieden – er sah darauf so rein wie ein Engel aus. Ich glaube, es stammt aus der Zeit, bevor er das Leben in ein einziges Zechgelage und ein nicht mehr endendes Bankett verwandelte. Sie schenkten ihm auch einen wunderschönen Edelstein an einer Goldkette, ein paar Goldfiguren und ein Stundenbuch. Heinrich revanchierte sich mit ähnlich kostbaren Geschenken – englischen Schwertern und Teppichen aus reiner Wolle. Die Verhandlungen über die Handelsgeschäfte verliefen äußerst harmonisch, was auch nicht anders zu erwarten war. Florenz ist ein guter Markt für englische Wolle.« Agrippa machte eine Pause und nahm einen Schluck. »Alles ging gut, bis der Mord die Bühne betrat. Francesco

Albrizzi ging mit seiner Tochter und seinem Schwiegersohn auf der Cheapside einkaufen. Die drei trennten sich, um verschiedene Geschäfte aufzusuchen. Dann hörte man einen Knall – jemand hatte aus einer Gasse heraus eine Muskete oder Arkebuse abgefeuert. Francesco wurde in die Schläfe getroffen und starb augenblicklich.« Agrippa rollte den Becher zwischen seinen schwarz behandschuhten Händen hin und her. »Ihr könnt Euch vorstellen, was dann los war? Die Sheriffs, Gerichtsbeamten und Richter durchkämmten diese schäbigen Gassen und stellten sie regelrecht auf den Kopf.« Agrippa schüttelte den Kopf. »Aber sie fanden keine Spur von dem Mörder oder von der Feuerwaffe, die benutzt worden war.«

»Und was war der Grund für den Mord?« wollte Benjamin wissen.

»Weiß der Teufel! Aber eines ist sicher: nur sehr selten benutzen Wegelagerer oder professionelle Mörder Arkebusen oder Handfeuerwaffen irgendwelcher Art. Und in solchen Fällen würden die Leute untereinander tuscheln, und der Schurke, der einen solch mächtigen Mann getötet hat, würde bald verraten werden, weil man die stattliche Belohnung einheimsen will.«

»Und der König?« fragte ich.

»Er ist entsetzt und wütend auf die Stadt. Er hat gesagt, er werde die Freiheiten der Stadt beschränken, falls sich herausstellen sollte, daß der Mörder aus London stammt.«

»Das verstehe ich nicht«, unterbrach ich. »Eine Arkebuse ist doch ziemlich groß. Man kann damit doch nicht durch die Stadt laufen, sich in einer Gasse postieren, sie zum Schuß vorbereiten, zielen, den Anführer der florentinischen Gesandten töten und dann verschwinden, ohne von jemandem gesehen zu werden.«

Agrippa verzog das Gesicht. »Nun, aber genau das ist geschehen. Cheapside war überfüllt, aber niemand hat den Mörder oder die Waffe gesehen. Man hörte den Schuß und sah, wie Albrizzi, der sich gerade umschaute, aufschrie und zu Boden stürzte.«

»Wo waren seine Begleiter?« fragte Benjamin.

»Seine Tochter und der Schwiegersohn standen nicht weit entfernt. Sie bewunderte gerade irgendein englisches Tuch, und Enrico hatte den Laden eines Goldschmieds betreten, um ein paar Geschenke für seine junge Frau zu erstehen. Sobald sie den Tumult vernahmen, eilten sowohl der Schwiegersohn als auch die Tochter zu der Stelle. Sie mußten sich durch die Menge kämpfen.« Agrippa lächelte. »Und, bevor Ihr eine entsprechende Frage stellt: Keiner von beiden hatte eine Schußwaffe bei sich. Überdies, weshalb sollte einer von ihnen oder beide die Ermordung eines Mannes planen, den sie liebten und verehrten? Außerdem«, fügte Agrippa hinzu, »weiß jeder, der schon einmal mit einer Arkebuse geschossen hat, daß nach dem Abfeuern Spuren an den Händen und am Wams zurückbleiben. Enrico aber trug ein makellos sauberes weißes Wams.«

»Stammte die Kugel der Arkebuse aus England oder aus Italien?«

»Nun, man brachte den Leichnam nach Eltham, wo er in einer der Privatkapellen des Königs aufgebahrt wurde. Die königlichen Einbalsamierer zogen ihm die Totenkleidung an und entfernten die Kugel aus Francescos Schädel. Es war eine ganz gewöhnliche Kugel. Der Waffenschmied des Königs im Tower glaubt, daß sowohl die Arkebuse wie die Kugel in England gefertigt wurden.«

»Wo war der Rest der Familie?« fragte ich.

»Ah, das ist auch eine gute Frage.« Agrippa stellte den

leeren Becher auf den Tisch. »Bis auf Enrico und seine Ehefrau waren alle in Eltham. Es ist sehr schwierig, festzustellen, ob ihre Geschichten stimmen, aber...« Agrippa beendete den Satz nicht.

»Warum wurde er ermordet?« wiederholte Benjamin seine Frage.

»Weiß der Teufel!« antwortete Agrippa abermals. »Es gab Spannungen in der Familie, insbesondere zwischen dem Getöteten und seinem Bruder. Francesco war ein Anhänger der Medici, aber Roderigo... nun, Ihr werdet es schon noch selbst herausfinden. Kurz gesagt, er möchte, daß Florenz eine Republik wird, die von einer Oligarchie regiert wird, in der natürlich die Albrizzi die führende Rolle spielen.« Agrippa blies seine Backen auf. »Ich vermute, es gab auch noch andere Spannungen. Alessandro verlangte mehr Unabhängigkeit. Und natürlich haben sie in Florenz verschiedene Feinde, die leicht einen Mörder gedungen haben könnten, der den Anschlag hier in London ausführte, weit weg vom Stammsitz der Albrizzi.« Agrippa stand auf.

»Was sagen die Albrizzi selbst zu dem Mord?« fragte ich.

Agrippa fuhr sich mit der Hand über eine Backe. »Ja, das ist seltsam! Sie sagen überhaupt nichts dazu. Sie trauern um Francesco, der in der Kapelle von St. Stephens aufgebahrt liegt. Die Albrizzi sind eine wohlhabende, gebildete Familie. Sie werden keine Beschuldigungen gegen ihr Gastland erheben, und außerdem darf man nicht vergessen, daß geheime Mordanschläge für die Florentiner seit jeher ein Mittel der Politik sind. Sie werden abwarten, bis ihre Zeit gekommen ist und inzwischen so viele Auskünfte und Berichte wie möglich sammeln. Wenn sie einen Mörder finden, werden sie ihm die Blutrache erklären und nicht eher ruhen, als bis sie ihn zur

Strecke gebracht haben.« Agrippa zog sich seine Hutkrempe tiefer ins Gesicht. »Der König und Kardinal Wolsey möchten, daß der Mörder gefaßt wird. Sie haben Belohnungen ausgesetzt und alle Möglichkeiten des Gesetzes ausgeschöpft, aber dabei so gut wie nichts in Erfahrung bringen können.« Agrippa deutete mit dem Zeigefinger auf uns. »Daher sollt Ihr jetzt nach Eltham kommen und, falls der König es wünscht, die Albrizzi zurück nach Florenz begleiten. Eure Aufgabe ist es, herauszufinden, wer dieser Mörder ist.«

Ich schloß meine Augen und stöhnte auf. Jetzt geht es also wieder los, dachte ich mir. Der gute Shallot wird in die Welt hinausgeschickt, um die Launen des verschlagenen Kardinals und des Großen Schlächters, des feisten Bastards Heinrich VIII., zufriedenzustellen.

»Was ist, wenn der Mörder in England bleibt?« fragte Benjamin.

Agrippa schüttelte den Kopf und lächelte schwach. »Sowohl Kardinal Wolsey als auch der König glauben, daß der Mörder, was immer auch die Albrizzi sagen mögen, zu Francescos Familie gehört oder daß zumindest Mitglieder der Familie ihn mit Gold gedungen haben.«

»Ihr haltet letzteres für eher unwahrscheinlich?« hakte Benjamin nach.

»Ja, ja.« Agrippa blinzelte in die Sonne. »Einen Mörder anzuheuern, um die Schmutzarbeit zu erledigen, kann sich als sehr gefährlich erweisen. Ist der Mörder einmal enttarnt, dann ist auch derjenige bekannt, der ihn beauftragt hat. Zweitens, wenn man einen Mörder anheuert, um einen mächtigen Mann umzubringen, muß man damit rechnen, daß er zwar das Gold nimmt, sich dann aber gleich noch etwas dazuverdient, indem er dem Opfer von dem Mordplan erzählt. Und schließlich . . .«

»Und schließlich«, setzte Benjamin den Satz fort, »stellen die Albrizzi zwar in Florenz eine Macht dar, kennen sich aber in England und im Londoner Leben nicht so gut aus, daß sie wüßten, wo man solch einen Mörder anheuern kann.«

»Genau!« schloß Agrippa. »Also, ob es Euch nun gefällt oder nicht, lieber Roger, auf Euch wartet Eltham und danach das glorreiche Florenz! Eine wunderbare Stadt«, fügte er hinzu, »die eingebettet liegt zwischen den Bergen der Toskana. Es heißt, der Wein dort soll sehr gut sein und die Frauen noch viel besser. Also, kein Grund zu verzweifeln. Ich bin mir gewiß, Ihr werdet Euren Auftrag zur Zufriedenheit des Königs ausführen und ruhmbeladen zurückkehren.«

Dieser sarkastische Schweinehund! Wann, so fragte ich mich, war dies schon einmal geschehen? Noch nie! Wir waren durch kalte Moore gehetzt worden! Menschenfressende Leoparden hatten uns durch einen Irrgarten bei Paris gescheucht! Mörder jedweder Art hatten sich an unsere Fersen geheftet! Und Ihr dürft mir glauben, auch dieses Mal behielt ich recht. Wir schickten uns an, in eine Natterngrube zu steigen und uns auf das gefährlichste Abenteuer meiner langen und wechselvollen Karriere einzulassen. Doch so ist eben das Leben, habe ich nicht recht? Wenn man auf dem Boden sitzt und traurige Geschichten über das Schicksal von Königen erzählt (eine Zeile ähnlichen Inhalts habe ich auch einmal Will Shakespeare zukommen lassen), endet es schließlich in einem fürchterlichen Gejammer – ja, so ähnlich wie bei Wills Hamlet, der voller Zweifel deklamiert: »Sein oder Nichtsein, das ist hier die Frage«. William Shakespeare fiel diese Zeile wieder ein, als er sich nach einem wüsten Zechgelage mit mir langsam wieder erholte. Er hat einen leichten Hang zur Melancholie, mein Will, den er wahrscheinlich von seiner Mutter geerbt hat und den ihm sein keifendes Weib ganz gewiß nicht austreiben konnte. Der Herr möge mir verzeihen, aber mit ihrer Zunge hätte man sogar den Stahl durchschneiden können! Dennoch, sie war ein bedauernswertes Mädchen, und vielleicht hatte sie auch Grund dazu, so zu sein, wie sie war. Will hat es nie verwunden, und er phantasiert immer wieder von einer dunklen Dame – er weigerte sich sogar, dem alten Shallot zu sagen, wer diese Schöne Helena sein könnte. Ich versuchte, ihn dazu zu bringen, den Satz von Hamlet zu ändern. »Es kommt nicht darauf an, daß man *ist*«, rief ich, sondern daß man *glücklich ist*!« Der gute Will schüttelte einfach nur den Kopf, lächelte traurig und füllte seinen Becher nach. Nun ja, so ist das eben mit den Autoren! Sie gehören nicht unbedingt zu den glücklichsten oder zu den zufriedensten Menschen. Mich ausgenommen, denn ich habe Margot und Phoebe, die für mein Wohlergehen sorgen, und ich erzähle diese Geschichten aus bestimmten Gründen – um darzustellen, wie verkommen der Große Schlächter war, um die Tugendhaftigkeit meines Meisters zu rühmen, der zu den ehrbarsten Männern der Welt gehörte, und um Euch junge (oder auch nicht mehr so junge) Leute zu warnen vor den Gefahren der Lüsternheit, des Fluchens, der Tollerei, des Trinkens und Spielens und all der anderen Verlockungen des Lebens. Denn die Jungen denken meist nicht lange nach, und ich tat es auch nicht, als wir unsere Reise fortsetzten und in die von Ausgelassenheit erfüllte, schmutzige und lärmende Stadt London eintauchten.

Nun habe ich schon fast fünfundneunzig Jahre auf dem Buckel – aber selbst wenn ich noch weitere hundertfünfzig Jahre leben würde, niemals würde ich London überdrüssig werden! Die Stadt ist schäbig, blutig, gewalttätig, farbenprächtig, sie stinkt und ist einfach unvergleichlich. Wir ritten über Bishopsgate in die Stadt. Ich freute mich, wieder dort zu sein, doch Benjamin war verwundert.

»Hätten wir denn nicht die Clerkenwell Road nehmen müssen, wenn wir nach Eltham hinaus wollen?« fragte er Agrippa. Agrippa verzog das Gesicht. »Ich möchte Euch zeigen, wo Francesco Albrizzi starb. Ihr werdet später keine Gelegenheit mehr haben, die Stelle zu sehen.«

Mir war das gleich. Ich warf meinen Kopf hin und her, sog den Anblick in mich auf, lauschte dem Stimmengewirr, dem Gelärme und Geschnatter. Ich suchte nach jenen Geschöpfen, deren Gesellschaft ich so schätze – die Damen der Nacht, die stolzen Dirnen, die mit silbernen Sternen und Sonnen verziert sind; die gelenkigen Akrobaten; die ärmlich gekleideten Dichter, die ihre Werke herausschreien; die geckenhaften Gauner, die in ihren Seiden- und Lammwollgewändern einherstolzieren und deren kräftiges Parfüm sich mit dem Geruch des Schwefels mischt, der auf die Straßen gestreut wird, um den Gestank der Scheiße und des Abfalls zu überdecken, der dort herumliegt. Ich legte eine Hand auf meine Geldbörse und hielt nach den Schurken, Halsabschneidern und zweibeinigen Ratten, nach dem ganzen bunten Völkchen Ausschau, mit dem ich mich in meiner Jugendzeit herumgetrieben hatte.

Wir bogen in die Threadneedle Street ein und kamen in die Poultry. Dann durchquerten wir Westchepe und stellten unsere Pferde in der Schenke zum Heiligen Lamm Gottes unter, unweit der Kirche von St. Mary-Le-Bow. Die Galgenvögel, die uns begleiteten, stürzten sogleich in die Schenke und brüllten nach Bier, während Agrippa mich und Benjamin die von geschäftigem Treiben erfüllte

Straße entlangführte. Nun, die Cheapside hat sich nicht sehr verändert, also könnt Ihr Euch vorstellen, wie es dort aussah. Im Norden der Cheapside, zwischen dem Kolleg von St. Martin-Le-Grande und der Kirche St. Mary-Le-Bow, zweigen zwei große Durchgangsstraßen ab – die Wood Street und die Milk Street. Die Häuser, die entlang dieser beiden Straßen stehen, werden durch enge Gassen in Blöcke unterteilt. Agrippa deutete nach links und zeigte uns das Tuchgeschäft, in dem Francescos Tochter Beatrice eingekauft hatte. Dann ging er ein kleines Stück weiter.

»Francesco stand ungefähr hier.« Agrippa zeigte zwischen den Läden hindurch, und wir erblickten die Einmündung einer dunklen Gasse. »Er muß also in die Richtung geschaut haben, in der sich der Mörder versteckte.«

»Und der Schwiegersohn?« fragte ich.

»Enrico?« Agrippa deutete zu einer Reihe von Geschäften, die hinter dem Tuchladen lagen. »Er war bei diesem Goldschmied. Seht Ihr den Laden unter dem Schild mit dem silbernen Stößel?«

»Und sonst war niemand von Francescos Gefolge in der Nähe?«

»Offenbar nicht.«

»Also, was geschah dann?« wollte Benjamin wissen.

»Man hört das Krachen des Gewehrs. Francesco stürzt tot zu Boden. Die Menge strömt zusammen, und auch Enrico und Beatrice kommen herbeigeeilt.«

Benjamin schüttelte ungläubig den Kopf, während wir in die Gasse hineingingen. Das Sonnenlicht verschwand ganz plötzlich, und wir mußten uns die Nasen zuhalten, um uns vor dem Gestank der menschlichen Exkremente und des Urins zu schützen, ganz zu schweigen von den Ausdünstungen einer toten Katze, die von einem Karren zerquetscht worden war und immer noch mit aufgequollenem Bauch auf dem Boden lag.

»Und hier fand sich kein Hinweis auf den Mörder?« fragte Benjamin.

»Nicht die geringste Spur, und da ist auch niemand, der jemanden davonlaufen sah.«

Benjamin nickte mir zu. »Roger, geh und befrage den Tuchhändler und dann den Goldschmied.«

Ich war erleichtert, wieder aus dieser Gasse hinauszukommen, und zwängte mich durch die Menschenmenge. Der sauertöpfische Tuchhändler erwiderte mir, er sei zu beschäftigt, meine Fragen zu beantworten, aber als ich ihm drohte, seinen Laden auf den Kopf zu stellen, seufzte er erschöpft und schaute mich mit zusammengekniffenen Augen an.

»Ja, ja«, knurrte er. »Die Italienerin war hier und hat die Tücher befühlt. Ihr Vater war auch hier, aber ich habe ihn dann weggehen sehen.«

»Habt Ihr den Schuß gehört?«

»Ich glaube schon. Ich schaute hinüber. Ich sah den Mann auf dem Pflaster liegen. Ein Beutelschneider hatte schon seinen Dolch gezogen, deshalb habe ich geschrien. Eine Menschenmenge ist zusammengelaufen, und dann kam der junge Italiener. Er war ganz weiß gekleidet und hatte Augengläser auf.«

»Augengläser?« rief ich.

»Ja, Ihr wißt doch. Diese neumodischen Gläser aus Italien mit dem Draht. Er war mit seiner Ehefrau hier, er war wirklich sehr kurzsichtig. Dann ging er zum Goldschmied Crockertons hinüber. Dasselbe habe ich schon dem Coroner erzählt, dem Sheriff und dem Unter-Sheriff. Nein, mehr weiß ich nicht. Habt Ihr noch weitere Fragen?«

»Nein.«

»Gut«, schnarrte der Kerl. »Dann macht Euch davon!«

Ich rüttelte an seiner Auslage und stieß dabei einige Tuchrollen um. Das ist etwas, was ich an London nicht ausstehen kann, nämlich daß manche Kaufleute so ignorant und unverschämt sind. Der Goldschmied hatte auch keine besseren Manieren. Er beäugte mich argwöhnisch.

»Ja, ich erinnere mich gut an diesen Tag«, antwortete er auf meine Frage. »Der junge Italiener kam hier herein. Oh, habe ich mir gedacht, hier kommt aber ein Dandy. Er hatte ein weißes Taftwams an, das überall, an der Brust und an den Achseln, ausstaffiert war. Er fing an, nach Figurinen, Ringen und dergleichen zu fragen. Ich konnte ihn kaum verstehen. Er war mir ziemlich lästig, hat alles mögliche angegafft.« Der Mann deutete zur Tür. »Ich habe ihm gesagt, er solle hinausgehen und die Auslage betrachten. Da würde er weniger stören. Er ging. Dann habe ich den Tumult gehört.« Er zuckte mit den Schultern. »Das ist alles, was ich sagen kann.«

Ich dankte dem Goldschmied, verließ seinen Laden und ging zurück zu der Gasse. Mein Meister und Agrippa unterhielten sich vor einem Pfandleihergeschäft mit einem jungen Mann. Benjamin klopfte dem Mann leicht auf die Schulter, während er mit Interesse den Pfandschein studierte, den der Mann in der Hand hielt.

»Was ist los, Master?«

»Dieser junge Mann hat gerade einen sehr seltenen alten Kelch in Pfand gegeben.« Benjamins Augen glühten vor Begeisterung. »Ich habe ihm angeboten, ihm für den Schein doppelt soviel zu bezahlen, wie ihm der Pfandleiher gegeben hat. Dann werde ich hineingehen und den Kelch auslösen.«

»Nein, das werdet Ihr nicht tun!« rief ich. Ich packte

den abgerissenen jungen Mann an der Schulter und starrte in seine eng beieinanderliegenden, unsicher flackernden Augen.

»Du kleiner stinkender Scheißkerl!«

»Was wollt Ihr denn?« stotterte der Gauner.

»Ich bezahle dir dreimal soviel, wie der Pfandschein wert ist, allerdings nur unter einer Bedingung!« bellte ich ihn an. »Daß du zusammen mit mir in das Pfandgeschäft gehst, du elender Kotzbrocken, du verrotteter Abschaum!«

Der Bursche nickte, aber sobald ich ihn freigab, ließ er den Pfandschein fallen und sauste davon wie ein Wiesel. Benjamin starrte mich erstaunt an.

»Was um alles in der Welt sollte das bedeuten?«

»Ein altbekannter Trick, Master. Diese Halunken fälschen einen Pfandschein, stellen sich vor den Laden und warten. Üblicherweise jammern sie dabei über das Pech, das ihnen widerfahren ist. Dann kommt ein vertrauensseliger Mensch wie Ihr des Weges und bietet dem Burschen an, ihm den Schein abzukaufen, weil er denkt, er könnte einen wertvollen Gegenstand zu einem günstigen Preis erstehen. Wenn er dann aber dem Pfandleiher den Schein vorlegt, stellt sich heraus, daß dieser davon überhaupt nichts weiß.«

Agrippa grinste diebisch. Benjamin klopfte mir auf die Schulter.

»Gott sei Dank habe ich dich, Roger! Und Gott sei Dank bist du so aufmerksam! Was täte ich nur ohne dich?«

Agrippa hustete und wendete sich ab, als stecke ihm irgend etwas im Hals. Ich beobachtete ihn, während Benjamin mir einen Arm über die Schulter legte. »Gott sei Dank habe ich dich!« wiederholte er.

(Mein kleiner Kaplan hält beim Schreiben inne und fragt mich, wie ich wissen konnte, daß der junge Mann auf Betrug aus war. Oh, dieser Schwachkopf! Weil ich in meiner Jugend denselben Trick angewendet habe!)

Nun, Benjamin meinte dann, er habe jetzt genug gesehen. Wir holten unsere Galgenvögel aus dem Heiligen Lamm Gottes und machten uns auf zur London Bridge. Als wir uns durch die Menge kämpften, stieß ich Benjamin an und deutete zum Torhaus. Darüber war eine Reihe von abgeschlagenen Köpfen auf Haken gespießt, umschwirrt von Raben und Möwen, die kreischend um die saftigsten Stücke rangelten.

»Unser ehrenwerter König hatte wieder viel zu tun«, flüsterte ich.

Agrippa blickte über seine Schulter zurück. »Denkt an meine Worte, Roger. Wenn die blutigen Zeiten anbrechen, wird es nicht mehr genug Haken geben, um die Köpfe daran aufzuspießen.«

Seine Worte erschreckten mich. Mir wurde bewußt, daß auch ich bald wieder in die Krallen des Maulwurfs geraten und nach seiner unheimlichen Melodie zu tanzen beginnen würde.

Wir ritten über die Brücke, durchquerten Southwark und wendeten uns dann nach Südosten in Richtung Kent. Unter der wärmenden Sonne galoppierten wir an satten Feldern vorüber hinunter zum Palast von Eltham. Oh, es war wahrlich ein Palast – mit seiner wunderschönen, aus Asche und Kieselsteinen gebauten Halle, seinen Innen- und Außenhöfen, seinen Gärten, Obstgärten und Wiesen, alles gesichert durch einen tiefen und breiten Wassergraben. Mir entfuhr ein Seufzer der Erleichterung, denn Heinrich und Wolsey hielten sich offensichtlich im Palast auf. Bewaffnete in den Farben des Königs oder des Kardinals bewachten die Straßen und den Weg zur Zugbrücke. Als wir sie überquerten, erblickte ich die Galgen, die zu beiden Seiten der Brücke aufgestellt waren. Jeder hatte sechs Schlingen, und in jeder Schlinge baumelte eine halbnackte Leiche.

»Was haben die Männer angestellt?« fragte ich. »Haben sie in Gegenwart des Königs gehustet?«

»Nein«, erwiderte Agrippa. »Sie haben Geschäfte geplündert. Sie waren Hausdiener und Küchenhelfer; sie haben Vorräte aus den Küchen gestohlen, um sie in London auf dem Markt zu verkaufen.«

Ich bedeckte meine Nase und meinen Mund, um mich vor dem Leichengestank zu schützen, während Agrippa den Wachen unsere Dokumente zeigte. Wir passierten das Torhaus und ritten in den Außenhof. Ein Kammerdiener informierte uns, daß Heinrich und der Kardinal gerade in den Flußauen bei der Jagd seien. Agrippa sagte dem Kammerdiener, er solle uns zu unseren Unterkünften führen.

»Sind die Herren aus Florenz auch hier?« fragte er.

Der Kammerdiener nickte. »Zeigt den Gästen des Königs ihre Kammer!« Agrippa wandte sich an uns. »Benjamin, Roger. Wascht Euch und zieht Euch um. Ihr könnt die Albrizzi in der großen Halle kennenlernen.«

Dann stapfte er davon, während der Kammerdiener mürrisch vor uns herwatschelte. Schwitzende Diener, die sich unsere Satteltaschen über die Schultern geworfen hatten, folgten uns. Ich kann nur sagen, ich war wirklich froh, daß wir die verdammten Dinger nicht selbst tragen mußten. Gäste! Man führte uns zu einem der Außengebäude, wo wir eine kleine Kammer unmittelbar unter dem Dach zugewiesen bekamen – kahler Boden, schmutzige Wände und eine viel zu niedrige Decke. Zwei schmale Pritschen waren unsere Betten, in einer ramponierten Truhe sollten wir unsere Habseligkeiten unterbringen. Als Benjamin protestierte, warf der Kammerdiener seine kleine Hühnerbrust nach vorn. Er sagte, der Palast sei überfüllt, und wir könnten froh sein, nicht im Stall schlafen zu müssen.

»Lieber würde ich bei den Pferden übernachten, du elender Krötenarsch!« rief ich ihm nach, aber der Mann watschelte unbeeindruckt davon. Ich warf die Tür hinter ihm zu und begann, unsere Satteltaschen auszupacken. Wir wuschen uns und teilten dabei denselben Krug Wasser. Inzwischen war ich fuchsteufelswild. Ich ging nach unten und kehrte nach einem erfolgreichen Raubzug in der Küche mit einem Krug Wein, zwei Bechern, frischem Brot und zwei einigermaßen sauberen Mundtüchern zurück.

»Wo hast du das her, Roger?« fragte Benjamin.

»Euer ›allerliebster Onkel‹ hatte es für uns bereitgestellt.«

Mit meinem Sarkasmus konnte Benjamin nichts anfangen, er war einfach zu unschuldig und naiv! Er setzte sich auf sein Bett, und wir teilten das Brot und tranken den reichlich dünnen Wein.

»Dann hat der Tanz also wieder einmal begonnen, Roger?«

»Jawohl«, erwiderte ich bitter. »Zuerst hier, und dann geht es gleich weiter in Florenz.«

Benjamin grinste. »Sei nicht so niedergeschlagen, Roger. Denk an all die Pracht, die wir zu sehen bekommen werden. Die Sonne, die Schönheit. Es heißt, die italienischen Städte seien die schönsten der Welt, und Florenz sei ihre Königin.«

»Es heißt auch«, entgegnete ich, »daß dort viele Leute jung sterben.«

Benjamin ließ sich seine Zuversicht nicht nehmen. Wir tauschten unsere Stiefel gegen angenehmeres Schuhwerk und gingen dann hinunter in die Halle, um die Albrizzi zu begrüßen. Es gab das übliche Durcheinander, Diener und Kammerherren, die eifrig darauf bedacht waren, ihre Autorität und ihre hohe Stellung zu demonstrieren, hielten uns an jeder Ecke auf. Die Halle selbst wurde von königlichen Hellebardieren bewacht, und wir mußten uns ein wenig die Füße vertreten, bis Agrippa erschien und uns hineinholte.

»Die Albrizzi werden gleich kommen«, flüsterte er uns zu.

Ich ließ meine Blicke durch die leere Halle wandern. Es war eine schöne, lange Kammer mit Dreipaßfenstern an beiden Enden und Erkerfenstern entlang der Seitenwände. Das Mobiliar bestand aus großzügig gepolsterten Stühlen, fein bezogenen Schemeln und kunstvoll gezimmerten Tischen. Farbige Banner und Wimpel hingen von der Stichbalkendecke herunter. Prächtige Gemälde an den Wänden wechselten sich ab mit den Wappen und Insignien der Ritter vom Hosenbandorden, und der glänzende Eichenfußboden war mit langen Wollteppichen ausgelegt. Diener kamen herein. Der Hohe Tisch war hinter blauen Samtvorhängen verborgen; diese wurden jetzt zurückgezogen, und die Diener stellten Stühle um den Tisch herum. Ich wollte gerade Agrippa fragen, ob der König zurückkehre, als ein Herold, in einen herrlichen rotgelben Wappenrock gekleidet, die Halle betrat.

»Seine Erhabenste Eminenz, Roderigo Albrizzi!«

Der Herold trat zur Seite, als Francescos Bruder Roderigo, nun Oberhaupt der Familie, hereinschritt, gefolgt von den übrigen Mitgliedern der Familie.

Als erstes fielen mir die Arroganz und die Farbenprächtigkeit auf. Die Albrizzi schienen von der plötzlichen Ermordung Francescos überhaupt nicht beeindruckt zu sein. Sie ignorierten uns fast vollständig. Agrippa huschte um sie herum wie eine schwarze Spinne. Er verbeugte sich und küßte Roderigos Ring, während der Rest der Familie schwätzend umherlief. Agrippa flüsterte Roderigo etwas ins Ohr, und der Florentiner begann, uns mit seinen Augen zu mustern. Sein Gesicht war dunkel und sonnengebräunt. Sein Haar war überraschenderweise nicht schwarz, sondern rotbraun und rund um seinen Kopf kurzgeschnitten, ebenso wie sein Bart, den er sich sorgfältig strich, während er uns betrachtete.

Ein Habicht, dachte ich, oder ein wunderschön gefiederter Falke, grausam und mächtig. Roderigo starrte uns weiter an, dann verzog sich sein Mund zu einem falschen Lächeln, als habe er etwas anderes vorgefunden, als er erwartet hatte. Das ist ein gefährlicher Mann, stellte ich fest. Dasselbe galt für die Gestalt zu seiner Rechten, deren tiefdunkles Gesicht von glänzendem schwarzen Haar umrahmt wurde. Er hatte die herben Gesichtszüge eines Mannweibs und saß still da in seinem weißen Lederwams, dem stahlbesetzten Handgelenkschutz und dem Schwertgehenk, das er um seine schmalen Hüften trug. Der Mann – ich vermutete, es handelte sich um den Soldaten Giovanni – war mit einem Schwert und zwei Dolchen bewaffnet. Roderigo flüsterte ihm etwas ins Ohr, offensichtlich irgendeinen Witz, denn die Lippen des Mannes öffneten sich zu einem Lächeln. Ich erblickte weiße, spitze Zähne, er kam mir vor wie eine Dogge kurz vor dem Angriff.

Agrippa hustete und winkte uns zum Tisch. Als die anderen Platz nahmen, musterte ich sie schnell. Die mollige und wohlgestaltete Bianca trug ein schwarzes Seidenkleid, ihr rabenschwarzes Haar war unter einem weißen Schleier verdeckt, ihr Gesicht immer noch verweint – die trauernde Witwe, dachte ich. Alessandro, der hochnäsig dreinblickende Sohn des toten Francesco, war in schwarzen Samt gewandet, nur ein weißer Hemdkragen stach von seiner düsteren Kleidung ab. Auch er trug einen Schwertgürtel, ebenso der kurzsichtige Enrico, ein Mann mit einem hübschen Gesicht, sandfarbenem Haar und glattrasierten Wangen. Er sorgte für Heiterkeit, als er sich zwischen die Stühle setzte und schließlich von seiner Frau Beatrice an den Ärmeln hochgezogen werden mußte. Ja, und Beatrice entpuppte sich als ein richtiger Singvogel. Eine von diesen blonden Italienerinnen, denen man in einigen Gegenden der Lombardei begegnen kann – goldhäutig, goldhaarig und mit klaren blauen Augen – jener Typ, den Botticelli und die anderen Hofmaler so liebten. Auch Beatrice trug Trauerkleidung, allerdings recht elegante – einen goldenen Spitzenschleier und ein dunkles Samtkleid, das hinter dem Hals zusammengebunden war, sich über ihren kräftigen Brüsten spannte und von der Taille weg in bauschigen Falten zu Boden fiel. Schließlich gab es noch Preneste, den Arzt und Kaplan der Albrizzi, einen Mann mit scharfen Augen, einer langen Nase und silbergrauem Haar und Bart.

O ja, dachte ich mir, hier wartet Ungemach auf Shallot! Aber da irrte ich mich – nicht Ungemach, sondern kaltblütiger Mord erwartete uns.

Kapitel 3

Der Albrizzi-Clan setzte sich unter lautem Geplapper um den Tisch. Ich wollte gerade auf dem Stuhl Platz nehmen, den mir Agrippa angewiesen hatte, da schob mich eine urkomisch aussehende Gestalt zur Seite. Verblüfft starrte ich auf diese kleine Frau hinunter, die ein blaues, silbergesäumtes Buckramkleid trug und ihr Haar hochgesteckt und unter einem weißen Haarnetz verborgen hatte. Ihr Gesicht war so vollkommen und lieblich wie das eines Kindes, aber sonst war sie in allen Belangen eine Frau in Miniaturausgabe.

»Weg da, Lümmel!« kommandierte sie.

Ich will aufrichtig sein – ich starrte sie sprachlos an und sog den Anblick ihrer kleinen Brüste, ihrer Hüften und ihrer Bewegungen in mich auf.

»Ihr habt ja ein schielendes Auge«, sagte sie. »Ich werde Euch Brummbär nennen.«

Die Leute lachten über mich, der ich jetzt wohl hilflos glotzte wie ein tumber Tölpel.

»Herr im Himmel!« fuhr sie fort.

Ihre Stimme war überraschend tief und weich. Die Kindfrau sprang auf und schlug ein Rad. Ich sah weiße Spitzen und Schuhe mit roten Absätzen wirbeln, dann landete sie wieder sicher auf ihren Beinen, mindestens zehn Ellen von mir entfernt. Sie schaute mich an, die Hände in die Hüften gestemmt.

»Könnt Ihr das auch, Brummbär? Oder das?«

Sie schlug die Purzelbäume rückwärts, vollendete Kreise vollführend, und landete vor meinen Füßen, mit leicht gerötetem Gesicht, und ihre Brust bebte leicht, aber nicht stärker, als wenn sie einen Korridor entlanggelaufen wäre. Sie drehte sich um, wieder die Hände in die Hüften gestemmt, und blickte den Tisch entlang zu Lord Roderigo.

»Ich glaube, wir werden mit Brummbär noch viel Spaß haben.« Sie wiederholte den Satz auf italienisch, und alle lachten.

Agrippa rettete mich aus meiner Verlegenheit, indem er sich erhob, um die förmliche Vorstellung zu absolvieren. Benjamin zog mich am Ärmel, damit ich mich auf den Stuhl neben ihm setzte, während Agrippa in blumigen Worten jeden der florentinischen Besucher beschrieb. Dann stellte er Master Benjamin vor, worauf die Versammelten mit respektvollen Blicken und anerkennendem Nicken reagierten. Die Nennung meines Namens und Titels dagegen rief erneutes Gekicher in der Runde hervor, insbesondere bei der Zwergin, die Agrippa als Maria vorstellte.

»Shallot?« fragte sie unter glucksendem Lachen. »Shallot heiß Zwiebel. Seid Ihr eine Zwiebel, Master Brummbär? Wie viele Schalen habt Ihr denn? Bringt Ihr die Leute auch zum Weinen?«

»Nein, Madam«, gab ich zurück. »Ich bringe sie zum Lachen, gewöhnlich aber auf der anderen Seite ihrer Gesichter.«

Ich sah in ihren Augen, daß sie diese Bemerkung getroffen hatte, und blickte mich schnell in der Runde um. Sie behandeln mich genauso wie diese Frau, dachte ich, für sie bin auch ich nur eine Art Hofnarr. Sie warten darauf, unterhalten zu werden. Ich drehte mich zu Maria, ergriff ihre winzige Hand und führte sie an meine Lippen.

»Madam«, sagte ich und erhob mich, »ich entschuldige mich für mein schlechtes Benehmen. Nicht Eure Körpergröße oder Eure Possen haben mich erstaunt, sondern Eure Fairneß.«

Maria lächelte schwach, und bevor sie mir ihre kleine Hand entzog, drückte sie fest meine Finger.

»Brummbär Zwiebel«, erklärte sie, »ist ja ein vollendeter Höfling.«

Diesmal stimmte ich in das Gelächter ein. Lord Roderigo klopfte auf den Tisch.

»Master Daunbey, Master Shallot, wir freuen uns, Euch kennenzulernen. Lady Maria« – er deutete graziös zu der kleinen Frau – »ist es immer wieder ein Vergnügen, mit neuen Landsleuten Bekanntschaft zu schließen.« Sein Gesicht nahm einen gravitätischen Ausdruck an. »Doch die Angelegenheiten, mit denen wir uns zu befassen haben, sind höchst ernster Art. Mein Bruder Francesco wurde in den Straßen von London auf hinterhältige Weise ermordet. Wir fordern Rache, aber wir wissen nicht, wer der Mörder ist. Seine Gnaden der König und Euer werter Onkel, Seine Eminenz Kardinal Wolsey, haben uns versichert, Master Daunby, daß Ihr Euch außerordentlich gut darauf versteht, Mörder ausfindig zu machen und zu überführen. Ihr wurdet meinem Haushalt zugeteilt.« Er machte eine Pause, damit wir die Betonung, die er auf das Wörtchen ›meinem‹ gelegt hatte, auch richtig verstanden. »Wie niedrig Euer Rang auch sein mag«, fuhr er fort und blickte mich dabei hochnäsig an, »Ihr seid meine Gäste.« Er strich sich über seinen Schnurrbart. »Wir erwarten von Euch, daß Ihr der Gerechtigkeit zum Siege verhelft.«

In den letzten Worten schwang eine, wenn auch versteckte, Drohung mit. Ich musterte die Angehörigen seines ›Haushalts‹, die wie hölzerne Statuen auf ihren Plätzen saßen. Auch der Attentäter muß sich hier aufhalten, dachte ich mir. Unter der höfischen Etikette, dem taktvollen Gemurmel und höflichen Lächeln war eine gewisse

Spannung spürbar. Gesten sagen manchmal mehr als die wortgewaltigste Rede. Ich warf schnell einen Blick nach links und sah, daß Maria mich aufmerksam beobachtete. Agrippa, der in der Mitte des Tisches saß, hustete und spreizte die Hände. Er trug immer noch seine schwarzen Stulpenhandschuhe.

(Ah, entschuldigt mich, mein kleiner Kaplan, mein geschätzter Knappe, hopst schon wieder unruhig auf und ab. »Warum trug er immer diese Handschuhe? Warum trug er immer diese Handschuhe?« will er unbedingt wissen. Nun gut, ich werde es ihm erzählen. Ich habe auf beiden Handflächen Agrippas brennende rote Kreuze gesehen, offene Wunden, die ihn daran erinnerten, wo er herkam.

Mein Kaplan gibt sich immer noch nicht zufrieden, er hat noch weitere Fragen. »Wie konnten diese Florentiner Agrippa verstehen? Sie konnten doch gewiß nicht viel Englisch?« Da irrt sich mein kleiner Dummkopf allerdings. Laßt Euch vom alten Shallot etwas sagen: In meinem langen und abwechslungsreichen Leben hat es mich immer wieder erstaunt, wie schlecht die Engländer ihre eigene Sprache oder die anderer Länder sprechen, aber wie schnell Fremde unsere Sprache erlernen. Ich weiß nicht, woran das liegt. Ich habe diese Frage einmal mit dem jungen Ben Johnson und mit Walter Raleigh diskutiert, als wir uns in unserer Geheimkammer im Haus von Bethel zum Essen trafen. Wißt Ihr, was ich ihnen gesagt habe? Daß ich den Verdacht habe, die Engländer meinen, Gott sei einer der ihren und spreche ihre Sprache. Daher halten wir es für sinnlos, die Sprachen anderer Völker zu erlernen, während wir darauf bestehen, daß alle anderen unsere Sprache lernen.)

Nun denn, zurück zu Agrippa. Er brachte zuerst die

üblichen, nichtssagenden Höflichkeitsfloskeln vor, kam dann aber zum Kern der Sache.

»Ich habe Master Daunbey über alles informiert, was der König in dieser Angelegenheit schon unternommen hat«, sagte er. »Wir haben die Cheapside aufgesucht und gesehen, wo Lord Francesco ermordet wurde. Doch ich muß gestehen, wir konnten nichts Außergewöhnliches entdecken.«

»Aber das ist unmöglich!« Enrico trommelte auf die Tischplatte, während er zu uns herunterblinzelte. »Wie kann ein Mann ein Gewehr in eine geschäftige Londoner Straße schleppen, damit meinen Schwiegervater erschießen und dann ungesehen entkommen?«

»Das ist eben das Rätsel«, sagte Benjamin. »Eine Arkebuse ist einigermaßen unhandlich. Sie muß geladen, schußfertig gemacht, angelegt und abgefeuert werden. Sie hinterläßt bei der Person, die sie benutzt hat, ihre Spuren und ist auch nicht leicht zu verstecken.« Benjamin zuckte mit den Schultern. »Wenn wir herausfinden könnten, wie das Gewehr benutzt wurde, dann könnten wir auch den Attentäter ausfindig machen und ihn oder sie in Tyburn an den Galgen bringen. Aber es gibt noch eine viel wichtigere Frage.«

»Und welche?« fragte Alessandro herrisch. Er starrte seine gebogene Nase hinunter und sah aus, als wäre er soeben aus einem Abwassergraben gekrochen. Er konnte es einfach nicht begreifen, daß wir an demselben Tisch saßen wie er.

Benjamin verzog das Gesicht und deutete zu dem Haudegen, der uns lediglich als Giovanni vorgestellt worden war. Er spielte wie ein Mädchen mit den Locken seines langen Haares. Seine Augen, die unter schweren Lidern lagen, blickten mich unverwandt an.

»Master Giovanni«, fragte Benjamin, »Ihr seid Soldat?«

»Ich bin ein Condottiere«, erwiderte der Mann. »Ihr Engländer sagt dazu Söldner.«

»Und Ihr habt schon mit Feuerwaffen zu tun gehabt?«

»Natürlich.«

»Und würdet Ihr meinen Ausführungen zustimmen?«

Der Mann schnitt eine Grimasse und winkte mit der beringten Hand.

»Was ist Eure ›wichtige Frage‹?« beharrte Alessandro, der Giovanni mit einer Handbewegung bedeutete, er solle schweigen.

Der Condottiere kniff seine Augen zusammen und setzte einen gehässigen Gesichtsausdruck auf. O je, dachte ich, hier sind zwei Männer, die nicht viel füreinander übrig haben.

»Meine Frage ist ziemlich einfach«, antwortete Benjamin. »*Concedo,* daß Lord Francesco durch eine Kugel getötet wurde, die jemand aus einer Gasse in der Cheapside abfeuerte. Er war ein berühmter Herr aus Florenz, der dem englischen Hof seine Aufwartung machte – nicht jemand, der aus einer Laune heraus durch London schlenderte. Was mich bewegt, ist die Frage: Wer wußte, daß er sich an diesem bestimmten Tag in der Cheapside aufhalten würde?«

Benjamin blickte in die Runde. Die Florentiner starrten wie versteinert zurück.

»Was wollt Ihr damit andeuten?« fragte Alessandro drohend.

»Mein Meister möchte überhaupt nichts andeuten«, mischte ich mich ein. »Die Frage ist doch wirklich ziemlich einfach. Jemand wartete auf Lord Francesco. Jemand, der wußte, daß er dort sein würde. Und jemand, der den besten Platz zur Ausführung des Mordes kannte. Es gibt ein Gewirr von Gassen und Gäßchen in der Stadt, wie geschaffen für Ratten aller Art!«

Da kam Bewegung in die Gruppe. Stühle wurden zurückgeschoben. Alessandro rief in seiner Muttersprache Roderigo etwas zu, und seine Hand fuhr zu dem Dolch an seinem Gürtel. Roderigo saß regungslos an seinem Platz, dann schlug er auf den Tisch, um für Ruhe zu sorgen.

»Master Daunbey, Euer Diener ist reichlich unverschämt.«

»Nicht unverschämt, Lord Roderigo, nur aufrichtig. Wenn Ihr die Wahrheit herausfinden wollt, führt am ehesten die Aufrichtigkeit zu diesem Ziel. Darf ich noch eine weitere Frage anfügen: Weshalb war Lord Francesco ohne Begleitung unterwegs?« Er schaute den Condottiere an, doch Roderigo war jetzt bemüht, die Situation zu entschärfen.

»Ich bin auch der Meinung«, sagte er rundheraus, »daß Schmeicheleien uns nicht weiterbringen. Um auf Eure Frage zu antworten: Mein Bruder glaubte sich in London sicher. Wer sollte ihm hier nach dem Leben trachten wollen?« Er berührte die Hand des Condottiere, der neben ihm saß. »Doch wir sind wohlhabende Leute und ziehen Gewalt an. Master Daunbey, Ihr habt die Galgen vor dem Palast gesehen. Wenn die Schurken hier bereit sind, ihren König zu bestehlen, weshalb sollten sie dann davor zurückschrecken, sich an ausländischen Besuchern zu vergreifen?« Er schniefte, zog ein Taschentuch aus dem Ärmel seines Wams und putzte sich sorgfältig die Nase. »Alle hier wußten, wo sich mein Bruder aufhielt. Er machte kein Geheimnis daraus.«

»In diesem Fall, Mylord, habe ich noch eine weitere

Frage«, erklärte Benjamin. »Wo waren die Anwesenden, als Lord Francesco getötet wurde?«

Diesmal vermochte keine Handbewegung von Roderigo den Tumult zu beenden. Alessandro sprang auf. Er war fuchsteufelswild, stieß einen italienischen Wortschwall heraus und zeigte dabei zu Benjamin und mir. Ich verstand so gut wie nichts von dieser Sprache, aber ich begriff, daß er es nicht gut mit uns meinte. Enrico blickte starr durch die Halle, sein Gesicht in stiller Mißbilligung verzogen. Die Frauen, die nicht so aufgebracht waren, betupften sich die Augen und flüsterten miteinander. Der Arzt Preneste und der Condottiere Giovanni blieben gelassen. Ich bemerkte den Anflug eines Lächelns auf dem Gesicht des Soldaten, als freue es ihn, seine ehrenwerten, reichen Herren so aufgeregt zu sehen.

Doch, wie ich schon ausgeführt habe, es ist immer aufschlußreich, Menschen während solcher Gefühlsregungen zu beobachten. Man erfährt oft mehr durch Gesten als durch feurige Reden. Die drei Bediensteten Preneste, Giovanni und Maria blieben alle ruhig und gelassen und gaben dadurch zu verstehen, daß auch sie sich Benjamins Fragen schon gestellt hatten. Aber was war mit den Familienmitgliedern? Roderigo kaute auf seiner Unterlippe. Seine rechte Hand befand sich unter dem Tisch. Drückte er die Hand der Witwe seines toten Bruders? Diese schaute ihn zwischen Weinen und Schluchzen immer wieder bewundernd an. Alessandro schauspielerte zweifellos. Enrico schien einigermaßen gefaßt zu sein, während seine junge Frau Beatrice sich zwar hilfesuchend an seinen Arm klammerte, aber auch dem grimmigen Giovanni schmachtende Blicke zuwarf.

Benjamin beobachtete sie genauso wie ich und zog seine Schlüsse aus ihrem Verhalten. Er beugte seinen Kopf nach unten und grinste mir hinter vorgehaltener Hand zu. Schließlich stand Agrippa auf, der lange Zeit mit eingezogenen Schultern dagesessen hatte, als hätte ihn das Ganze zutiefst gelangweilt.

»Signor Roderigo«, sagte er. »Master Daunbeys Frage ist vollkommen vernünftig. Wenn er die gewünschten Auskünfte nicht erhält, vergeudet er hier nur seine Zeit, und Ihr schlagt das großzügige Angebot des Königs aus.« Er legte eine besondere Betonung in den letzten Satz.

Agrippas kurze Erklärung sorgte für Ruhe.

»Meine Frage ist noch unbeantwortet«, beharrte Benjamin.

»Ich werde für alle antworten«, sagte Roderigo. »An dem Tag, an dem Francesco sich in die Cheapside begab, blieben ich und die anderen hier in Eltham.« Er lächelte und spreizte die Hände. »Obwohl ich das natürlich nicht beweisen kann. Wollt Ihr noch etwas wissen?«

Benjamin schüttelte den Kopf.

»Nun gut«, sagte Roderigo und erhob sich. »Ich wurde informiert, daß Seine Gnaden und Seine Eminenz, der Kardinal, draußen bei der Jagd sind, ein Vergnügen, dem ich mich auch gern gewidmet hätte.« Er lächelte gekünstelt. »Doch Master Daunbey willkommen zu heißen, war natürlich wichtiger.«

Auch die übrigen Angehörigen seines Gefolges erhoben sich und schoben ihre Stühle zurück Roderigo deutete in Benjamins Richtung eine Verbeugung an.

»Master Daunbey, entschuldigt mich. Wir werden uns heute gewiß später noch einmal begegnen. Wir freuen uns, daß Ihr uns auf unserer Rückreise nach Florenz begleiten wollt.«

Roderigo verließ die Halle, und die Mitglieder seiner Familie, die uns offenbar schon vergessen hatten, folgten ihm schwatzend und plappernd. Agrippa ging zum Ende der Halle. Er schloß die Tür hinter ihnen und huschte dann geräuschlos wie eine Spinne zu uns zurück.

»Was haltet Ihr von ihnen?« flüsterte er.

»Eingebildete Pfaue!« knurrte ich. »Wußtet Ihr, Agrippa, daß es in Norfolk Teiche gibt, die an der Oberfläche völlig ruhig aussehen, in deren Tiefen aber gefährliche Strömungen und heimtückischer Schlamm lauern? So ähnlich kommen mir auch die Albrizzi vor. Ich traue ihnen nicht über den Weg. Warum kann man sie nicht in England festhalten?« jammerte ich. »Warum müssen wir ihnen bis nach Italien hinterherlaufen?«

Agrippa setzte sich neben mich und legte mir eine Hand auf die Schulter.

»Erstens, lieber Roger, weil der König Euch andere Aufgaben zugewiesen hat. Und zweitens: Es steht gar nicht in unserer Macht, sie festzuhalten. Drittens: Was soll der König denn tun? Weigert er sich, ihnen Unterstützung zu gewähren, sieht es so aus, als kümmere ihn die ganze Angelegenheit nicht.«

»Welche anderen Aufgaben hat er sich denn für uns ausgedacht?« fragte ich kurz angebunden.

Agrippa klopfte mir auf die Schulter und stand auf. »Das wird er Euch selbst sagen«, antwortete er gackernd und eilte davon.

Ich schaute Benjamin an, der sein Kinn in die Hände gestützt hatte.

»Nun, Master?«

»Nun, Roger, ich glaube, es gibt nicht viele Leute, die um den toten Francesco trauern. Roderigo hat sich so selbstverständlich in seine neue Rolle als Oberhaupt der Familie hineingefunden, als wäre sie ihm angeboren. Alessandro ist voller Verbitterung und Wut, die aber überhaupt nichts zu bedeuten haben. Enrico ist kalt wie ein Fisch. Lady Bianca ist gewiß nicht die trauernde Witwe, als die sie sich gibt, und Lady Beatrice scheint vom Leibwächter der Familie betört zu sein.«

»Und Preneste?« fragte ich. »Ein Priester, ein formvollendeter Diener. Er verbirgt seine Gefühle geschickt.«

»Und Maria?«

Benjamin drehte sich um, von einem Ohr zum anderen grinsend. »Sie ist das schwächste Glied in der Kette der Albrizzi. Eine Frau von zwergenhaftem Wuchs, ein sehr interessantes Phänomen. Sie ist ein heller Kopf, sehr aufgeweckt. Außerdem ist sie Engländerin und, wie ich glaube, ihren Herren nicht gerade in abgöttischer Liebe zugetan.«

»Und der Mörder?« fragte ich.

»Oh, jeder von ihnen könnte der Mörder sein. Oder vielleicht auch alle zusammen.« Er machte eine Pause, als Trompetenstöße durch den Palast hallten. »Doch komm, Roger, waschen wir uns und wechseln wir die Kleidung, um uns für meinen ›allerliebsten Onkel‹ bereit zu machen.«

Wir gingen zu unserer winzigen Kammer zurück und stiegen müde die gewundene Holztreppe empor.

»Fast so hoch wie die Jakobsleiter«, murmelte ich.

Benjamin wollte gerade etwas erwidern, als uns jemand zuzischte.

»Master Brummbär Zwiebel!«

Ich blickte suchend umher.

»Master Brummbär Zwiebel!«

Ich bemerkte eine kleine Nische in der Wand und machte einen Schritt darauf zu.

»Macht keine Dummheit!« zischte die Stimme. »Geht zurück in Eure Kammer, aber wenn die Glocken läuten, kommt zusammen mit Eurem Master hinunter in den Buchsbaumgarten. Nun geht, geht, geht!«

Benjamin schaute mich an und zuckte mit den Achseln, um zu zeigen, daß er bereit war, zu tun, was sie sagte. Wir kehrten in unseren Verschlag zurück und verzehrten den Rest des Weines und des Brotes, das ich gestohlen hatte. Benjamin freute sich wie ein Kind und hätte sich wohl am liebsten selbst umarmt.

»Ich habe es dir gesagt, Roger. Maria ist das schwache Glied in der Kette der Albrizzi.«

Ich setzte mich und überlegte, weshalb die kleine Frau so schnell mit uns Verbindung aufgenommen hatte. Als die Glocken zu läuten begannen, gingen Benjamin und ich hinunter. Ein Diener zeigte uns den Weg zum Buchsbaumgarten, nachdem ich ihm gedroht hatte, ihm einen Fußtritt in den verlängerten Rücken zu versetzen (er war kleiner als ich). Der Buchsbaumgarten war eine kleine, quadratförmige Laube, überwuchert von Gras, mit Buchsbaumhecken als Umrandungen und einer steinernen Bank an jeder Seite. Die Blumenbeete waren schon vor langer Zeit Herbstastern, Butterblumen und einigen wilden Rosenbüschen gewichen.

»Hierher!« flüsterte die Stimme.

Wir durchquerten den Garten und setzten uns auf eine der Bänke. Maria versteckte sich offenbar in einer kleinen Aushöhlung in der Hecke hinter uns.

»Bist du es, Maria?« fragte ich.

»Nein, hier ist Richard III., Brummbär!« gab sie zischend zurück. »Ist Euer Verstand genauso verbogen wie Eure Augen?«

»Was willst du?« fragte ich.

»Um Himmels willen!« zischte Maria. »Tut so, als würdet Ihr Euch miteinander unterhalten, nicht mit mir!

Gütiger Himmel, mit was für Tolpatschen habe ich es hier zu tun! Ihr werdet nicht lebend aus Florenz herauskommen. Junge Küken in einer Natterngrube.«

»Was willst du?« fragte Benjamin mit Nachdruck.

»Die Wahrheit.«

»Und was ist die Wahrheit?«

»Nicht das, was sie zu sein scheint.«

»Das haben wir auch schon herausgefunden«, erwiderte ich sarkastisch.

»Still, Brummbär! Hört mir zu! Hütet Euch vor Giovanni, dem Condottiere. Er liebt das Töten, und er mag Euch nicht. Lady Bianca ist eine Hure. Sie hat ihren Ehemann mit dessen Bruder betrogen.«

»Weshalb?«

»Francesco war im Bett ein Versager.«

»Woher weißt du das?«

»Weil er mich bei verschiedenen Gelegenheiten bat, ihm zu Diensten zu sein.«

Ich lachte schallend.

»Mit meiner Hand. Und ich schlich mich immer in ihre Schlafkammer und beobachtete, wie er sich abzappelte. Er war genauso schlapp wie Ihr.«

Benjamin riß die Augen auf, weil diese Zwergenfrau kein Blatt vor den Mund nahm. Ich bedeutete ihm, still zu bleiben.

»Warum erzählst du uns das alles?« fragte ich.

»Ich war Lord Francesco treu ergeben. Er konnte manchmal ziemlich grob sein, aber mich hat er immer gut behandelt. Meine Eltern waren fahrende Spielleute. Als sie vor Florenz an der Pest starben, nahm mich Lord Francesco in seinen Haushalt auf.«

»Und der Rest der Familie?« fragte ich.

»Der Sohn Alessandro plustert sich ziemlich auf, ist

aber trotzdem sehr gefährlich. Ihm schwebt vor, die Albrizzi in Florenz genauso groß zu machen wie die Medici.«

»Und Enrico?«

»Ein stiller Junge, aber stille Wasser gründen tief. Er ist kein Albrizzi, sondern entstammt der einflußreichen Familie Catalina. Seine Mutter starb während der großen Pestepidemie, kurz bevor Savonarola in Florenz die Bühne betrat. Sein Vater und sein älterer Bruder wurden auf rätselhafte Weise ermordet. Lord Francesco nahm Enrico bei sich auf.«

»Und durch Enricos Heirat mit Francescos Tochter Beatrice kamen auch die beiden Familienvermögen unter einen Hut?«

»Oh, gut erkannt, Zwiebelesser!«

»Hat auch Enrico diese Verbindung begrüßt?«

»Manchmal ärgert er sich, daß er im Schatten der Albrizzi steht, aber er hält sich ganz tapfer. Er hat die Gunst von Giulio de Medici gewonnen, des Kardinals und Herrschers von Florenz.«

»Liebt er Lady Beatrice?«

»Er ist vernarrt in sie. Und sie ist so heiß wie eine Hexe auf dem Scheiterhaufen. Ich habe gesehen, was sie im Bett alles treibt. Sie würde jeden Mann zufriedenstellen.«

»Du scheinst überhaupt alles zu sehen«, murmelte ich.

»Klein gewachsen zu sein, hat auch Vorteile, Zwiebelhäutiger!«

»Und Preneste?«

»Er ist verschlagen und schlau. Er hat überall seine Finger drin.«

»Bleibt nur noch Lord Roderigo«, sagte Benjamin.

»Ein grausamer und sehr zielstrebiger Mann«, lautete ihre Antwort. »Brennender Ehrgeiz, aber auch das

Talent, seine Ziele zu erreichen. Wenn es nach ihm ginge, würden die Medici aus Florenz davongejagt und die Republik unter Roderigo Albrizzi neugegründet werden.«

Wir unterbrachen unsere Unterhaltung, als eine Bedienstete auf der anderen Seite der Buchsbaumhecke vorüberging; ihre Holzpantinen klapperten laut auf dem Kiesweg.

»Aber warum kam es zu dem Mord?« fragte ich.

»Weiß Gott«, erwiderte Maria. »Er könnte das Werk jedes einzelnen von ihnen oder auch von allen zusammen sein. Lord Roderigo hatte bei Waffenschmieden in London Feuerwaffen bestellt – Arkebusen deutscher Machart. Und bevor Ihr danach fragt, Zwiebelstinker, ja, eine davon hätte dazu verwendet werden können, Lord Francesco zu ermorden.«

»Aber warum?« fragte ich.

»Oh, Zwiebeldampfer, Giovanni ist Roderigos Geschöpf. Alessandro? Nun ja, es hat böses Blut gegeben zwischen ihm und seinem Vater. Beatrice war verärgert über die ständigen Vorhaltungen, die der Vater ihr wegen ihres Lebenswandels machte, nimmt sich aber eigentlich nichts allzusehr zu Herzen, solange sie Spaß hat im Bett. Preneste wird immer denjenigen unterstützen, der gerade im Besitz der Macht ist. Und Enrico hat vielleicht herausgefunden, was seine Frau alles treibt!« Maria kicherte. »Aber ich möchte wetten, Shallot, daß der Schlüssel zu dieser ganzen Angelegenheit in Roderigos Ambitionen zu suchen ist.«

»Und was ist mit dir, Maria?« gab ich zurück.

Es raschelte in der Hecke. Ich wiederholte meine Frage.

»Sie ist weg«, sagte Benjamin. »Und wir müssen auch gehen.«

Wir verließen den Lustgarten und folgten dem gewundenen Weg um den Palast herum. Wir gingen an den Küchen vorüber, wo die Luft erfüllt war von dem süßen Duft von Fleischpasteten, gebratenen Hühnchen und Kapaunen, die für das abendliche Bankett zubereitet wurden. Ich wollte gerade etwas sagen, doch Benjamin legte einen Finger an seine Lippen. Wir passierten die Ställe, in denen Hufschmiede und Stallburschen damit beschäftigt waren, die Pferde nach dem Jagdausritt zu säubern, und gelangten schließlich zu einer kleinen Koppel. Benjamin führte mich durch sie hindurch zu einem Bächlein. Dort blieb er stehen und suchte mit den Augen sorgfältig das Ufer ab. Wir waren allein – es war später Nachmittag, der König war zurückgekehrt, und jedermann bereitete sich auf die nächsten Lustbarkeiten vor.

»Du hattest also recht«, sagte Benjamin. »Die Albrizzi sind wirklich ein Natterngezücht.«

»Aber was ist, wenn Maria lügt?« fragte ich.

»Das könnte gut sein. Ich weiß immer noch nicht genau, was hier nur Beiwerk und was der Kern der Sache ist.«

Benjamin setzte sich ins Gras. Er pflückte eine Schlüsselblume und betrachtete sie eingehend.

»Soviel Schönheit in so einem kleinen Gebilde«, murmelte er. »Trifft das auch auf Maria zu? Oder ist sie eine Lügnerin, die jemand geschickt hat, um uns in eine tödliche Falle zu locken?«

Ich setzte mich neben ihn. »Was mir Sorgen macht, sind die rätselhaften Todesfälle, Master. Wir wollen Throckle abholen und müssen feststellen, daß er aus irgendeinem unerfindlichen Grunde Selbstmord begangen hat. Dann bringt man uns nach London, wo wir die Ermordung eines florentinischen Adeligen aufklären sollen.«

»Throckles Tod hängt vielleicht mit dem Mord zusammen«, erwiderte Benjamin vorsichtig. »Was ich am seltsamsten finde, ist die Art, wie Francesco ermordet wurde. Bei derartigen Anschlägen gibt es immer eine enge Beziehung zwischen dem Mörder und dem Ermordeten.« Er schaute mich an. »Roger, hast du schon einmal eine Arkebuse geladen? Oder dich in irgendeiner Form mit Handfeuerwaffen beschäftigt?«

»Nein, sie machen mir angst. Dieses Pulver und all die Vorbereitungsarbeiten! Ich habe immer Angst, daß sie vor meinen Augen losgehen. Glaubt Ihr etwa«, fragte ich, »daß Roderigo eine jener Feuerwaffen gebraucht haben könnte, die er bestellt hatte?«

Benjamin schüttelte den Kopf. »Nein, Agrippa hat mir gesagt, daß sie überprüft worden sind.«

»Wie also ist der Mörder vorgegangen?«

»Nun«, antwortete Benjamin, »wir haben gesehen, wo Lord Francesco ums Leben kam. Er erhielt einen Kopfschuß, als er in die Gasse spähte, in der der Mörder lauerte. Nun ist eine Arkebuse recht schwer und unhandlich, ganz gleich, ob sie ein Luntenschloß oder ein modernes Radschloß hat wie das neuere Modell aus Italien. Sie reicht einem Mann zumindest bis zur Brust. Wie kann jemand eine solche Waffe mitten durch London transportieren, ohne aufzufallen? Mir fällt es auch schwer zu glauben, daß der Mörder unbehelligt in einer Gasse gestanden und seelenruhig sein Gewehr geladen haben soll. Es braucht einige Zeit, um eine Arkebuse schußfertig zu machen. Führe dir vor Augen, was der Attentäter alles zu tun hat: Er muß einen Pulverbeutel mit sich führen. Er muß das Gewehr senkrecht stellen, den Kolben fest auf den Boden gepreßt. Dann schüttet er das Pulver in den Lauf, schiebt einen Papierpropfen hinterher und gibt die

Kugel in den Lauf. Danach werden Propfen und Kugel mit dem Rammstock festgestoßen. Dann muß er das Gewehr schußfertig machen – also ein wenig Pulver auf die Pfanne geben. Um die Waffe abzufeuern, muß er das Pulver in der Pfanne durch ein Streichholz zünden. Dann muß er die Arkebuse anheben, zielen und schießen.« Benjamin schüttelte den Kopf. »Mir will nicht in den Kopf, daß das niemand beobachtet haben soll. Und auch wenn es so gewesen sein sollte, wie konnte der Mörder mit dieser schweren Waffe davonlaufen, ohne Aufmerksamkeit zu erregen?«

»Aber man hat doch den Knall gehört?« erinnerte ich ihn. »Und die Kugel traf Lord Francesco am Kopf.«

»Also?«

»Also befand sich der Mörder vielleicht gar nicht in der Gasse, sondern irgendwo anders?«

»Unmöglich«, widersprach Benjamin. »Ich stand an der Stelle, an der Francesco nach Aussage von Agrippa zu Boden stürzte, direkt gegenüber der Gasse. Zu beiden Seiten davon sind Läden und Häuser. Hier kann sich kein Mörder versteckt haben und dann unbemerkt entkommen sein. Und außerdem, wenn man Agrippa Glauben schenken darf, kam der Knall aus der Gasse heraus.« Benjamin umklammerte seine Beine. »Es ist und bleibt ein Rätsel. Aber komm jetzt, Roger, mein Onkel erwartet uns!«

Ich kann nicht genau beschreiben, was nun geschah – an die Einzelheiten kann ich mich nicht mehr erinnern. Benjamin nahm meine Hand, um mir aufzuhelfen. Ich hatte mich schon halb aufgerichtet, da rutschte ich im Schlamm aus, fiel wieder zu Boden und riß Benjamin mit mir. Dadurch rettete ich uns das Leben. Ich hörte einen Knall und das Pfeifen der Kugel, die genau dort durch die

Luft schoß, wo soeben noch Benjamins Kopf gewesen war. »Was ist das?« schrie mein Meister.

Ich zog ihn nach unten. »Master!« zischte ich, »jemand hat gerade versucht, uns zu ermorden!«

(Gott hab' ihn selig, aber Benjamin Daunbey konnte manchmal dermaßen naiv sein!)

Wir lagen im Gras. Mein Magen drehte sich um, und ich dankte Gott dafür, daß ich braune Beinkleider trug.

»Roger, weinst du?« flüsterte mein Meister.

»Nein, das ist nur Schweiß.«

Ich preßte mein Gesicht in das kühle Gras und erinnerte mich daran, wie lange es dauerte, eine Handfeuerwaffe zu laden. Dies erweckte mein Heldentum. Ich sprang auf, zog meinen Dolch und rannte, die Proteste meines Meisters ignorierend, wie einer der Ritter von König Artus, schreiend und brüllend, über die Koppel. Die paar Schafe, die darauf grasten und für die Küche gemästet wurden, hoben ihre Köpfe, glotzen mich gläsern an und widmeten sich dann wieder ganz dem Fressen. Schließlich erreichte ich den Zaun. Hier mußte derjenige, der auf uns geschossen hatte, gestanden haben, aber ich konnte nichts feststellen – keine Fußabdrücke, keine Pulverflecken, nicht einmal eine kleine Rauchfahne in der Frühlingsluft. Allenfalls einen leichten Brandgeruch, mehr nicht.

»Kommt, Master!« rief ich, während ich, ähnlich wie Hektor, mit gespreizten Beinen dastand. »Ich habe den Schurken in die Flucht geschlagen!«

Benjamin überquerte die Koppel mit seinen langen Schritten. Auch er hatte seinen Dolch gezogen. Meine Angst kehrte zurück, als ich sah, wie blaß er war.

»Master«, versicherte ich ihm – und mir, »der Schweinehund ist verschwunden.«

»Vielleicht hat er nur seine Position gewechselt«, meinte Benjamin nervös.

Ich warf mich auf der Stelle zu Boden. Benjamin ging durch das Tor und musterte die Baumreihen, die zu beiden Seiten des Weges standen, der zu den Ställen und zu den Hauptgebäuden des Palastes zurückführte.

»Ich glaube, wir sind sicher, Roger.«

Ich rappelte mich wieder auf. Als mir klar wurde, wie dumm ich mich verhalten hatte, begannen meine Hände so stark zu zittern, daß ich meinen Dolch kaum mehr in die Scheide schieben konnte. Schließlich hätte der Mörder auch zwei Gewehre haben können, beide geladen und schußbereit. Oder angenommen, es waren zwei Leute gewesen, die uns aufgelauert hatten? Meine Beine gaben nach, und ich sackte wieder zu Boden. Ich riß ein Bündel Gras aus und legte es auf meine heißen Wangen. »Roger, bist du in Ordnung?«

Ich kam wieder auf die Beine.

»Master, wer könnte dieser Misthund sein?«

»Jemand, der uns entweder erschrecken oder umbringen will.« Benjamin lächelte und drückte meine Hand. »Aber, Roger, du bist wirklich tapfer. Erzähle niemandem, was hier geschehen ist.« Er packte mich am Ellbogen, und wir eilten zurück zum Palast.

Nun, wenn die Angst den guten Roger einmal gepackt hat, läßt sie ihn so leicht nicht wieder los. Man hat schon auf mich geschossen, mich zu erstechen versucht, mit einer Axt auf mich eingeschlagen, mir Gift gegeben, mich am Galgen aufgeknüpft, über den Henkersblock gelegt, und viermal mich zu ertränken versucht. Jedesmal bin ich mit dem Schrecken davongekommen. Agrippa meinte, ich hätte entweder das Glück des Teufels auf meiner Seite oder stünde unter Gottes besonderem Schutz. Ich erwähne dies, um zu zeigen, daß ich kein Feigling bin. Ich habe einfach nur diesen tief verwurzelten Selbsterhaltungstrieb. Bei mir ist er, glaube ich, stärker ausgebildet als bei jedem anderen Menschen auf Gottes weitem Erdenrund.

Ich zitterte immer noch, als wir in unsere Kammer zurückkehrten. Benjamin hatte den Zwischenfall schon fast wieder vergessen. Er dachte darüber nach, wann sein Onkel uns wohl rufen würde. Ich war ängstlicher oder vielleicht auch schlauer. Wann immer ich einen Raum verlasse, werfe ich etwas auf das Bett, ein Mundtuch oder irgendein Kleidungsstück. Diesmal war der Gegenstand, den ich auf das Bett gelegt hatte, beiseite geschoben worden. Ich packte Benjamin am Arm.

»Master, wartet!«

Ich ging zu meiner Pritsche hinüber und schlug die Bettücher zurück. Mir wären fast die Sinne geschwunden, als ich die große, häßliche Klinge eines Dolches sah, die jemand von unten durch die Matratze gestoßen hatte, genau an der Stelle, auf die ich mich hingeworfen hätte, wenn ich angetrunken gewesen wäre oder zu müde, um besondere Vorsicht walten zu lassen.

Kapitel 4

Ich kann mit Fug und Recht behaupten, daß die meisten Kammerdiener überhebliche Laffen sind. Doch keiner hat mir je einen angenehmeren Anblick geboten als jener, der an unsere Tür klopfte und einen Krug Wein mit zwei Bechern hereinbrachte, eine Willkommensgabe von Kardinal Wolsey für seinen ›geliebten Neffen‹. Ich griff nach dem Krug, füllte einen Becher randvoll und goß mir den Wein in einem Zug hinunter. Dann füllte ich den Becher nach und verzog mich in eine Ecke, von wo ich meinen Meister beobachtete.

»Diese hundsgemeinen Saukerle«, flüsterte ich. »Wir sind noch nicht einmal nach Florenz aufgebrochen, und schon versucht irgendein in Samt und Seide eingewickelter Scheißhaufen, uns umzubringen! Man schießt auf uns! Und in der Matratze steckt ein Dolch!«

Benjamin reagierte nicht darauf. Er zog den Dolch heraus und durchsuchte die Kammer sorgfältig. Ich hockte die ganze Zeit in der Ecke, fluchend und Wein in mich hineinschüttend. Ich konnte nichts anderes tun. Ich hatte fürchterliche Angst. Benjamin gelang es schließlich, mich ein wenig zu beruhigen.

»Denk nach, Roger«, sagte er, während er sich neben mich kauerte. »Denk einmal nach. Hätte der Schütze uns umbringen wollen, hätte er es tun können. Ich vermute, man wollte uns eine Warnung zukommen lassen, und die war an mich gerichtet, nicht an Shallot.«

Ich überlegte es mir. Benjamin wäre am Ufer des Baches getötet worden. Ich wäre in die Kammer zurückgekommen, verstört, möglicherweise betrunken und hätte mich aufs Bett geworfen. Eines wußte ich genau:

Irgend jemand von den Albrizzi wollte uns umbringen. Ich schimpfte noch ein wenig, aber schließlich gelang es Benjamins Worten doch, meine Befürchtungen zu verscheuchen. Widerwillig zog ich mich aus, wusch und rasierte mich und legte mein bestes Gewand an (der Kammerdiener hatte uns darauf aufmerksam gemacht, daß Kardinal Wolsey dies wünschte). Trompetenfanfaren tönten aus dem großen Garten herauf, das Zeichen, daß die Sonne unterging und das Festbankett gleich beginnen würde. Benjamin und ich schlossen uns den anderen Festgästen an, die dem königlichen Garten auf der anderen Seite der großen Halle zuströmten.

Wieder einmal stellte Heinrich, der Große Schlächter, der feiste Schweinehund, seine Vorliebe für Maskenspiele und Mummenschanz zur Schau. Der Herr des überquellenden Bauches hatte den Garten, der sich bis zum See hinunter erstreckte, von Fackeln umrahmen lassen. Auf der Kuppe eines kleinen Hügels stand ein massiv gebautes Sommerhaus. Seine Mauern verschwanden unter dem dichten Laubwerk von Kletterpflanzen. Innen waren Tücher ausgespannt, die Decke war mit Efeublättern geschmückt und der Fußboden knöcheltief mit einem frischen, grünen Kräuterteppich überzogen. Dieser prächtig hergerichtete Raum wurde von Fackeln und Bienenwachskerzen erhellt, die Reihe an Reihe auf hufeisenförmig angeordneten Tischen standen. Kammerdiener, ausgestattet mit weißen Stöcken, den Insignien ihres Amtes, studierten eifrig ihre Schriftrollen mit der Sitzordnung der Gäste. Natürlich wurden Benjamin und ich unten plaziert. Die anderen Höflinge und Beamte saßen an den höheren Tischen, während der Tisch auf dem mit einem goldenen Teppich ausgelegten Podium für die Große Bestie höchstpersönlich, für Seine Teuflische Eminenz

Wolsey und für die florentinischen Gäste reserviert war. In der Wand hinter dem Hohen Tisch befand sich, versteckt unter einem riesigen rot-blau-golden gemusterten Banner, das die Farben des englischen Königs zeigte, eine kleine Tür, durch die Köche und Küchenhelfer die Gerichte hereintrugen. Im Hintergrund, halb im Schatten, standen Bewaffnete mit gezogenen Schwertern.

Nach einem großen Gedränge und Geschiebe fanden auch wir schließlich unsere Plätze. Ich mußte meine Augen schließen, weil mich die leuchtend weiße Satin-Tischdecke blendete. Uns hatte man Zinnkelche gegeben, aber an den höheren Tischen wurden die Trinkgefäße kostbarer. Vom Tisch des Königs sah man ein Blitzen und Funkeln, weil die juwelenbesetzten Becher, Kelche, Krüge und Schüsseln den Kerzenschein auffingen und zurückwarfen. Hinter dem Sommerhaus (das zu erbauen ein Vermögen gekostet haben mußte, Gott ist mein Zeuge!) ertönte eine Trompetenfanfare. Heinrich zog in den luxuriösen Pavillon ein, auf seinen goldenen Locken eine mit Juwelen verzierte Mütze und das feiste Gesicht gerötet, entweder noch von der Jagd oder vielleicht weil er gerade in seinen Gemächern irgendeiner Hofdame den Hintern versohlt hatte. Er kratzte sich in seinem goldenen Bart, seine Schweinsäuglein verschwanden fast unter den dicken Fettschichten. Ihm folgte, wie der Beelzebub dem Satan, Wolsey, der in purpurfarbene Seide gewandet war und eine gleichfarbige Kappe auf seinem ergrauten Haar trug.

»Mylords und ehrenwerte Ladies.« Der König spreizte seine fleischigen, von Diamantringen starrenden Finger. »Seid alle meine Gäste heute abend.«

Er schritt zum Podium hinauf. Ein Bediensteter zog den thronähnlichen Königsstuhl zurück. Heinrich setzte sich, der Kardinal ebenfalls. Es ertönte ein Trompetenstoß, und dann nahmen auch wir Platz.

Ich schaute zum Hohen Tisch hinauf. Heinrich trug ein einfaches braunes Gewand. Ohne seine glitzernde Mütze und das bösartige Grinsen auf seinem fetten, roten Gesicht hätte man ihn für einen sinnesfrohen Mönch halten können. Die Florentiner benahmen sich natürlich formvollendet. Ich musterte ihre schönen, gepflegten Gesichter und fragte mich, wer von ihnen wohl der Mörder war. Giovanni, der Condottiere, war natürlich nicht anwesend, und auch Maria konnte ich nicht entdecken. Insgeheim dankte ich Gott dafür, denn Heinrich liebte nichts mehr, als mit Schwächeren oder Benachteiligten seinen Spaß zu treiben. Auch die Königin, die bedauernswerte Katharina von Aragon, war nicht da. Sogar mir waren die Gerüchte zu Ohren gekommen! Sie war dick und pummelig geworden und außerdem unfruchtbar und hatte daher die Gunst des Königs verloren, der jedes Mädchen in sein Bett zerrte, auf das sein lüsternes Auge fiel. Ach ja, Katharinas Schicksal war damals noch unbestimmt. An jenem Abend trank ich ziemlich viel. Ich konnte auch gar nichts anderes tun, als mich an dem Reh-, Gänse- und Hasenbraten, dem knusprigen goldgelben Regenpfeifer, dem Obstkuchen und Quittengelee und all den anderen Kostbarkeiten zu laben, die mit atemberaubender Geschwindigkeit aufgetragen wurden. Nicht ein einziges Mal würdigten Heinrich oder Wolsey uns eines Blickes, doch ich bemerkte, daß Enrico öfter neugierig zu uns hinunterstarrte. Benjamin, war, wie es eben seine Art war, schweigsam und studierte den König und seine Gäste aus Florenz. Schließlich kam er zu meinem Platz am Ende der Tafel und zwängte sich zwischen mich und meinen Tischnachbarn.

»Roger, hast du es gesehen?«

»Was?« fragte ich mampfend zurück, den Kopf in die Hände gelegt. Ich machte mir nichts mehr daraus. Ich hatte es schon lange aufgegeben, mich an die Regeln des Anstands zu halten. Der Feiste Heinrich mochte mich nicht, und Wolsey hielt mich für einen Idioten. Ist es nicht seltsam, wie sich das Rad des Schicksals dreht? Als Heinrich starb, nachdem man ihn vergiftet hatte, umklammerte er meine Hand und nannte mich seinen einzigen, geliebten Freund! Wolsey hielt ich auf seinem Sterbebett ein Kruzifix vor die Augen, damit der alte Thomas, der die Gunst des Königs schon lange verspielt hatte, noch einmal den Herrn sehen konnte, dem er zu Lebzeiten so miserabel gedient hatte.

»Ihr hättet Priester werden sollen, Shallot«, krächzte der sterbende Kardinal.

»So wie Ihr, Thomas«, erwiderte ich.

Das war der letzte Witz, den Wolsey in dieser Welt zu hören bekam. Doch all dies lag noch in weiter Ferne. An jenem warmen Frühlingsabend mußte Benjamin mich schütteln und seine Frage wiederholen, bevor ich sie begriff.

»Roger, hast du es gesehen?« Er schüttelte mich abermals. »Der König und seine Höflinge tragen nicht ihre festliche Kleidung, sondern einfaches Tuch.«

Ich blickte benommen in die Runde. Benjamin hatte recht, und bald entdeckte ich auch den Grund dafür. Als das Mahl beendet war, sprang der Große Schlächter auf.

»Jetzt wollen wir unsere Gäste unterhalten«, kündigte er an, »und zwar mit einem alten englischen Spiel.«

Seine kriecherischen Höflinge klatschten zustimmend.

»Das Spiel vom Pferd im Sumpf!«

»Ja! Ja!« antwortete die Kohorte seiner Kretins im Chor.

Der König schritt von seinem Thron herunter zum Eingang des Sommerhauses. Da bemerkte ich, daß er mir aus seinen frostigen blauen Augen einen schnellen Blick zuwarf. Heinrich öffnete die Kordel seines Umhangs und warf ihn einem Diener zu. Darunter trug er einfache braune Beinkleider, die in Lederstiefel gestopft waren, und ein weißes Leinenhemd, das am Hals offen war.

»Wir müssen acht Mann sein!« rief er. »Norris, Brandon, Boleyn!« Er dachte einen Augenblick nach, bevor er auf drei weitere Höflinge zeigte. Dann machte er erneut eine Pause, einen Finger an die Lippen gelegt. »Und wer ist unser achter Mann?« Er grinste zu mir herab.

Das Herz rutschte mir in die Hose.

»Shallot«, sagte er. »Ihr seid ein kräftiger Bursche!«

Ich schaute zur Seite.

»Shallot!« Heinrichs Stimme klang nun drohender.

»Steh auf!« zischte mein Meister.

Ich rappelte mich auf und starrte in das feiste, verschlagene Gesicht des Königs. Ich verbeugte mich; Heinrich klatschte in die Hände. Seine Mitspieler legten ihre Gewänder ab. Sogar in meinem angetrunkenen Zustand erkannte ich, daß man mir eine geschickte Falle gestellt hatte. Sie alle trugen dem Anlaß angemessene Beinkleider, Hemden und Jagdstiefel, während ich in meinem feinsten Gewand dastand. Ich sollte also den Narren abgeben. Unter Führung des Königs strömten die Gäste den Hügel hinunter zu einem kleinen Teich. Nun, ›Pferd im Sumpf‹ war ein recht einfaches Spiel, das vor allem bei primitiveren Gemütern und bei geistig anspruchslosen Leuten vom Schlage Heinrichs Anklang fand. Zuerst wird ein großer Holzklotz in einen Teich geworfen, die acht Spieler springen ihm nach, und wer ihn ans Ufer zerren kann, wird Sieger. Natürlich versuchen die anderen nach

Kräften, dies zu verhindern. Es ist ein rauhes, grobes Spiel, und nicht selten kamen dabei schon Spieler zu Tode. Ich machte Anstalten, mein Wams abzulegen.

»Nein, nein!« rief der König. »Bleibt, wie Ihr seid, Shallot! Bleibt, wie Ihr seid!«

Hinter ihm erblickte ich Wolsey. Zur Ehrenrettung Seiner Teuflischen Eminenz muß ich sagen, daß in seinen tiefliegenden, dunklen Augen ein Ausdruck von Mitleid stand. Die Florentiner schien das Ganze sehr zu belustigen, und der kurzsichtige Enrico lächelte mir aufmunternd zu. Die übrigen Gäste jaulten begeistert, als der König mir befahl, mein Festgewand anzubehalten. Sie freuten sich nicht nur darauf, bei einem Spiel zuzuschauen, sondern auch mitzuerleben, wie jemand der Lächerlichkeit preisgegeben wurde.

»Um Gottes willen, geh!« flüsterte mir Benjamin zu. »Mach das Spiel mit, Roger!«

Ich glotzte dümmlich und leicht benommen zu dem schlammigen Tümpel.

»Euer Gnaden, Mylords, Gentlemen!« Der Kammerdiener grinste mich boshaft an. »Nehmt Eure Plätze ein!« Mit vor Aufregung hochrotem Kopf reihte ich mich in die Gruppe ein. Ich muß wirklich mitleiderregend ausgesehen haben, angetan mit meiner besten Kleidung und leicht angetrunken am Ende einer Gruppe von Männern stehend, die alle bestens auf das Spiel vorbereitet waren.

»Werft den Balken hinein!« kommandierte der König.

Ein Knappe schleuderte den Holzklotz in die Luft. Platschend landete er im Wasser. Der erste Schwall des schlammigen Wassers ergoß sich über mich.

»Los!« brüllte der König.

Er und seine Mitspieler sprangen in den Tümpel und begannen gleich miteinander zu rangeln. Ich zögerte noch ein wenig, und die Zuschauer begannen zu lachen. Nun, was soll ich sagen? Nach ein paar Minuten war auch ich von Kopf bis Fuß mit schwarzem Schlamm überzogen. Ich wurde getreten, gestoßen, untergetaucht – und die Zuschauer schüttelten sich vor Lachen. Nun mußte natürlich bei all diesen Spielen der dicke Heinrich, Seine Gnaden der Königliche Schweinebauch, am Ende gewinnen. Er mußte also als erster den glatten, dicken und schweren Holzklotz ans Ufer zerren.

Erneut stellten wir uns auf, und erneut wurde der Holzbalken geworfen. Als ich vorwärtsstürzte, stellte mir der König, der neben mir gestanden hatte, ein Bein, und ich fiel mit dem Gesicht in den Schlamm. Nun, der gute Shallot mag vielleicht ein Feigling sein, aber auch er hat seinen Stolz. Ich rappelte mich wieder auf und lief ins Wasser. Ich kam mir vor wie ein Besessener. Schließlich hatte ich mich schon auf den Straßen und den Gassen geprügelt und kannte jeden schmutzigen Trick, den man im Kampf Mann gegen Mann einsetzen konnte. Und, Ihr dürft mir glauben, ich tat es auch. Ich rammte meinen Ellbogen in das fürstliche Ohr von Charles Brandon und meine Stiefel in den Unterleib von Sir Henry Norris. Dann packte ich den Balken und schwenkte ihn wie ein Held umher. Ich kämpfte mich zum Ufer zurück und ließ ihn triumphierend auf die Böschung fallen. Pöbel ist und bleibt Pöbel, ganz gleich, ob in feinste Seide oder zerrissene Lumpen gehüllt – der Pöbel ist stets sehr launenhaft. Heinrichs Höflinge ließen mich also begeistert hochleben. Ich schaute stolz zu Benjamin, doch dieser schüttelte warnend den Kopf.

Der gute Shallot aber kümmerte sich darum einen Scheißdreck.

Wir stellten uns auf und sprangen ein weiteres Mal ins

Wasser. Meine Finger fuhren in die unterschiedlichsten Körperöffnungen. Ich stieß, biß, zwickte, und es gelang mir erneut, den Balken ans Ufer zu bringen. Der alte Heinrich bot einen prächtigen Anblick. Feuerrot vor Wut funkelte er seine Höflinge an. Das Gejohle erstarb. Sie hatten die erste Regel dieses Spiels vergessen – Heinrich durfte nie verlieren. Beim nächsten Wurf hatte ich keine Chance mehr. Norris und Brandon hielten mich unter Wasser gedrückt. Der Feiste Heinrich, dessen breite, nasse Hinterbacken wie jene eines alten Bärs wabbelten, stampfte mit dem Balken zum Ufer und ließ sich von der Menge feiern. Er kam mir vor wie ein dickes, übergewichtiges Kleinkind mit rotem Kopf, das oben und unten viel zu viel heiße Luft im Leib hat.

Wir stellten uns zum fünften Mal auf. Wer auch immer diesmal den Balken ans Ufer brachte, er würde als Sieger hervorgehen. Ich war schlau genug, auf diesen Ruhm zu verzichten. Aber einen kleinen Spaß wollte ich mir schon erlauben. Es gab wieder ein fürchterliches Geschiebe, die Spieler rangelten miteinander, fluchten und schwitzten. Schließlich kam meine Chance. Heinrich beugte sich mit gespreizten Beinen nach vorne. Ich sprang hinter ihn, fuhr mit einer Hand zwischen seine Beine und nahm seine königlichen Eier kurz in den Zangengriff. Dann machte ich mich flink wie ein Windhund davon, bevor der Bastard sich umschauen konnte. Er jaulte auf wie ein geprügelter Hund, packte dann aber doch den verdammten Balken und schleppte ihn ans Ufer. Seine Claqueure applaudierten ihm. Ich grinste von einem Ohr zum anderen und spielte die Rolle des tapferen Verlierers. Als ich einen schnellen Blick zu Heinrich warf, hüpfte mein Herz vor Freude. Er hatte immer noch einen roten Kopf, verzog das Gesicht schmerzverzerrt und griff sich verstohlen an den Schritt.

Kurz darauf endete das Festbankett. Benjamin brachte mich zurück in unsere Kammer. Ich zog mich aus, öffnete das Fenster und warf meine besten, nun aber vom Schlamm verdreckten Kleider hinaus.

»Das können diese Schweinehunde auch noch haben!« stieß ich hervor.

Ich wusch mich, trank den restlichen Wein, warf mich aufs Bett und war nach wenigen Sekunden eingeschlafen. Als ich am nächsten Morgen erwachte, war ich wieder frisch wie der Morgentau. Ich weckte Benjamin, und wir gingen hinunter, um unser Frühstück einzunehmen.

»Was nun?« fragte ich mit vollem Mund.

Auch den Koch bedachte ich mit abfälligen Gesten, denn er hatte sich geweigert, mir ein Stück von dem Schweinefleisch zu geben, das, eingerieben mit Senf und Kräutern, langsam an einem Bratspieß geröstet wurde. Es roch einfach köstlich.

»Wir müssen abwarten, was mein Onkel von uns will«, erwiderte Benjamin.

Der ›allerliebste Onkel‹ ließ uns bald seine Gegenwart spüren. Ein Kammerdiener platzte herein, rief unsere Namen und führte uns dann ohne Umschweife zu den königlichen Gemächern und dort in Wolseys Geheimkammer. Der Kardinal und sein König hatten es sich in Polstersesseln vor dem Kamin bequem gemacht, steckten die Köpfe zusammen und unterhielten sich murmelnd, während Wolsey einige Dokumente durchging. Der Kammerdiener kündigte uns an und zog sich dann zurück. Das ehrenwerte Paar ignorierte uns. Wir knieten uns natürlich nieder, wie das Protokoll es verlangte. Die beiden Misthunde aber unterbrachen ihr Unterhaltung nicht. Ich schaute zu Benjamin, doch dieser schüttelte den Kopf und gab mir mit den Augen zu verstehen, ich solle mich in Geduld üben. Nun, ich war immer noch aufgebracht wegen der Ereignisse des vergangenen Abends. Meine Jacke mit ihren silbernen Paspeln und den goldenen Knöpfen war mir besonders ans Herz gewachsen gewesen, und ich lasse mich auch ungern beleidigen. Also tat ich das einzige, was ein Mann in dieser Situation tun kann, ohne dafür belangt zu werden. Ich spürte, daß es in meinem Darm rumpelte, und furzte wie ein Brauereipferd. Benjamins Kopf fiel nach unten, und seine Schultern zuckten. Heinrich drehte sich halb zu uns um, eines seiner blauen Augen funkelte dabei wie ein Stück Eis. Wolsey wirkte so erschrocken, daß ich mich fragte, ob Kardinäle niemals die Winde fahren lassen und ob es einen Unterschied gab zwischen ihren Eingeweiden und denen normaler Menschen.

»Was erlaubt Ihr euch!« entfuhr es dem König.

Nun, Ihr kennt ja mittlerweile den guten Shallot. Wenn er einmal richtig bei der Sache ist, kann ihn nichts mehr aufhalten. Ich ließ einen zweiten Furz los, laut und dröhnend wie ein Kanonenschlag.

»Elender Bursche!« Der König sprang auf und starrte mich wutentbrannt an.

Er erinnerte mich an jenen furchtbaren Schulmeister, bei dem ich einst in die Schule gegangen war. Wolsey schaute weiter in das Feuer. Viele Jahre später erzählte er mir, wenn er in dieser Situation aufgestanden wäre, hätte er sich nicht mehr halten können vor Lachen. Ich rollte meine Augen himmelwärts.

»Eure Majestät«, stammelte ich. »Mein Bauch verkrampft sich stets vor Furcht, wenn ich unter Eure erhabenen Augen trete.«

(Ich war seit jeher ein begabter Schleimer gewesen.)

»Eure Majestät«, schmeichelte ich weiter, »Ihr beherrscht mein Denken und mein Herz, aber meine Gedärme sind eine andere Sache.«

»Ich werde sie um einen Galgen flechten lassen!« grunzte Heinrich.

Er erhob sich, durchquerte die verschwenderisch eingerichtete Kammer und setzte sich in einen großen thronähnlichen Sessel. Wolsey folgte ihm in flatternden purpurroten Seidengewändern und eingehüllt in eine Wolke wohlriechender Parfüms.

Der Kardinal griff nach einer silbernen Glocke und läutete, während er seinem Neffen aufmunternd zulächelte. Eine Tür, die in der Wandvertäfelung verborgen war, ging auf, und ich zuckte zusammen. Agrippa kam herein, auf leisen Sohlen und stumm wie ein Schatten des Todes. Er verbeugte sich vor dem König, der ihn nicht beachtete, weil er mich immer noch anfunkelte. Agrippa stellte sich hinter seinem Meister auf.

»Mein geliebter Neffe!« Wolsey beugte sich nach vorn, seine juwelengeschmückten Finger ineinandergelegt. »Mein geliebter Neffe«, wiederholte er, »es erfüllt mein Herz mit Freude, dich wiederzusehen.«

Er schob seinen Sessel zurück und erhob sich. Er ging um den Tisch herum, hieß Benjamin aufzustehen und küßte ihn herzlich auf beiden Wangen. Dann nahm er mich in Augenschein, blinzelte mir verschmitzt zu und kehrte wieder auf seinen Platz zurück.

»Oh, setzt Euch doch!« Der König schnippste mit den Fingern und deutete zu zwei Stühlen, die vor dem Tisch standen.

Benjamin nahm bedächtig Platz. Ich tänzelte wie ein Blatt im Wasser auf meinen Stuhl zu, ließ mich neben Benjamin nieder und überlegte, ob ich vielleicht, um die Wirkung zu verstärken, noch einen fahren lassen sollte. Plötzlich zuckte Heinrich zusammen und rutschte unbehaglich in seinem Sessel umher. Mir wurde warm ums Herz – das kleine Geschenk, das ich dem König am vorhergehenden Abend hinterlassen hatte, beschäftigte ihn immer noch. Ich vermutete, Heinrich wußte, daß ich es gewesen war. Er hatte seine Schweinsäuglein zusammengekniffen und seine vollen roten Lippen geschürzt wie ein schmollendes Mädchen. Ja, so war er eben, der alte Heinrich! Er wollte immer als ein strahlender Sieger dastehen, und er haßte es, in der Öffentlichkeit eine Schwäche zu zeigen. Ein richtiger arroganter Sack! Einmal hatte er den Sohn eines Adeligen zum Tode verurteilt. Am Tage vor der Hinrichtung hatte er dessen Vater im Gericht aufgehalten.

»Warum bittet Ihr nicht um das Leben Eures Sohnes?« hatte der königliche Misthund gebellt.

»Ich bin zu sehr beschämt«, hatte der arme Teufel gemurmelt.

»Also gut, wenn Ihr es nicht übers Herz bringt zu bitten«, hatte daraufhin der König mit dröhnender Stimme erwidert, »dann können wir uns auch nicht dazu bereit finden, Gnade walten zu lassen!«

Ist so etwas zu glauben? Ein junger Mann war in den Tod geschickt worden, und man hatte ihm den Gnadenerweis verweigert, weil dessen Vater sich nicht traute, ein Gnadengesuch zu stellen! Ich besitze eines der Porträts von Heinrich, die Holbein gemalt hat. Ich verwahre es in meiner geheimen Kammer. Manchmal, wenn ich schlechte Laune habe, übe ich mich – mit dem Porträt als Zielscheibe! – im Messerwerfen, eine Fertigkeit, die mir ein Mädchen aus Suleimans Harem beigebracht hat. Nun, in jener prunkvollen Kammer im Palast von Eltham erregte ein anderes Gemälde meine Aufmerksamkeit. Es hing links vom König an der Wand. Darunter brannten auf einem Tisch aus Zedernholz die Kerzen eines achtarmigen Silberkandelabers, der wie eine Opfergabe vor einem heiligen Schrein wirkte. Während der König und Wolsey mit meinem Meister Höflichkeiten austauschten, studierte ich das Gemälde eingehend. Es war ein großes Bild, mindestens drei Ellen hoch und vier Fuß breit. Die leuchtenden Farben und der lebendige Pinselstrich des Künstlers hatten mein Interesse geweckt. (Ihr jungen Leute müßt Euch vor Augen führen, daß in England des Jahres 1523 die Meisterwerke der berühmten italienischen Maler noch nicht bekannt waren.) Nun, dieses Gemälde stellte Heinrich VIII. dar, aber wesentlich jünger, schlanker und besser aussehend, als er jemals gewesen war. Er kniete an einem Betpult, eine Blume in der Hand, vor dem Grab seines Vaters in der Abtei von Westminster. Darüber hing ein kleines Bild, das einen Heiligen in einer Rüstung zeigte, bei dem es sich, wie ich vermutete, um den heiligen Georg handelte. Ein kleiner Affe, der in die entgegengesetzte Richtung schaute, kauerte zu Füßen des Königs. Die andere Hand des Königs ruhte auf einem Buch, das ich, als ich die Augen zusammenkniff, als die Bibel erkannte, die auf der ersten Seite des Buches Deuteronomium aufgeschlagen war. Neben dem Grab stand ein einfacher Altar, über dem sich ein silbernes Kreuz erhob. An beiden Enden des Altars war eine Vase mit Blumen plaziert. Unter dem Altar befand sich ein kleines Triptychon, das den Tod von Heinrichs Vater, sein Begräbnis und die Krönung des neuen Königs zeigte. Auf den Stufen des Altars, links von dem knienden jungen König, stand etwas, das aussah wie ein kleiner Bottich, in dem eine Weidenrute steckte, mit der man das Weihwasser verteilen konnte. Umgeben war der Bottich von weiteren Blumen. Wolsey bemerkt, womit ich mich beschäftigte.

»Master Shallot, gefällt Euch dieses Bild?«

»Ja, Eure Eminenz, die Farben und die Lebendigkeit.« Ich verbeugte mich vor dem Ekel. »Es erweist Seiner Majestät große Ehre.«

Der König verzog das Gesicht.

»Ein Geschenk des verstorbenen Lord Francesco Albrizzi«, murmelte er. »Und auch dies hier.«

Heinrich zog unter seinem Leinenhemd eine goldene Kette hervor, auf der ein kostbarer Smaragd funkelte. Er hatte die Form eines Herzens, war in eine goldene Fassung eingelassen und blitzte im Licht der Kerzen.

»Geschenke der Familie Albrizzi und der Stadt Florenz«, sagte Wolsey. Er grinste. »Das ist auch angemessen. Florenz braucht unsere Unterstützung und unsere Wolle.« Er machte eine Pause, als sich Heinrich über den Tisch beugte und einen Kelch mit Wein zu sich heranzog. »Nun, unser guter Freund, Doktor Agrippa«, fuhr Wolsey fort, »hat euch schon in Kenntnis gesetzt über die grauenhafte Ermordung von Lord Francesco?«

Benjamin nickte.

»Und willst du uns helfen, lieber Neffe?« Benjamin spreizte die Hände. »Allerliebster Onkel, es handelt sich hier um ein großes Rätsel. Wie kann ein Mann öffentlich ermordet werden, ohne daß jemand den Attentäter auch nur flüchtig sieht? Insbesondere wenn dieser eine sperrige Handfeuerwaffe bei sich trägt, die er erst laden und schußfertig machen muß?«

Wolsey schüttelte eine seiner behandschuhten Hände. »Ich sehe das Problem, liebster Neffe.« Er grinste abermals. »Aber ich habe vollstes Vertrauen in deine Fähigkeiten.«

»Wer hätte Lord Francesco ermorden sollen?« fragte Benjamin geradeheraus.

Wolsey zuckte mit den Schultern. »Ein mächtiger Mann hat immer Feinde.«

»Aber in England, allerliebster Onkel?«

»Vielleicht hier nicht. Aber es gibt nicht den geringsten Zweifel«, fuhr Wolsey fort, »daß der Mörder zum Haushalt von Lord Francesco gehört. Weshalb und wie der Mord verübt wurde, mußt du herausfinden.« Wolsey leckte sich seine roten, wulstigen Lippen. »Wir können es nicht zulassen, daß man uns vorwirft, wir würden es an dem notwendigen Schutz für unsere Gäste und für akkreditierte Gesandte mangeln lassen. Wie könnten wir diesen Vorwürfen besser entgegentreten als dadurch, daß ich meinen eigenen Neffen damit beauftrage, den Mörder zu jagen?«

Er schaute Benjamin freundlich an. Ich schloß meine Augen und fluchte. Der Kardinal hätte die Wahrheit wahrscheinlich auch nicht erkannt, wenn sie ihm ins Gesicht gesprungen und ihn in seine dicke Nase gebissen hätte. Ja, ich weiß, es war ähnlich wie bei dem alten Bischof, der zur drallen Magd sagte, da stecke mehr dahinter, als es den Anschein habe.

»Aber, liebster Onkel, müssen wir sie denn unbedingt zurück nach Florenz begleiten?« fragte Benjamin.

»Ah!« Wolsey hob einen Finger, schaute über seine Schulter und grinste Agrippa an, der dort stand, seinen breitkrempigen Hut in den Händen hielt und so unbeteiligt und gelassen dreinblickte wie eine Statue. »Wir haben noch weitere Aufträge für euch.«

»Welche denn, allerliebster Onkel?«

Wolsey überhörte den Sarkasmus in Benjamins Stimme. »Erstens, Seine Gnaden möchte, daß der florentinische Künstler, der dieses Bild gemalt hat, nach England kommt. Wir möchten ihn damit beauftragen, auch für die Familie Seiner Majestät und den Hof ähnliche Gemälde anzufertigen.« Wolsey biß sich auf die Lippen. »Die übrigen Aufträge sind, nun, wie soll ich es sagen, ein wenig delikater.«

(Oh, Herr im Himmel, betete ich, nun geht es also wieder los: Der arme Shallot wird in die Löwengrube gestoßen, oder, wie üblich, mit dem Kopf voran in das tiefste Verlies.)

»Mein lieber Neffe, weißt du ein wenig Bescheid über die Politik in Florenz?«

Benjamin schüttelte den Kopf.

»Es ist eine große Stadt«, sagte Wolsey. »Sie wurde erbaut an den Ufern des Arno und beherrscht einen Streifen Land quer durch Italien. Sie besitzt ein Bankenwesen, um das sie ganz Europa beneidet, das ihr Wohlstand gebracht hat und ihr Einfluß verleiht weit über seine tatsächliche Größe und seine engere Umgebung hinaus. Florenz verdankt seine Größe der Familie Medici, insbesondere Lorenzo dem Prächtigen, der vor dreißig Jahren starb. Lorenzo machte aus Florenz ein europäisches Kronjuwel.« Wolsey lächelte. »Er hatte auch mit Schwierigkeiten zu kämpfen, doch er überwand sie.«

(Der alte Wolsey war ein Meister der Untertreibung! Ja, Lorenzo hatte wirklich Schwierigkeiten. Am gefährlichsten war die Pazzi-Verschwörung gewesen, bei der Lorenzos geliebter Bruder Giuliano in der Kathedrale von Florenz ermordet wurde. Doch Lorenzo schlug die Verschwörung nieder. Er ließ Erzbischof Salviati, einen der Hauptverschwörer, am Fenster seines Palastes aufhängen; dessen Beine, die in purpurfarbenen Strümpfen steckten, baumelten wie Glockenklöppel unter seinem Talar. Die anderen Verschwörer wurden in einem großen Palazzo außerhalb der Stadt umgebracht. Es soll dort wie in einer

Schlachterei ausgesehen haben, als die Leichen der Verschwörer von den Fenstern und Balkonen herunterhingen. Der Anführer der Verschwörer, Jacopo Pazzi, wurde gefoltert und gehängt. Kinder gruben später seine Leiche wieder aus und zerrten sie durch die Stadt. Dabei machten sie mehrmals halt, banden die Leiche an einen Türpfosten und riefen: ›Macht auf für Jacopo Pazzi!‹)

»Nun«, fuhr Wolsey langsam fort, »Lorenzo hatte drei Söhne, von denen er sagte: ›Einer ist gut, einer ist schlau, und einer ist ein Dummkopf‹. Piero, der Dummkopf verlor Florenz, was zur Vertreibung der Familie Medici führte. Der Schlaue wurde Papst Leo X.« Er lächelte Benjamin an. »Ich möchte dich, mein lieber Neffe, daran erinnern, wie Leo mit unserer Heiligen Mutter Kirche und mit seinem hohen Amte umging. Kaum hatte er die Papstwürde empfangen, verfaßte er schon einen Brief, in dem es sinngemäß hieß: ›Gott hat uns das Papsttum gegeben, nun laßt es uns auch genießen‹« Wolsey seufzte übertrieben. »Nun, Leo ist gestorben, und das Kardinalskollegium hat Adrian von Utrecht als Nachfolger gewählt, der entschlossen ist, die Heilige Mutter Kirche zu reformieren und den Augiasstall Rom auszumisten.«

(Ich habe schon vorhin davon gesprochen: Rom mußte wirklich ausgemistet werden. Zur Zeit von Adrians Amtsantritt gab es in Rom mehr Huren und Hexer als in Frankreich und England zusammen. Das Papsttum war durch Leute wie Rodrigo Borgia, besser bekannt als Papst Alexander VI. in den Dreck gezogen worden. Zusammen mit seinem geliebten Sohn Cesare hatte er Rom in einen Sündenpfuhl verwandelt. Als Alexander sich im Todeskampf befand, machten Gerüchte die Runde, in denen von übernatürlichen Mächten die Rede war. Diener schworen, sie hätten gehört, wie der sterbende Papst ein unsichtbares Wesen anflehte, es möge ihm noch ein wenig Zeit geben. Dann erinnerten sie sich an die Geschichten darüber, daß Alexander seine Seele dem Teufel verkauft habe, der ihm daraufhin ein Pontifikat von elf Jahren und einer Woche Dauer versprochen habe. Sie sagten auch, sie hätten den Teufel in Gestalt eines Affen in Alexanders Schlafgemach umherspringen sehen. Einer der Diener fing den Affen ein, doch der sterbende Alexander schrie: ›Laßt ihn frei! Laßt ihn frei! Das ist der Teufel!‹ In jener Nacht starb er dann. Noch Stunden nach seinem Tod kochte das Wasser in seinem Mund, und aus allen seinen Körperöffnungen stieg Dampf auf. Niemand wagte es, sich dem Leichnam zu nähern. Alexanders Gesicht nahm dann eine malvenähnliche Farbe an und überzog sich mit blauschwarzen Flecken. Seine Nase war angeschwollen, sein Mund verzerrt und seine Zunge verdreht. Seine Lippen wölbten sich so weit heraus, daß sie fast die gesamte untere Gesichtshälfte überdeckten. Als die päpstlichen Gemächer durchsucht wurden, ließen sich schließlich einige Träger mühsam dazu überreden, den Leichnam in einen Teppich einzuwickeln und in einen Sarg hineinzustopfen, den sie mit Holzstäben verrammelten. O ja, Rom bedurfte dringend der Reform, und auf den neuen Papst Adrian wartete wahrlich eine Herkulesaufgabe. Ah, mein kleiner Schreiber hüpft aufgeregt hin und her. ›Diese Verruchtheit!‹ entfährt es ihm. ›Diese Verruchtheit! Weshalb gehört Ihr dann immer noch der römischen Kirche an?‹ Ich gebe dem vorwitzigen Kerlchen mit meinem Rohrstock einen Hieb auf die Finger. Das ist ganz einfach: Eine Kirche, die Leute wie Alexander VI. überlebt hat, muß sich einfach Gottes Gunst erfreuen. Aber, ich gebe es zu, ich schweife schon wieder ab.)

Damals, vor so vielen Jahren, in jener mit Samt ausgeschlagenen Kammer, wob Wolsey ein Netz, das am Ende zur Entfernung eines Papstes, zur Installation eines anderen und zur Zerstörung von Rom führte und jenes Europa, das wir kannten, in den Grundfesten erschütterte. Ich spürte, daß Seine Teuflische Eminenz zum Kern der Sache kam, als er die purpurnen Seidenärmel seines Gewandes zurückschlug und sich nach vorn beugte. Ich beobachtete ihn aufmerksam. Ich wagte es nicht, den Feisten Heinrich anzuschauen, der in seinem Sessel hing, Wein süffelte und mich mit boshaften Blicken bedachte.

Wolsey senkte seine Stimme. »Die Medici sind wieder nach Florenz zurückgekehrt, das gegenwärtig von Kardinal Giulio de Medici regiert wird. Kardinal Giulio glaubt, daß Papst Adrian krank ist und nicht mehr lange leben wird.« Wolsey starrte hinunter auf den großen Ring an seinem Finger, in den ein scharlachroter Rubin eingesetzt war, in dem er, wie man sagte, einen mächtigen Dämonen eingefangen hatte. »Kardinal Giulio möchte wissen, was geschehen wird, sollte Adrian sterben und das Kardinalskollegium sich erneut zum Konklave versammeln.«

»Wollt Ihr damit sagen, liebster Onkel«, fragte Benjamin dazwischen, »daß Kardinal Giulio de Medici Eure Unterstützung erbittet, falls diese Möglichkeiten eintreten?«

Wolsey lehnte sich zurück. »Mein geliebter Neffe, so scharfsinnig wie eh und je.«

»Und welche Antwort sollen wir ihm übermitteln?« wollte Benjamin wissen.

Wolsey zuckte mit den Schultern und legte seine Ellbogen auf sie Sessellehnen. Dann bildete er mit seinen Fingern eine Pyramide. »Wir werden Kardinal Giulio brieflich antworten. Aber unsere wirkliche Antwort werdet ihr ihm überbringen. Und zwar folgendes: England wird ja sagen, sofern Rom, falls England einmal fragen sollte, auch ja sagt.« Er lächelte über das Unverständnis, das sich auf unseren Gesichtern zeigte. »Weißt du, was das bedeutet, lieber Neffe?«

Benjamin schüttelte den Kopf.

»Gut!« erwiderte Wolsey. »Du mußt es auch nicht wissen. Doch wenn mein Bruder in Christo fragt, und er wird dich fragen, mußt du ihm genau diese Antwort geben. Nun denn.« Er durchblätterte die Pergamentstücke, die auf seinem Tisch lagen. »Die Zeit verrinnt. Morgen werden die Albrizzi abreisen, und ihr werdet euch ihnen anschließen. Ich werde euch mit den nötigen Papieren und mit Geld für die Reise ausstatten lassen. Ihr reist nach Florenz. Ihr sollt Lord Roderigo jede nur mögliche Unterstützung gewähren, um den Mörder seines Bruders zu finden. Ihr sollt den Künstler aufsuchen, der dieses großartige Gemälde geschaffen hat.« Wolsey zeigte zu dem Bild an der Wand. »Und ihr sollt dem Kardinal unsere Botschaft übermitteln und seine Antwort zurückbringen.«

»Welche Aufgabe ist die wichtigste, liebster Onkel?« fragte Benjamin. »Und was geschieht, wenn wir den Mord an Lord Francesco nicht aufklären können?«

Wolsey hob die Hände und ließ sie wieder sinken. »Das kann ich nicht sagen. Aber Lord Roderigo wird Genugtuung verlangen. Florenz muß erkennen, daß der Arm der englischen Justiz ebenso lang wie unbarmherzig ist. Das Verbrechen wurde auf englischem Boden verübt, an einem Gesandten, der am englischen Hof weilte. Seine Majestät legt größten Wert auf die Erledigung dieser Angelegenheit.«

Heinrich ließ seinen Kelch auf den Tisch poltern. Er winkte mich nach vorn, und ich erhob mich.

»Kommt! Noch näher!«

Ich tat, wie er mich geheißen hatte. Er packte mich am Wams und gab an meinem Gesicht einen lauten, nach Wein riechenden Rülpser von sich.

»Kommt mir erst dann wieder nach Hause«, zischte er, »wenn Ihr Eure Arbeit getan habt.«

Kapitel 5

Der Feiste Heinrich machte mir angst. Ich stand da, mit glühenden Wangen, und mein Magen rumorte wie wild. Wolsey berührte Heinrich sacht am Arm.

»Eure Majestät«, säuselte er, »Master Shallot wird die Aufgabe erfolgreich bewältigen, natürlich mit Unterstützung meines genialen Neffen.«

»Es ist ihnen aber nicht gelungen, Throckle herbeizuschaffen«, maulte der feiste Bastard und stierte mich mit seinen Schweinsäuglein an.

(Es ist doch seltsam: Jahre später, als Heinrich wegen seiner Syphilis nur mehr ein faulendes Stück Fleisch war, ließ er mich keinen Moment mehr aus den Augen. Ich pflegte ihn süffisant daran zu erinnern, wie wenig er mich früher gemocht hatte. Dann wandte er sich immer mir zu, mit seinen wulstigen roten Lippen und tränenfeuchten Augen und umfaßte mit seiner Pranke mein Handgelenk.

»Wir stehen uns sehr nahe, Roger«, murmelte er. »Ungeheuer nahe, wir gleichen uns an Leib und Seele.«

Dies ist wohl die gröbste Beleidigung, die mir je zuteil geworden ist. Wenn das wirklich so wäre, würde ich mir Steine um den Hals ketten und mich im Ententeich ersäufen.)

Neben mir regte sich Benjamin und räusperte sich.

»Euer G-Gnaden«, hob er an und stotterte absichtlich, um den Eindruck der Nervosität zu erwecken.

(Manchmal war er ein begnadeter Schauspieler, der gute Benjamin. Er hätte Burbage noch einiges beibringen können.)

»Euer Gnaden«, wiederholte Benjamin stockend, »Master Throckle beging Selbstmord.«

»Dieser hirnverbrannte alte Stinker«, schnarrte der König.

»Hatte er einen Grund dafür, so etwas zu tun?« fuhr mein Meister fort und starrte seinen Onkel an.

Wolsey zuckte mit den Schultern und verhielt sich sehr eigenartig. Er wühlte in den Manuskripten auf dem Tisch und beförderte eine Kopie seines Briefes zutage, den Agrippa Throckle überbracht hatte. Benjamin und ich studierten ihn sorgfältig. Darin wurde Meister Throckle aufgefordert, an den Hof zu kommen und bestimmte Kräuter mitzubringen, um die Schmerzen des Königs zu lindern. Benjamin gab den Brief zurück und schüttelte den Kopf.

»Weshalb sollte er wohl sich selbst umbringen, Onkel?« Wolsey schnitt eine Grimasse. Ich beobachtete seine diabolischen Augen.

»Viel wichtiger ist«, warf ich ein, »weshalb er an den Hof bestellt wurde.«

Wolsey schlug die seidenen Ärmel seines Gewandes zurück.

»Master Throckle hatte um die Genehmigung ersucht, ins Ausland zu gehen, um an der Sorbonne zu studieren. Natürlich habe ich sie ihm erteilt.«

Wolsey schob uns weitere Unterlagen zu, Kopien von Schreiben seiner Kanzlei, die Throckle ›ungehinderte und sichere Reise nach Dover‹ zusicherten.

»Aber«, fuhr Wolsey fort, »ich wollte ihn zuvor gern noch hier sehen.«

»Er war ein guter Arzt«, grummelte der König. »Besser als viele der Pflaumen, die hier herumschleichen.«

(Wißt Ihr, daß dies der einzige Punkt war, in dem der Große Schlächter und ich uns einig waren – im Hinblick auf Ärzte? Die meisten Vertreter dieser Zunft können

Kopf und Arsch nicht unterscheiden, und zudem sind unter ihnen die größten Lügner anzutreffen. Denkt stets an den Rat des alten Shallot: Wenn Ihr gesund bleiben wollt, haltet Euch so weit wie möglich von den Quacksalbern fern! Wenn der vertrottelte alte Scheißer, der sich mein Leibarzt nennt, sich anschickt, mich aufzusuchen, mache ich mir immer den Spaß, von meiner Schlafkammer aus auf ihn zu schießen. Er duckt sich und zetert, er meine es doch nur gut mit mir. Ich hetze meine Hunde auf ihn und belfere: ›Und sie meinen es gut mit Euch.‹ Ihr solltet sehen, wie schnell dann der Bastard seine Beine unter den Arm nimmt!)

Aber zurück zum Feisten Heinrich. Er kauerte in jener opulent ausgestatteten Kammer in seinem Sessel, und seine rot unterlaufenen Augen fixierten mich. Ich hätte gern einen weiteren Furz gelassen, aber es war mir klar, daß ich es damit zu weit getrieben hätte, und so lächelte ich ihn einfach nur an.

»Throckle ist tot«, murmelte Benjamin.

»Ja, ich weiß, geliebter Neffe. Nun wirst du nach Florenz reisen. Hast du dir unsere Botschaft für Kardinal Giulio de Medici gemerkt?«

»Was bedeutet sie denn?« wollte Benjamin wissen.

»Das geht dich nichts an.«

»Weiß Seine Exzellenz, daß wir kommen?«

Wolsey lächelte schleimig, klatschte in die Hände und beugte sich über den Tisch. »Wie du vielleicht erinnerst, allerliebster Neffe, reiste ich letzten Herbst mit Seiner Majestät dem König nach Boulogne und traf dort Kardinal Giulio de Medici. Wir arbeiteten eine neue Allianz aus, die England, das Heilige Römische Reich, Spanien, die italienischen Stadtstaaten und den Vatikan gegen Frankreich vereinen soll.« Wolsey schürzte die Lippen.

»Wir redeten über dies und jenes. Die Albrizzi kamen als Gesandte hierher, um, wie soll ich es ausdrücken, die Bande der Freundschaft zwischen dem Kardinal und uns zu bekräftigen. Nun sollst du mit unserer geheimen Botschaft nach Florenz reisen und, wenn möglich, den Mörder von Lord Francesco aufspüren.«

»Was geschieht, wenn es sich dabei um einen Engländer handelt?« warf ich ein. »Welchen Sinn hat es dann, nach Florenz zu reisen?«

Wolsey starrte mich verblüfft an. »Ihr seid wohl nicht ganz bei Sinnen? Wer in England könnte ein Interesse daran haben, Lord Francesco zu ermorden? Seht den Tatsachen ins Auge, Ihr Hasenfuß, Ihr vorlauter wirrköpfiger Bastard!«

Er wich voller Abscheu zurück. »Weiß der Himmel, weshalb mein Neffe an Euch einen Narren gefressen hat. Es liegt doch klar auf der Hand, daß nur jemand aus der Familie Albrizzi an einem solchen Mord interessiert sein konnte.«

Das fand ich keineswegs, aber ich wußte ja, wann ich meinen Mund zu halten hatte. Zudem versetzte mir Benjamin einen Tritt gegen das Schienbein.

»Ihr werdet reisen«, grunzte der König. »Ihr begebt Euch nach Florenz, habt Ihr gehört?«

Nun, ein Puff ist für einen Blinden das gleiche wie ein Augenzwinkern für den Sehenden. Wir schnellten hoch wie die Kaninchen und zogen uns katzbuckelnd zurück. Agrippa begleitete uns hinaus, er war die Freundlichkeit und Fürsorge in Person.

»Die Stimmung des Königs ist nicht so, wie sie sein sollte.«

»Wie kommt Ihr darauf?« fragte ich spöttisch.

Agrippa lächelte, obwohl es mehr ein verzerrtes Grinsen war, das sich nicht zu seinen Augen ausbreitete.

»Kommt Ihr auch mit nach Florenz?« fragte ich und blickte in seine Fischaugen.

»Nein, ich kann nicht nach Italien reisen«, erwiderte Agrippa. »Und ich werde Euch auch nicht mehr sehen, bevor Ihr abreist.« Er hielt warnend den Zeigefinger hoch. »Aber seid vorsichtig. Wie ich schon bei vielen Gelegenheiten betont habe, wenn es um unseren ehrenwerten König und meinen Herrn, den Kardinal, ging: Nichts ist so, wie es zu sein scheint.« Er machte auf dem Absatz kehrt und stapfte in die Kammer des Königs zurück.

Uns blieb nicht viel Zeit, über Agrippas Warnung nachzugrübeln. Am nächsten Morgen wurden wir lange vor Tagesanbruch von einem strammen Hofbeamten geweckt, der mit dem Stiefel gegen unsere Kammertür polterte. Er teilte uns mit, daß die Albrizzi bei der Morgenflut aufbrechen würden. Ich kletterte aus dem Bett und schaute durch ein kleines Bogenfenster auf den Hof hinunter, wo Fackeln angezündet und Pferde aufgezäumt wurden. Vor der Küche standen Bedienstete an, um ihre Schüsseln mit Hafergrütze und Milch und Honig entgegenzunehmen. Ich erspähte Mitglieder der Albrizzi-Sippe, massierte meine Arme und warf meinem Meister einen prüfenden Blick zu.

»Weshalb hat man uns nicht gesagt, daß wir so früh aufbrechen würden?«

»Das weiß der Himmel!« Benjamin lächelte maliziös. »Vielleicht hat der liebe Onkel angenommen, wir könnten uns aus dem Staub machen.«

»Der liebe Onkel liegt damit verdammt richtig«, schnarrte ich. Ich hätte gern noch mehr gesagt, aber es klopfte an der Tür, und die kleine Maria kam hereingetrippelt, lieblich wie ein Gänseblümchen. Sie klatschte in die Hände und kicherte beim Anblick meines Nachtgewands.

»Erst gestern abend wurde beschlossen, so früh aufzubrechen«, erklärte sie uns. »Lord Roderigo erhielt die Nachricht, daß sein Schiff aus Pisa, die ›Bonaventura‹, mit der Morgenflut in Dowgate in See stechen würde.« Sie klatschte erneut in die Hände. »Ihr solltet Euch besser beeilen.«

Sie lächelte mir zu. »Ich bin froh, daß Ihr mitkommt, Zwiebelesser, ich mag Euch.«

»Oh, das ist ja großartig«, erwiderte ich. »Ich mag dich auch. Und wenn wir in Florenz sind, werde ich dich wohl heiraten.«

Maria kicherte vergnügt und wirbelte aus dem Raum. Benjamin und ich wuschen uns, kleideten uns an und packten die Satteltaschen. Als wir damit fertig waren, blickte ich in den Hof hinunter, der in Nebel gehüllt war. Ich hatte Heimweh, dachte an Ipswich, an den gepflasterten Marktplatz und den Kirchturm, der sich scharf gegen den blauen Himmel abhob. Ich vermißte sogar Benjamins Schule mit den Rotznasen.

»Ich will nicht nach Florenz«, maulte ich. »Italiens Reize lassen mich völlig kalt.«

»Reiß dich zusammen, Roger«, ermahnte mich Benjamin und rüttelte mich an der Schulter. »Es wird Zeit, daß wir aufbrechen.«

Wir begaben uns nach London, hinunter zum Dowgate-Kai. Die ›Bonaventura‹ lag vor Anker und wurde für die neue Fahrt vorbereitet. Alle Vorräte und ungesattelte Pferde wurden weggebracht. Die Albrizzi waren bereits eingetroffen. Wir folgten ihnen über die nassen Planken an Bord.

Ich bin kein Seemann – Schiffe jagen mir Angst ein,

vor allem die ›Bonaventura‹. Die war ein Dreimastschoner, der bis obenhin mit Kanonen und Feldschlangen vollgestopft war. Benjamin und mir wurde ein Platz im Zwischendeck neben einer der Kanonen zugewiesen. Als ich mich in dem diesigen Halbdunkel umblickte, verließ mich aller Mut – dies würde gewiß keine Vergnügungsreise auf der Themse werden. Wir luden unsere Satteltaschen, Schwertgehenke und andere Gegenstände ab und kehrten an Deck zurück. Roderigo, Alessandro und Bianca standen mit dem Kaplan und einigen der Schiffsoffiziere in der Nähe des Hauptmastes. In ihren dunklen Umhängen und umhüllt vom Nebel, der vom Fluß her aufstieg, sahen sie wie Geister aus. Roderigo erspähte uns und gab uns ein Zeichen, zu ihm zu kommen.

»Master Daunbey, Euer Onkel wünscht uns eine gute Reise.« Er deutete auf die Fässer, die gerade an Bord gebracht wurden. »Und er schickt uns Wein als Zeichen seiner Wertschätzung.«

Ein kleiner Mann in brauner Kutte, olivfarbener Haut und hellen Knopfaugen tauchte an Deck auf. Er kaute an einem Federkiel und war vertieft in eine Rolle Pergament. Er murmelte vor sich hin, eilte hin und her und überprüfte die Vorräte und Haushaltsgegenstände der Albrizzi.

»Matteo!« rief Roderigo. »Komm her.«

Der Mann schlurfte auf uns zu. Er schien ein lustiger Geselle zu sein, erweckte eher den Eindruck eines Klosterbruders als eines Proviantmeisters. Er konnte keinen Brocken Englisch. Roderigo stellte ihn als Matteo vor, Lord Francescos Hauptproviantmeister.

»Ein vertrauenswürdiger Mann« erklärte Roderigo und klopfte Matteo auf die Schulter. »Mein Bruder sagte immer, er würde ihm sein Leben anvertrauen.«

Matteo verstand wohl den Sinn dieser Worte, sein Gesicht wirkte kummervoll, und Tränen stiegen in seine Augen. Traurig schüttelte er den Kopf.

»Er trauert immer noch«, sagte Roderigo leise. »Matteo hat dieses Schiff besorgt, möchte so bald wie möglich England verlassen.«

Roderigo sagte etwas auf italienisch. Matteo hörte aufmerksam zu, lächelte uns freundlich an, und dann sprudelte ein italienischer Wortschwall aus ihm heraus.

»Was hat er gesagt?« fragte Benjamin.

»Ich sagte ihm, Ihr würdet den Tod meines Bruders rächen«, erwiderte Roderigo.

»Und was hat er erwidert?« fragte ich neugierig.

»Matteo sagte, er werde Euch jede erdenkliche Hilfe zuteil werden lassen.«

Wir dankten ihm beide. Roderigo ging weiter. Benjamin und ich begaben uns zur Reling und starrten zum leeren dunklen Kai hinunter.

»Mach dir keine Sorgen, Roger«, murmelte Benjamin. »Wir kommen wieder zurück. Ich fühle es, der Tod wird uns in Italien nicht ereilen.«

»Oh, ich danke Euch inniglich«, erwiderte ich griesgrämig. »Ich hasse diese verdammten Schiffe.«

Ich starrte zum großen Hauptmast hoch, wo die gerefften Segel so heftig im Morgenwind flatterten, als wollten sie sich losreißen. Den Seeleuten, die mit nacktem Oberkörper an Deck herumhantierten, schien der kalte, klamme Nebel nichts anhaben zu können – es waren fremdländische, hagere abgehärtete Männer mit unempfindlichen Sohlen und wettergegerbter Haut. Sie waren gelenkig wie Affen, hasteten emsig um uns herum und stießen Schimpfworte aus. Ich war im Augenblick viel zu verstört, um darauf zu reagieren. Ich blickte mich um:

Auf der anderen Seite des Decks hatte sich eine kleine Tür zu einer Kabine geöffnet, und zwei Gestalten tauchten darin auf. Eine davon war Beatrice. Sogar im fahlen Licht konnte ich erkennen, wie schön sie war. Unbeeindruckt von den zotigen Bemerkungen der Seeleute trat sie auf wie eine Königin.

Ich versetzte Benjamin einen Stoß, als sie und ihr Begleiter über das Deck schritten, vorbei an den rohen Männern, direkt auf uns zu. Benjamin wandte sich ihr zu, um sie zu begrüßen.

»Guten Abend, Signori!« erwiderte sie.

Beatrices Stimme klang melodisch, und ihr Englisch war gut, auch wenn ein leichter Akzent unverkennbar war. Neben ihr streifte Giovanni seine Kapuze zurück und enthüllte sein eigenartiges, herbes und doch fast weibliches Gesicht. Ich stellte fest, daß seine Finger und Nägel sauber und gepflegt waren. Er machte eine leichte Verbeugung.

»Signori«, sagte er sarkastisch, »willkommen an Bord!« Er räusperte sich. »Aber Ihr seid . . .«

»Ihr befindet Euch auf unserem Platz«, mischte sich Beatrice ein. »Das ist unser Lieblingsplatz auf dem Schiff.«

»Damit, Madam«, erwiderte Benjamin, »habt Ihr eine gute Wahl getroffen.«

Beatrice bedachte ihn mit einem Lächeln, und mein Herz hüpfte wie wild, denn sie war wirklich bildhübsch. Sie warf mir einen Blick zu, und ihr Lächeln verstärkte sich.

(›Wollt Ihr wohl ruhig sein!‹ zische ich meinem Kaplan zu. ›Damals war ich trotz meines Augenfehlers für Frauen attraktiv!‹ Ich nehme meinen Stock und versetze dem kleinen Bastard einen Klaps auf die Finger. Was versteht er denn von Herzensangelegenheiten? Zu meiner Zeit habe ich die schönsten Frauen umworben. Ich hatte es wahrlich nicht nötig, wie er in Phoebes Ausschnitt zu glotzen, während er in der Kirche predigt!)

Ich war gebannt von Beatrices Schönheit. Ihre Augen strahlten, sie waren braun und riesengroß und leicht mandelförmig. Sie besaß unglaublich zart geformte Augenbrauen, die am äußersten Ende wie Flügel wirkten. Sie hatte eine gerade Nase, ausgeprägte Backenknochen, ein schelmisches, spitzes Kinn und einen zarten rosigen Mund.

(Ich sehe, daß mein Kaplan nervös wird, auf und ab hüpft, sich auf seinem Hocker windet und vor sich hin brabbelt. Shallots Bettgeschichten entzücken ihn immer wieder aufs neue. Ich erzähle sie ihm gern, weil sie dem kleinen Schweinehund Spaß machen. Nun, dabei sollte er ja eigentlich keusch sein!)

Nun denn, damals vor so vielen Jahren stand ich auf jenem nebelverhangenen Deck stocksteif da. Beatrice hob ihre Hand, die weich und zart wie das Blütenblatt einer kostbaren Blume war. Ich ergriff sie und küßte sie inbrünstig. Beatrice, die verwöhnte Hexe, kicherte. Giovanni beobachtete die Szene angewidert und hob den Blick zum Himmel, der sich immer mehr aufhellte. »Wir sollten den Anker einholen«, murmelte er. »Je schneller wir in See stechen, desto besser. Es könnte eine gefährliche Reise werden.«

»Wohlan!« hauchte Beatrice und berührte meine Hand, wobei in ihren Augen der Schalk spielte. »Mit einem Mann wie Master Shallot brauche ich nichts zu fürchten.«

Wie ein Wolf im Schafspelz, dachte ich bei mir. Ich wollte natürlich die Tändelei fortsetzen, als plötzlich das

Schiff zu schlingern begann. Ich hielt mich an der Reling fest und blickte ängstlich hinunter. So gebannt war ich von den Reizen der schönen Beatrice, daß ich kaum wahrgenommen hatte, wie die Landungsbrücke hochgezogen und der Befehl erteilt worden war, in See zu stechen. Seeleute lösten die Taue vom Kai, und Schiffsjungen kletterten so schnell und leichtfüßig wie Wildkatzen den Mast hinauf, um die Segel zu setzen. Die Florentiner zogen sich zurück. Ich beobachtete voller Beklemmung, wie der Abstand zwischen Kai und Schiff größer wurde, und starrte angstvoll in die Dunkelheit. Wieder ging ein Ruck durch das Schiff. Ich dankte dem Himmel, daß Beatrice verschwunden war, beugte mich über die Reling und erbrach mein Frühstück.

(Ihr müßt wissen, wann immer ich an Schiffe denke, stelle ich mir die Mary Rose vor, das große Kriegsschiff von Heinrich VIII., das in Greenwich gebaut wurde. Als die Mary Rose zu ihrer Jungfernfahrt in See stach, feuerte sie eine Kanonade ab und neigte sich dann zur Seite. Hunderte tapferer Männer verloren ihr Leben. Der feiste Bastard Heinrich lief hochrot an vor Wut und beauftragte mich, den Saboteur ausfindig zu machen. Ja, ja, glaubt mir, der alte Shallot kennt die Wahrheit. Der Untergang der Mary Rose war kein Unfall. Die Seeleute wurden ertränkt, das Schiff wurde von einer teuflischen Kreatur zerstört.)

Unsere Reise auf der Bonaventura war die Hölle. Die Seeleute freuten sich über den heftigen Wind, der aufkam und uns aus dem Kanal in die Bucht von Biscaya trieb. Mein Entzücken allerdings hielt sich in engen Grenzen. Ich erinnere mich noch an einige Einzelheiten der Reise – die großen weißen Segel, die im Wind flatterten, knirschten und knackten, die Zurufe der Männer, das Getrampel der Füße auf dem Deck, den blauen Himmel und die wogenden Wellen, die seltsamen Fische, die neben dem Schiff hochschnellten – es war alles wie ein Traum. Mir war am Morgen, am Nachmittag, am Abend und in der Nacht speiübel. Zuerst dachte ich, es würde irgendwann aufhören, aber mein Magen drehte sich mir ständig im Leib, und ich konnte keine Nahrung bei mir behalten. Ich bekam Fieber, das tagelang anhielt.

Ich erinnere mich, wie sich Preneste über mich beugte, sah das weiße, besorgte Gesicht meines Meisters über mir; die kleine Maria wischte mir die Stirn ab und flößte mir eine dunkle, übelriechende Arznei ein. Eines Morgens wachte ich auf, fühlte mich benommen und schwach, aber in meinem Magen rumorte es nicht mehr. Ich spürte nicht einmal einen Würgereiz bei dem Gestank der Schmutzwasserpfützen, die sich auf dem Deck angesammelt hatten und dafür sorgten, daß das Schiff wie ein Müllhaufen im Hochsommer stank. Mein Meister beugte sich über mich.

»Was ist heute für ein Tag?« krächzte ich.

»Das Fest der heiligen Ethelburga, der fünfundzwanzigste Mai!«

»Du Himmel«, erwiderte ich. »Schon zwölf Tage!«

Benjamin nickte. »Wir haben die Spitze von Spanien erreicht.«

Um mich herum hörte ich das Knarren und Ächzen der Schiffsplanken. Ich spürte, wie heiß die Luft war und wie übelriechend.

»Bei allen Heiligen, Master«, seufzte ich, »bringt mich von hier weg!«

Als mein Meister mir auf die Beine half, bemerkte ich, daß meine Kleidung vor Schmutz starrte. Als wir an Deck gingen, war ich zuerst völlig geblendet von den durchdringenden Sonnenstrahlen. Dann entdeckte ich Roderigo und den Kapitän und noch ein paar andere Reisende, die zuschauten, wie einige Seeleute zu einer Melodie tanzten, die ein schmalgesichtiger Knabe auf seiner Flöte erzeugte.

Im Heck übten einige Florentiner, darunter Giovanni und Alessandro, mit Holzschwertern. Als sie mich erblickten, riefen sie mir etwas zu und kamen zu mir herüber. Mit ihren schweißnassen Gesichtern sahen sie aus wie übermütige Jungen beim Spielen. Beim Anblick ihrer braungebrannten Körper empfand ich leichten Neid.

»Endlich seid Ihr seetüchtig geworden«, hänselte mich Giovanni. »Wie schön, daß Ihr wieder unter den Lebenden weilt, Master Shallot.«

Alessandro richtete sein Holzschwert auf mich. »Ein wenig körperliche Betätigung verscheucht alle trüben Gedanken.«

Maria tauchte auf, nahm meinen Arm und half mir, zusammen mit meinem Meister, zur Reling, damit ich mich festhalten konnte. »Sie meinen es gut«, murmelte sie, »aber die Florentiner, lieber Zwiebelesser, sind Schiffsreisen gewohnt und werden auch mit viel stärkerem Seegang fertig, als wir ihn bisher erlebt haben.«

(Das kann ich mir gut vorstellen! Das alte Piratenschiff Drake erzählte mir, daß es mitten auf dem Atlantik Wellen gibt, die höher als der Palast von Hampton Court sind. Aber Ihr kennt ja den alten Drake – wäre er nicht Seemann geworden, dann bestimmt Märchenerzähler!)

Ich stützte mich auf die Reling und sog den salzigen Geruch des Meeres ein, hielt aber die Augen geschlossen, um nicht von den Sonnenstrahlen geblendet zu werden, die auf dem Wasser einen wilden Tanz aufführten.

»Schaut nicht auf die Wellen«, redete Maria sanft auf

mich ein. »Wählt einen Punkt am Horizont und konzentriert Euch darauf. Dann geht das Schwindelgefühl vorbei.«

Ich hörte das leise Rascheln ihrer Röcke, und ein leichter Duft stieg mir in die Nase. Ich lächelte sie an.

»Vielen Dank«, sagte ich und meinte es ehrlich.

»Wofür? Ich kann nicht zulassen, daß uns der alte Brummbär hier wegstirbt.«

In ihrem tief ausgeschnittenen Kleid und den hochgekrempelten Ärmeln sah Maria aus wie ein strahlender Sommermorgen. Sie hatte sanfte Augen, und ihr Mund wirkte einladend. Behutsam streichelte sie meine Hand.

»Ihr wart sehr krank, Roger«, sagte sie, »und Ihr habt phantasiert.«

»Über dich«, versuchte ich zu scherzen.

»Nein, über eine Frau namens Agnes.«

Ich wandte den Blick ab. Seltsam, daß jemand wie Maria die Erinnerung an Agnes wiederaufleben lassen konnte – an Agnes, die so rein und unschuldig wie ein Lamm gewesen war und in einem Garten erdrosselt wurde, nur weil sie und ihre Familie mich kannten.

»Agnes ist tot«, erklärte ich ihr. »Wir haben alle unsere Träume.«

Maria warf Benjamin einen Blick zu.

»Ihr müßt ihn von der Sonne fernhalten«, sagte sie brüsk, »und seinen Kopf und Nacken verhüllen, sonst trübt ihm die Sonne den Verstand. Es sterben mehr Menschen an einem Sonnenstich als durch die Hand der Türken.«

Ich betrachtete ihren Kopf und Nacken und ihre unverhüllten Schultern.

»Und Ihr, Mistress«, sagte ich neckisch, »seid wohl dagegen gefeit?«

Maria kicherte. »Ich bin die Hitze gewohnt. Als Kind bin ich oft nackt herumgerannt.«

»Und jetzt?« hänselte ich sie und vergaß mein Unbehagen.

»Nur noch unter Freunden«, sagte sie mit schelmischem Augenaufschlag und entfernte sich anmutig.

Nun, wie Ihr seht, war ich schon wieder auf dem Wege der Besserung. Mein Meister besorgte mir einen Umhang mit Kapuze, und ich befolgte Marias Rat. Er überredete mit seinem Charme den Schiffskoch, mir Fleischgerichte zu servieren. Sie waren wohl leicht ranzig, aber trotzdem appetitlich. Maria brachte mir seltsame Früchte namens Orangen. Ich hatte ähnliche schon in England gesehen, aber diese hier waren vollreif; ihr Saft löschte meinen Durst, nahm mir den bitteren Mundgeschmack. Ich stellte mich unter eine Wasserpumpe, wechselte meine Kleidung, und in wenigen Tagen gehörte ich wieder zu den Lebenden, war wieder zu allen Schandtaten bereit, vor allem, was Lady Beatrice betraf. Leider würdigte sie mich keines Blickes. Nach einigen weiteren Tagen kam Land in Sicht, eine graue unförmige Masse. Mein Meister erklärte mir, daß wir gerade die Säulen des Herkules durchquerten, Gibraltar anliefen, wo wir frisches Wasser an Bord nehmen würden, um dann weiter nordwestlich in Richtung Pisa zu segeln.

Plötzlich bewölkte sich der Himmel. Wir gerieten in einen unvermutet aufkommenden Sturm, der aber schnell wieder abflaute, und ich wurde auch nicht mehr seekrank. Mit einem Schlag änderte sich die Stimmung auf dem Schiff. Die Kanonen wurden gereinigt und schußfertig gemacht. Die Mannschaft hielt ihre Waffen bereit. Benjamin erklärte, daß wir uns jetzt im Mittelmeer befanden, das maurische Korsaren mit ihren Galeeren unsicher machten.

»Einzeln würden sie wohl ein Kriegsschiff nicht angreifen«, sagte er, »aber es besteht immer die Gefahr, daß wir auf mehrere von ihnen stoßen, die zusammenarbeiten und natürlich versuchen könnten, es mit uns aufzunehmen, auch wenn die Bonaventura gut ausgerüstet ist. Oder wir könnten auch auf eine Schwadron von Suleimans Flotte vom Goldenen Horn stoßen.«

Zwei Tage nach dieser Unterhaltung, kurz vor Sonnenuntergang, tauchten zehn lange, schmale Schiffe am Horizont auf. Sie steuerten auf uns zu und hielten sich so tief wie möglich im Wasser. Sie erinnerten mich an Wölfe, da sie sich leise und unbemerkt ihren Opfern näherten. Unser Kapitän befahl der Mannschaft, sich zu bewaffnen, und das Deck wurde gefechtsbereit gemacht. Die Galeeren kamen näher, dunkle Segel flatterten im Wind, und die Ruder tauchten langsam in die ruhige blaue See. Der Kapitän befahl, eine Salve abzufeuern, und das Schiff wankte, als unsere Kanone losdonnerte. Die Galeeren waren zu weit entfernt, um ein gutes Ziel abzugeben, aber sie vernahmen unsere Warnung und hielten Abstand. Eine gewisse Bewunderung konnte ich nicht verhehlen für diese Herren des Meeres, für diese Seewölfe, die sich an der nordafrikanischen Küste herumtrieben. Nachts stand ich an der Reling und beobachtete ihre Lichter und hörte das laute Trommeln, das den Ruderern die Schlagzahl vorgab. Der Wind drehte sich, und ich verspürte einen Würgereiz, weil es plötzlich fürchterlich stank.

»Sklaven«, murmelte Benjamin, der neben mir stand. »Die Galeeren sind voller Christen, die bis zu ihrem Tod die Ruder bedienen müssen. Bete zu allen Heiligen, Roger, daß uns beide nie so ein Schicksal ereilt.«

Glaubt mir, das tat ich auch. Und wieder einmal muß mich der gütige Gott erhört haben, denn beim nächsten Morgengrauen waren die Galeeren verschwunden, und wir setzten unsere Reise fort. Endlich erblickten die Späher Land, und ich rannte nach Steuerbord, um den Horizont mit den Augen abzusuchen, bis ich einen verschwommenen grauen Strich entdeckte.

»Italien«, sagte Maria und stellte sich neben mich. »Bald, Master Brummbär, Herr der Zwiebeln, sind wir in Florenz.«

Da ich auf ihre Hänselei nicht einging, verzog sie sich schmollend. Ich starrte auf das Land, das schnell näher kam, glotzte wie ein Schuljunge. Das also war Italien, das Land, von dem ich schon so viel gehört hatte, das Land voller Sonne und Schönheiten. Heute blicke ich zurück und lache lauthals. Ich habe die Nase voll von Italien. Venedig hat einen Preis auf meinen Kopf ausgesetzt. Die römischen Kardinäle würden mich gern auf dem Scheiterhaufen brennen sehen, und einige hochwohlgeborene Familien würden Unsummen von Gold dafür aufbringen, mich als Gast in ihren bestialisch stinkenden Verliesen aufnehmen zu können. Ich kenne jetzt Italien, wie es wirklich ist – ein hitziges Land, blutgetränkt und weinselig. Es sonnt sich in vergangenem Glanz und in der Erwartung kommender großer Ereignisse. Hier vereinigen sich das Schönste und das Abscheulichste, was der Mensch sich ausdenken kann.

Gegen Abend erreichten wir den Hafen. Der Anker wurde auf den Grund geworfen, und das Deck wurde für ein lustiges Fest geräumt. Boote kamen aus dem schmutzigen Hafen, und Rotzbengel boten Obst, Wein und Frauen an, genau das, was sich ein Seemann wünscht. Aber Lord Roderigo war unerbittlich – die Händlerboote wurden abgewiesen, und der florentinische Edelmann veranstaltete sein eigenes Fest, indem er ein Faß besten Weines anstach und uns den Wein persönlich in kleinen, flötenförmigen Bechern servierte. Ich denke immer noch an dieses Bankett unter den Sternen, an Bord eines Schiffes, auf dem ich fast umgekommen wäre. Der Himmel erschien wie dunkelblauer Samt, und die Sterne funkelten gleich kostbaren Brillanten. Ich war links und rechts umrahmt von Benjamin und Maria. Die Florentiner saßen weiter oben am Tisch. Lord Roderigo hob seinen Becher zu einem Trinkspruch und nippte dann an dem blutroten Wein. Laut Maria handelte es sich dabei um einen Falerner. »Das ist der gleiche Wein, Zwiebelesser, den Pilatus getrunken haben soll, nachdem er Christus zum Tod am Kreuz verurteilt hatte.«

Es fällt mir schwer, zu beschreiben, was nach dem Bankett geschah. Maria hatte mit ihren Hänseleien aufgehört und begann herzhaft zu gähnen. Sie bedachte mich mit einer letzten neckischen Beschimpfung und zog sich dann zurück. Die Albrizzi, die uns während des Essens geflissentlich übersehen hatten, verließen ebenfalls den Tisch. Matteo hatte versucht, mich während des Essens in ein Gespräch zu verwickeln – er hatte sich redlich bemüht, ein paar Gemeinplätze von sich zu geben, die Maria für uns ins Englische übersetzt hatte.

Als ich mich jetzt vom Tisch erhob, griff er nach meinem Arm und flüsterte mir etwas auf italienisch zu. (Ich kann mich an die Worte nicht erinnern, aber später erklärte mir Maria, daß sie soviel bedeuteten wie: ›Schon bald, sehr bald.‹) Ich war wackelig auf den Beinen, woran der Falerner Wein schuld war, zudem war ich wie trunken bei der Aussicht, bald wieder festen Boden unter den Füßen zu haben. Ich ging über das Deck und hätte die ganze Welt umarmen können. Ich setzte mich hin und sinnierte darüber nach, ob die Italienerinnen wohl am ganzen Körper bronzefarben waren. An meiner Seite döste Benjamin.

Der Knall einer kleinen Explosion riß mich aus meinen Träumen. Ich hörte einen Schrei, ein klatschendes Geräusch und das Getrippel von Füßen. Ich rüttelte Benjamin wach. Wir eilten die Treppe hoch und betraten das mondbeschienene Deck. Roderigo, in Beinkleid und Hemd, trat aus einer der kleinen Kabinen und eilte zu einer Gruppe von Seemännern, die ihren Kapitän umringt hatten und sich über die Reling beugten. Roderigo befragte sie hastig.

»Was ist los?« wollte mein Meister wissen.

Roderigo wandte sich ihm zu, und sogar im Mondlicht konnte ich erkennen, daß er leichenblaß war.

»Matteo ist verschwunden.«

»Was soll das heißen?«

Roderigo winkte den Kapitän zu sich heran. Der Seemann mit dem Affengesicht schlurfte in seinem wettergegerbten Samtwams herbei und umklammerte seinen verbeulten Hut.

»Was ist passiert?« wollte Benjamin wissen.

Der Mann schüttelte den Kopf und machte eine hilflose Geste. »Alle waren unter Deck«, erwiderte er in gebrochenem Englisch. »Aber Matteo stand am Heck, hielt ein Tau in der Hand und starrte ins Wasser. Wir hörten einen Knall, wie von einer Arkebuse, die abgefeuert wird. Matteo stieß einen Schrei aus, und jetzt ist er weg.«

Immer mehr Leute strömten an Deck. Benjamin und ich eilten zur Reling und schauten ins Wasser.

»Es hat keinen Sinn«, brummelte Roderigo. »Die See sieht wohl ganz glatt aus, aber hier gibt es gefährliche

Strömungen. Matteo hat keine Chance.« Mein Meister wandte sich um. »Schnell, Lord Roderigo, wir müssen das Schiff durchsuchen!«

Roderigo gab den Befehl an den Kapitän weiter, und auf dem Deck brach ein heilloses Durcheinander aus, als die Männer das Schiff auf den Kopf stellten. Benjamin und ich blickten zur nahen Küste hinüber.

»Weshalb Matteo?« flüsterte Benjamin.

»Ich glaube, er wollte mit mir reden«, erwiderte ich leise.

»Er wußte etwas«, sagte Benjamin. »Vielleicht nutzte er die Reise, um über das nachzudenken, was geschehen ist.« Sein Lächeln war hintergründig, als er sich mir zuwandte: »Nun zumindest wissen wir das eine, Roger: Der Mörder ist hier an Bord und nicht in England.«

Nach einer Stunde ließ der Kapitän die Suche abblasen. Er schüttelte den Kopf und brummelte, weit und breit sei keine Spur von irgendeiner Arkebuse zu entdecken. Als wir uns zu Roderigo und seinen Leuten begaben, sagte Benjamin: »Wie um alles in der Welt, Roger, kann man eine Arkebuse an Bord dieses Schiffes bringen, den armen Matteo töten und die Waffe verstecken – ohne irgendwelche Spuren zu hinterlassen?«

Die Florentiner stellten sich die gleiche Frage. »Es ist lächerlich«, erklärte Giovanni frei heraus. »Signor Roderigo, das ist unmöglich.«

»Nun, es ist immerhin geschehen«, knurrte ich. »Jemand kam mit einer schußbereit gemachten Handfeuerwaffe an Bord.« Ich bedachte den Söldner mit einem vielsagenden Blick. »Es bedurfte schon eines Meisterschützen, damit er in diesem schlechten Licht sein Ziel nicht verfehlte.«

»Haben die wachhabenden Männer denn nichts bemerkt?« fragte Benjamin.

Roderigo schüttelte den Kopf. »Sie geben zu, daß sie halb eingedöst waren oder hinaus aufs Meer gestiert haben. Sie haben Matteo an der Reling gesehen, aber ihn nicht näher beachtet. Dann haben sie einen Knall gehört, ein Krachen, Matteos Aufschrei und das Geräusch, als der Körper ins Wasser platschte.«

»Und wo waren die anderen?« wollte Benjamin wissen.

Auf diese Frage folgten tausend Antworten. Die einen waren in oder außerhalb der Kabinen gewesen, wieder andere hatten Matteo auf der Reling sitzen sehen, aber niemand schien sich verdächtig zu machen. Der Mörder hatte den richtigen Zeitpunkt gewählt. Ich erinnere mich an Benjamins Bemerkung, daß die raffiniertesten Morde immer in aller Öffentlichkeit und an belebten Plätzen geschehen.

»Wie du siehst, Roger«, bemerkte Benjamin, als wir unter Deck gingen, »sind alle todmüde und berauscht vom Wein.«

»Aber Master«, rief ich aus, »wie hätte jemand hier unbemerkt eine Arkebuse herumschleppen können?«

Benjamin blieb auf der Treppe stehen und streckte die Hand aus, um sich festzuhalten, da das ganze Schiff leicht schwankte. Er blickte mich an, sein Gesicht wirkte in dem spärlichen Licht ganz düster.

»Ich wäre froh, wenn ich darauf eine Antwort wüßte, Roger. Aber ich sage dir in allem Ernst, das ist erst der Anfang.«

Kapitel 6

Wir gingen von Bord und machten uns auf ins Landesinnere. Nur wer sie kennt, die Schönheiten Norditaliens, die exotische Farbenpracht der Toskana, weiß, wovon ich rede. Stellt Euch vor Eurem geistigen Auge einen strahlend blauen Himmel vor, eine goldene Sonnenscheibe, üppige Wiesen mit Wildblumen in allen Farben und summende Bienen, die sich am Nektar laben. Gewiß, die Straßen waren staubig, aber als wir die toskanischen Hügel hinanritten, begann uns eine kühle Brise zu umwehen. Ich liebe England mit seiner weichen, saftigen, grünen Landschaft, aber die Toskana ist das reinste Paradies. Das gleiche gilt für die Landschaft um Florenz; saftige grüne Hügel, wo Pinien und Zypressen im Sonnenlicht glänzten. Der Duft der Orangenbäume erfüllte die Luft. Diese wilde Schönheit wurde von Zeit zu Zeit durchbrochen von einer kleinen Ansammlung weißgetünchter kleiner Häuser. Das ist die *contrado*, die Landschaft, die Quelle des Reichtums der Stadt Florenz, die ihr in jeder Hinsicht Selbstversorgung ermöglicht – mit Getreide, Gemüse, Weizen, ja sogar Silber. Die Stadt selbst ist zwischen die Hügel auf beiden Seiten des Arno eingebettet. Der Fluß zieht sich wie ein Silberband durch die Stadt. Würdet Ihr Euch heute nach Florenz begeben, müßtet Ihr allerdings feststellen, daß die Stadt verwüstet wurde, durch Krieg, Habgier und die *moria*, die grauenhafte Pest, die über das Land hereinbricht und ihre todbringende Sense schwingt.

Nun sind natürlich meine Aufzeichnungen kein Reisebericht, und es gibt Beschreibungen über Italien zuhauf – über die Wärme und den Reichtum, die kühlen Säulengänge und die Silberquellen. Überall könnt Ihr nachlesen, wie in romantischer Mondnacht die Leier erklingt und Männer und Frauen sich im Liebesreigen wiegen. Alles, was ich von Italien im allgemeinen und Florenz im besonderen weiß, habe ich Will Shakespeare erzählt. Lest seine Stücke, und Ihr werdet verstehen, was ich meine. Ich begegnete dem Herzog Orsini aus *Was Ihr wollt* und wurde den beiden Gentlemen aus Verona vorgestellt. Ich erlebte die Tragödie des unglückseligen Liebespaares Romeo und Julia. O ja, ich lüge nicht! Ich begegnete auch Portia, aber er war nicht wie jener Portia, den Ihr aus dem *Kaufmann von Venedig* kennt, mit schwarzem Haar und einem Herzen aus Gold. Der, den ich Jahre später traf, hatte goldenes Haar und eine schwarze Seele. Und der Jude Shylock war einer der großzügigsten Männer, denen ich je begegnet bin. Ich war böse auf Will, als ich entdeckte, wie er ihn beschrieben hatte. Ich achte die Juden – sie sind wie die Iren, lieben den schwarzen Humor und nehmen sich nicht allzu wichtig.

Ah, Florenz, die Heimat von Donatello und Fra Angelico, von Giotto und Machiavelli! Damit ist alles gesagt. Florenz ist eine Stadt voller Widersprüche: einerseits voller Liebe, Wein und Rosen, andererseits eine Stadt der Intrigen – die Geheimpolizei, das Stilett in dunkler Nacht, die Garotte um den Hals. Florenz ist eine Stadt der Kirchen, Klöster, Abteien, aber der eigentliche Gott hier ist der Handel. Als wir uns einem der Haupttore näherten, schilderte uns die kleine Maria, die auf dem Esel, den Lord Roderigo für sie besorgt hatte, recht keck aussah, die jüngste Geschichte der Stadt unter dem großen asketischen und doch fanatischen Mönch Savonarola. Nachdem die Medici vertrieben worden waren, hatte er die Regierung der Stadt übernommen und versucht, sie in eine Gottesrepublik zu verwandeln. Er veranstaltete üppige Prozessionen: Fünftausend weißgekleidete Knaben und Mädchen mit Kränzen aus Olivenblättern und Zweigen in der Hand folgten einem Tabernakel, auf dem Jesus Christus aufgemalt war, wie er in Jerusalem einzog. Jede Art der Vergnügung wurde verboten. Die Banken waren leer, das Geld wurde für gute Werke verwendet. Die Frauen verzichteten auf jede Art von Putz, vernichteten ihre Kosmetiktiegel und gingen mit dem Gebetbuch unterm Arm durch die Straßen. Die Schenken schlossen bereits um sechs Uhr. An Feiertagen waren die Geschäfte geschlossen, und Huren wurden aus der Stadt gewiesen. Gotteslästerern wurde die Zunge durchstochen, Ehebrecher und Sodomiten landeten auf dem Scheiterhaufen.

»Ich hätte das nicht ertragen«, unterbrach ich sie.

Maria grinste. Sie beschrieb Savonarolas Polizei – Kinder zwischen zehn und elf Jahren, die Kreuze trugen und in Privathäuser eindrangen und Harfen und Flöten beschlagnahmten, Parfümgefäße und Bücher mit weltlichem Inhalt.

»Aber dann«, fuhr Maria fort, »hat Papst Alexander VI. den fanatischen Mönch exkommuniziert. Sein Kloster in San Marco wurde gestürmt, Savonarola und zwei seiner Gefolgsleute verurteilt und gehängt. Ihre Leichen wurden später auf dem Marktplatz verbrannt.« Maria schüttelte den Kopf. »Florenz erlebte das andere Extrem. Völlig erschöpfte Pferde wurden in die Kathedrale gelassen, Schmutz statt Weihrauch verbrannt, Pferdedung auf den Kanzeln gehäuft, Tinte in die Weihwasserkessel gefüllt und die Krone der Jungfrau Maria einer Kurtisane aufgesetzt.« Maria lächelte mich an, unschuldig wie ein Engel; kein einziges Mal hatte sie etwas von der Unterhaltung in der kleinen Gartenlaube in Eltham erwähnt. »Das also ist Florenz. Seid vorsichtig, Master Shallot, paßt auf, wohin Ihr Eure Schritte lenkt.«

Natürlich achtete ich nicht auf ihre Worte. Für mich war Florenz atemberaubend. Wir ritten in die Stadt hinein, überquerten die Rubaconte-Brücke und bewegten uns auf den Straßen, die recht breit und fast alle gepflastert sind. Auf jeder Seite gibt es einen Fußweg mit einer Rinne, um das Regenwasser in den Arno abzuleiten. Die Straßen sind trocken und sauber und im Winter mit Schlick bedeckt. Aber im Sommer, wie zum Beispiel an jenem Tage, da wir in die Stadt kamen, speichern die Steine die Hitze und verwandeln die Stadt in einen Kessel. Wir kamen an Brunelleschis Kathedrale vorbei, bewunderten ihre klassische Kuppel und setzten dann unseren Weg durch die Stadt fort. Es herrschte ein unglaubliches Stimmengewirr, denn alle möglichen Leute gingen ihrem Gewerbe nach – Huren, die in prächtige gelbe Gewänder gehüllt waren, Gemüsehändler mit ihren beweglichen Ständen, Fleischer hinter ihren offenen Ständen. An jeder Ecke der überfüllten Piazzas oder Plätze stand eine Kirche. Barbiere rasierten Männer im Freien, und es herrschte mehr Lärm hier als in London. Wir ritten den Mercato Nuovo hinunter, wo die Händler unter den Planen ihrer Läden und Marktbuden Seide und andere Textilien anpriesen. Neben ihnen thronten Geldwechsler mit Leichenbittermiene hinter ihren Pulten.

Florenz hat viele offene Plätze, und es scheint ganz so, als ob die Bewohner der Stadt, vor allem im Sommer, im Freien leben. Maria erklärte, daß sie am frühen Nachmittag eine Siesta halten und daß alle, außer den Armen, sich nach oben in den ersten Stock ihrer Häuser in einen kühlen Raum mit Glasfenster und Vorhängen flüchten, die sie vor der Hitze schützen. Ich entdeckte Terrassen, Höfe, Ställe, Durchgänge, Vorkammern und Brunnen, die für frisches Wasser sorgen. Ich stellte auch fest, daß die Florentiner viel übrig haben für gute Geschichten. Auf der Piazza San Marco drängten sich Kuriere, Gerber, Türsteher, Hausdiener, Färber, Altkleiderhändler, Waffenschmiede und Hufschmiede um eine kleine Plattform, auf der ein Märchenerzähler die Menge unterhielt. »Die Leute sind so begierig«, erklärte Maria, »daß er seine Geschichte niemals an einem Tag zu Ende erzählt. Er läßt seinen Hut herumgehen und fordert die Leute auf, am nächsten Tag zur selben Zeit wiederzukommen.« Das erstaunte mich, denn in London würde der arme Kerl mit Pferdeäpfeln bombardiert und so lange festgehalten werden, bis er die Geschichte zu einem überzeugenden Ende gebracht hätte.

Wir gelangten zum beeindruckenden Palast der Medici. Aus den offenen Fenstern hingen große Banner mit den *balle*, jenen Kugeln, die die Insignien der Medici bildeten. Hier drängten sich die wohlhabenderen Bürger.

»Schau nur, wie sie gekleidet sind«, meinte Benjamin.

Und ich tat, wie er mir geheißen hatte. Vor allem die Frauen erregten meine Aufmerksamkeit. Manchmal waren ihre Kleider so stark ausgeschnitten, daß man unter den Achselhöhlen die Mieder sah. Einige trugen helmförmige Gebilde, die mit Ketten, Glocken und Schmuck verziert waren. Die Ärmel waren so gebauscht, daß sie eher an Säcke erinnerten. Die jüngeren Frauen trugen Röcke aus roter und blauer Seide, mit golddurchwirkter Stickerei und silbernen Knöpfen und Blusen aus kostbarem Gewebe. Ihre Frisur bestand aus einem flachen Knoten im Nacken, und Ringellöckchen umrahmten ihr Gesicht. Ihren Hals schmückten mehrreihige Perlenketten. Die Farben ihrer Gewänder waren atemberaubend: grün, purpur- und scharlachrot, mit Stickereien und Aufdrucken verziert – Papageien, Vögel, weiße und rote Rosen, Drachen und Pagoden.

Die Bauern und Handwerker hatten graue oder braune Wollgewänder an, die besser situierten Bürger trugen ein langes Gewand über einem Hemd und einem Beinkleid. Aber die Dandys bildeten den interessantesten Blickpunkt. Sie trugen taillenlange Umhänge aus verschiedenen Farben, mit breiten Samtbändern verziert, Seidenwesten, Samtkappen und Samtschuhe, und um den Hals Goldketten, auch die Dolchgriffe waren mit Gold und Silber eingefaßt. Ihre Bewegungen und Gesten waren höchst eindrucksvoll – sie wirkten wie bunte Schmetterlinge, die in der Sonne flirrten.

Schließlich ließen wir die Stadt hinter uns und passierten das ›Tor des Leidens‹, wo die Verbrecher hingerichtet wurden. Dann setzten wir unseren Weg über eine staubige Landstraße fort. Hinter Weinbergen und Obstgärten lag das große Landhaus der Albrizzi versteckt. Es war drei Stockwerke hoch und hatte in der Mitte eine eingefriedete Piazza mit Brunnen und einem Säulengang auf beiden Seiten. Als wir auf das Haus zuritten, erklärte Maria, daß die Albrizzi wohl die frische Luft und das reine Wasser auf dem Lande vorzogen. Stallburschen nahmen uns die Pferde ab, und zum ersten Mal, seit wir in Italien waren, geruhte Lord Roderigo, das Wort an uns zu richten.

»Nun, Signori.« Er stand vor uns und klatschte seine Handschuhe gegen seinen Schenkel. »Was haltet Ihr von Florenz?«

»*Bellissima*«, erwiderte Benjamin. »Ich habe viel Wunderbares über diese Stadt gehört, hätte mir aber nicht träumen lassen, daß die Wirklichkeit alle meine Erwartungen übertrifft.«

Roderigos Blick verdüsterte sich. Er beobachtete, wie immer mehr Bedienstete den Hof füllten. Sie waren heruntergeeilt, um die Packpferde abzuladen und ihre Herren zu begrüßen.

»Vor Jahren«, fing er an, »war sie noch viel schöner.« Er seufzte. »Aber genug davon, Ihr seid wohl müde nach der Reise.«

Er trat zurück, und ein lächelnder Diener führte uns über eine Außentreppe zum Hauptgebäude. Wir gingen einen Flur entlang, dessen Boden aus spiegelblankem Zedernholz bestand, und traten in eine große Kammer. Sie hatte eine Holzdecke, die Wände waren alabasterweiß und so glatt, daß sie wie Marmor gemeißelt erschienen. Halbmondfenster aus Glas waren halb geöffnet, und Blumenduft erfüllte den Raum. Unsere Betten standen unter einem großen Fenster, links und rechts befand sich ein kleiner Tisch. Am Fußende der Betten stand eine große eisenbeschlagene Truhe. In den Ecken befanden sich Schränke, und ein Lavarium war in die Wand eingelassen. Auf einem Holzgestell sahen wir eine große Steingutschüssel und duftende Seifenstücke. Der Boden war nicht mit Binsenmatten ausgelegt, sondern bestand aus glattpolierten Holzbrettern, die mit Wollteppichen belegt waren, nach persischer Mode, mit leuchtend bunten Mustern und exotischen Motiven. Ich setzte mich auf die Bettkante und betrachtete bewundernd das kleine Gemälde an der gegenüberliegenden Wand, das in prächtigen Farben Judiths Triumph im Alten Testament darstellte. Unterhalb des Lavariums stand in einem Holzeimer mit eiskaltem Wasser ein großer Krug mit weißem Frascati, und zwei Becher waren in das Wasser eingetaucht, damit sie gekühlt wurden. Daneben befand sich eine Karaffe mit Trebbia, dem bevorzugten Weißwein in Florenz. Auf einem polierten Tisch neben dem Weinkübel standen Schalen mit frischem Obst.

Benjamin schaute sich um und schüttelte verwundert den Kopf.

»Wenn Heinrich von England dies sehen könnte«, murmelte er, »der blanke Neid würde ihn erfassen.«

»Wenn Heinrich von England uns von solchem Luxus umgeben sähe«, widersprach ich keck, »würde er uns morgen schon wieder heimzitieren. Master, wir müssen vorsichtig sein. Denkt an die Anschläge in Eltham und an die Ermordung des armen Matteo an Bord des Schiffes.« Ich legte mich behutsam aufs Bett, nachdem ich mich davon überzeugt hatte, daß hier nichts versteckt war. »Man könnte fast annehmen«, fuhr ich mürrisch fort, »jemand ficht mit den Albrizzi eine geheime Blutfehde aus. Wer wird der nächste sein, he?« Ich war müde, und mir war heiß. Ich richtete mich wieder auf und starrte Benjamin an, der sich gerade entkleidete, um sich den Tagesstaub von Gesicht und Händen zu waschen. »Master«, zischte ich, »wir sollen hier in Florenz einen Mord aufklären, der in London stattfand, und einen, der an Bord eines Schiffes passierte?«

Benjamin trocknete sich gerade Hände und Gesicht ab und wandte sich dann zu mir. Er setzte sich auf meine Bettkante und tätschelte meine Schulter.

»Roger, wir haben drei Aufgaben zu lösen: Wir müssen Kardinal Giulio die Botschaft meines Onkels überbringen, den Maler bestechen, mit uns nach England zurückzukehren und, wenn möglich, den Mörder von Lord Francesco aufspüren.«

»Leichter gesagt als getan«, murmelte ich.

Ich stand auf, trat ans Fenster und richtete meinen Blick hinunter auf den Garten, der sich hinter dem Steinhaus erstreckte. Es war ein Garten Eden für sich, mit seinen von Säulen getragenen Wänden, den Lustgärten und kleinen Blumenwiesen. Ich wollte mich gerade abwenden, als mir ein Farbfleck ins Auge stach. Er kam aus der Richtung einer der Lauben in der Nähe einer weinumrankten Wand – ein idealer Platz, um sich zu verstecken, da er allen Blicken verborgen und nur von meinem Standort aus zu sehen war. Ich sah den Farbfleck erneut aufleuchten. Dann bewegten sich zwei Menschen in der Laube und rückten in mein Blickfeld. Erstaunt riß ich die Augen auf. Giovanni, der Condottiere, wandte mir den Rücken zu und bewegte sich heftig auf und ab. Ich entdeckte, wie seine Hand eine zarte, samtweiche Brust streichelte, sah eine Strähne hellen Haars, und mir wurde klar, was hier vor sich ging. Giovanni war heftig damit beschäftigt, Lady Beatrice zu lieben. Ich wußte nicht, was ich tun sollte. Wenn ich meinen Meister darauf aufmerksam machte, würden wir als Spanner gelten. Ich fühlte, wie mich Angst und Erregung packten. Giovanni war, wie Jago gegenüber Othello äußerte, ›damit beschäftigt, eines anderen Mutterschaf zu bespringen‹. Wenn jemand die beiden im Garten entdeckte, würde das Liebesspiel in Mord und Totschlag enden. Ich wandte mich ab und bewunderte innerlich die Gerissenheit des Liebespaares. Alle anderen hatten sich wohl in ihre Kammern zurückgezogen, um sich von den Strapazen der Reise zu erholen und kamen bestimmt nicht auf die Idee, in den Garten zu gehen.

Ich entkleidete mich, wusch mich und kletterte ins Bett. Ich schaute zur Decke hoch und überlegte, was wohl als nächstes geschehen würde. Innerlich verfluchte ich

Heinrich und Wolsey. Benjamin genehmigte sich einen Becher Wein und brachte mir auch einen. Ich kippte ihn gierig hinunter, bevor ich in einen höchst erquicklichen Schlaf fiel.

Als mich Stunden später mein Meister wachrüttelte, war die Dunkelheit schon hereingebrochen. Der Raum war jetzt kühler und erfüllt von Rosenduft.

»Roger«, flüsterte mein Meister. »Wir müssen hinunter. Lord Roderigo hat ein Bankett vorbereitet.« Er lächelte mir zu. »Nicht uns zuliebe, sondern zu Ehren seines Gastes, des Kardinals Fürst Giulio de Medici, der jeden Augenblick eintreffen soll.«

Wir kleideten uns sorgfältig an. Ein Bediensteter führte uns in den Garten hinunter, wo auf einem Podium, von dem man den ganzen Garten überblicken konnte, eine große Tafel unter einem seidenen Baldachin gedeckt worden war. Eine Zeitlang standen wir schweigend auf dem Rasen herum. Benjamin und ich fühlten uns fehl am Platz. Die übrige Familie, mit Ausnahme natürlich von Maria, ignorierte uns. Sie schnatterte sinnlos darauf los, als ob sie uns und allen anderen beweisen wollte, daß uns die englische Herkunft verband. Plötzlich trat ein Kammerherr aus dem Haus und klopfte mit einem silberbeschlagenen Stock auf den Boden.

»Signor Roderigo«, kündigte er an, »und seine Eminenz, Kardinal Giulio, Kirchenfürst und Regent von Florenz.«

Es wurden noch ein paar Dutzend weitere Titel heruntergerasselt. Benjamin und ich verneigten uns wie die anderen, als der uneheliche Sohn des großen Medici in den Garten rauschte, in seinen purpurroten, mit Goldfäden durchwirkten Gewändern, eine imposante Erscheinung.

Giulio war ein hochgewachsener Mann mit dunkler Haut und tiefliegenden Augen. Er sah gefährlich und hochnäsig aus. Wäre da nicht der verdrießliche Zug um den Mund gewesen, hätte man ihn als gutaussehend bezeichnen können. Er schritt in den kerzenerleuchteten Garten und segnete uns mit seinem goldenen Brustkreuz höchst oberflächlich. Zwei seltsame Gestalten folgten ihm. Eine davon war ein Neger. Er trug einen Turban und einen goldenen Ohrring. Seine Finger ruhten griffbereit auf dem Krummsäbel, den er am Gürtel trug. Er war der Leibwächter des Kardinals. Der andere Mann war klein, hatte eine Glatze und wirkte mit seinem süßlichen Lächeln wie ein Engel. Dieser Mann war wie ein Mönch in ein schwarzes, wallendes Gewand aus Lammwolle gekleidet. Der Kardinal und seine Gefolgsleute wurden von Roderigo begrüßt, und man tauschte Höflichkeiten aus, wenn auch recht kühl und distanziert.

»Die beiden scheinen sich nicht gerade innig zu lieben«, flüsterte ich.

»Was erwartest du denn?« fragte Benjamin. »Roderigo ist für die Wiedereinführung der Republik, während der Kardinal ein Medici unter den Medicis ist.«

Der Kardinal begrüßte die übrige Familie; einen kurzen Augenblick richtete er seine dunklen Augen auch auf Benjamin und mich. Ein Kammerdiener blies auf einem Silberhorn, um anzukündigen, daß man sich zu Tisch begeben könne, also traten wir zur Tafel. Dieses Bankett hier war anders als bei uns in England, wo man herumsitzt und sich den Bauch vollschlägt, bis man sich nicht mehr rühren kann. Bei den Italienern trifft man seine Wahl aus verschiedenen Gerichten, die auf dem Tisch aufgebaut sind. Man füllt das Essen auf einen Silberteller und sucht einen passenden Platz, um in Ruhe zu essen.

Nachdem ich Jahre in Gesellschaft von Menschen verbracht hatte, die die Manieren von betrunkenen Schweinen hatten – Bischöfe, die in der Nase bohrten, oder Adelige, die nicht wußten, wie man mit Messer und Gabel umgeht, die die Nase hochzogen, auf die Straße spuckten und ihre Finger ableckten – empfand ich diese Tischsitten als eine angenehme Abwechslung.

Benjamin und ich stellten uns an, wählten gekochtes und gebratenes Fleisch, Gerichte aus frischem Gemüse, dazu hauchdünnes Marzipan, gebrannte Mandeln, Süßigkeiten. Wir suchten uns einen Platz, wo wir ungestört waren, in einer kleinen Gartennische. Wir beobachteten den Kardinal aufmerksam.

»Er behauptet, er sei gerade vorbeigekommen«, ertönte hinter uns eine fröhliche Stimme. »Oh, dreht Euch nicht um.«

Die Lady aus der Gartenlaube war zurückgekehrt.

»Mußt du dich denn immer im Gebüsch verstecken?« keifte ich. »Komm um Himmels willen endlich heraus.«

»Nur ruhig, Brummbär!«

»Roger hat recht«, bemerkte Benjamin seelenruhig. »Zu viel Tarnung erweckt nur Verdacht.«

Wir hörten ein Rascheln im Gebüsch. Ich nahm an, das kleine Biest habe sich davongemacht, aber plötzlich tauchte sie vor uns auf und steckte ihren Finger in meine Fruchtschale. Da stand sie nun in ihrem purpurroten Goldkleid und blickte zu uns hoch. Sie hatte den Kopf zur Seite geneigt und wirkte dadurch wie ein kleiner Schoßhund.

»Der Kardinal behauptet, er sei gerade vorbeigekommen«, wiederholte sie. »Denn in Florenz stattet man nur seinen Freunden einen Besuch ab.«

»Dann ist Lord Roderigo also ein Feind des Kardinals?« fragte ich.

Maria schüttelte sich vor Lachen und leckte ihre Finger ab.

»Behaltet ihn im Auge, Brummbär.«

Ich richtete meinen Blick auf den beleuchteten Garten und bemerkte, daß der Kardinal erst dann etwas von den Speisen und Getränken zu sich nahm, wenn der Neger sie vorgekostet hatte.

»Nun«, schmollte Maria, »wie gefällt Euch das, Brummbär?« Ihr Grinsen wurde breiter. »In Florenz kann ein Abendessen sehr gefährlich sein.«

»Wer ist Giulio?« erkundigte ich mich. »Ich meine, woher kommt er?«

Maria hielt kurz inne, um den Mund frei zu bekommen. »Er ist der uneheliche Sohn des Bruders von Lorenzo dem Prächtigen. Eines Tages, als Lorenzo und sein Bruder die Messe besuchten, wurden sie von Attentätern überfallen. Lorenzo kam mit einer Halswunde davon, aber sein Bruder wurde getötet. Später entdeckte Lorenzo, daß sein toter Bruder ein uneheliches Kind gezeugt hat.« Marias Stimme senkte sich zu einem Flüstern. »Dieses Kind ist jetzt Kardinal, Kirchenfürst und Regent von Florenz. Er traut niemandem, keine Krume, kein Tropfen Wein gehen über seine Lippen, wenn sie nicht vorgekostet wurden.«

»Und wer ist der Mönch bei ihm?« wollte Benjamin wissen.

Maria steckte sich eine gebrannte Mandel in den Mund.

»Wie ich Euch bereits gesagt habe«, murmelte sie, »sie würden es erfahren, wenn ich mit Euch über etwas anderes als das Wetter oder die Sitten in Florenz reden würde.«

Und die Lady aus der Laube machte auf dem Absatz kehrt und entfernte sich. Benjamin und ich rückten noch etwas tiefer in die blumengeschmückte Gartennische. Marias Worte hatten meinen Magen leicht durcheinander gebracht.

»Glaubt Ihr, es ist in Ordnung, Master?« fragte ich und deutete auf das Essen.

»Aber ja«, beruhigte mich Benjamin. »Weshalb glaubst du, sind wir zu diesem Mahl geladen, Roger?« Sein Gesicht verzog sich zu einem Lächeln. »Niemand weiß doch, welches Stück Fleisch du dir nehmen wirst, und du siehst doch zu, wenn man dir den Wein einschenkt.«

Benjamin schwieg, als am anderen Ende des Gartens Musikanten, verborgen hinter einer Ligusterhecke, eine beschwingte Melodie anstimmten, die das Herz ansprach und zum Träumen einlud.

»Wie im Paradies«, flüsterte Benjamin. »Aber hier gibt es mehr Dämonen als Engel. Was wissen wir bis jetzt, Roger? Ein Mann wurde in einer Londoner Straße erschossen. Ein anderer an Bord eines Schiffes von einem Mörder ins nasse Grab versenkt, und dieser schätzt es ganz und gar nicht, daß wir uns einmischen.« Er schwenkte den Wein in seinem Becher herum und betrachtete die vornehm gekleideten Albrizzi. »Sie haben alle ein Motiv für den Mord. Es wird Zeit, daß wir dem ein Ende bereiten. Wenn Lord Roderigo die Wahrheit wissen will, müssen wir ein paar Leuten kräftig auf die Zehen treten.«

Ich wollte gerade zu einer Erwiderung ansetzen, als der Kardinal plötzlich sein Gespräch mit Lady Bianca unterbrach. Er stellte seinen Weinbecher auf einem kleinen Gartentisch ab und steuerte auf uns zu. Seine beiden seltsamen Begleiter beeilten sich, ihm wie ein Schatten zu folgen. Benjamin und ich stellten unsere Teller ebenfalls beiseite.

»Knie nieder!« zischte mir mein Meister zu.

Wir gingen also in die Knie. Ein starker Duft stieg mir in die Nase, und ich erblickte den Saum eines purpurfarbenen Gewandes über den sandfarbenen, goldbesetzten Stiefeln des Kardinals. »Nein, erhebt Euch.« Die Stimme klang weich, sein Englisch war perfekt.

Benjamin und ich rappelten uns wieder auf.

Der Kardinal streckte uns seine langgliedrige, kühle Hand entgegen. Zuerst küßte mein Meister und dann ich den Ring. Aus der Nähe wirkte der Kardinal freundlicher, weniger hochnäsig.

»Signori, willkommen in Florenz.« Er musterte Benjamin aufmerksam. »Ihr seid Kardinal Wolseys Neffe. Ich erkenne die Ähnlichkeit.«

(Ich nicht; ich versuche überhaupt, nur an Wolsey zu denken, wenn es unumgänglich ist.)

Er stellte uns Fragen über unsere Reise und rückte näher, immer noch ein Lächeln auf dem Gesicht.

»Laßt Euch nichts anmerken«, flüsterte er und warf mir einen Blick zu. »Lächelt weiter so. Unter uns sind Mörder. Francesco war mein Freund. Ich bedaure, daß ich das von seinem Bruder Roderigo nicht behaupten kann. Habt Ihr eine Vermutung, wer ihn ermordet hat?«

Ich war wie gebannt von diesem Lächeln und den Worten aus dem sinnlichen Mund.

»Ja oder nein?« bohrte er nach.

»Nein, Euer Gnaden«, erwiderte Benjamin.

Der Kardinal atmete tief durch. »Irgendeinen Verdacht?«

»Jeder hier im Garten hätte einen Beweggrund, Euer Gnaden.«

»Seid vorsichtig«, murmelte der Kardinal. »Wenn ich gehe, strecke ich meine Hand aus, und Ihr küßt sie.

Nehmt das Medaillon, das ich Euch zustecke. Wenn Ihr je meine Hilfe braucht, zeigt es einfach vor, das genügt.« Er trat einen Schritt zurück. »Und welche Botschaft habt Ihr von meinem Bruder aus England?«

»England wird ja sagen«, murmelte Benjamin, »sofern Rom ja sagt, falls England einmal fragen sollte.«

Der Kardinal lächelte übers ganze Gesicht. »Dann lautet unsere Antwort ›ja‹«, sagte er geheimnisvoll und streckte Benjamin seine Hand hin, die dieser küßte.

Als das Medaillon den Besitzer wechselte, sah ich es kurz silbern aufblitzen.

Danach verließ der Kardinal das Bankett und bedachte alle mit seinem Segen und seinen guten Wünschen – er benahm sich im Grunde eher wie ein Familienkaplan denn als ein unversöhnlicher Feind der Albrizzi.

»Wie denkst du darüber, Roger?« flüsterte mir Benjamin zu. »Noch eine Schlange«, bemerkte ich mißmutig, »und eine gefährliche dazu. Wer waren seine Begleiter? Sie hielten sich so tief im Schatten, daß ich nicht einmal ihre Gesichter erkennen konnte.«

»Der eine ist sein Leibwächter«, flüsterte Maria hinter uns. »Der andere ist Frater Seraphino. Nein, nicht umdrehen! Wenn der Kardinal gefährlich ist, dann ist es Seraphino auch. Er ist der Herr der Acht, der Geheimpolizei. Oh, und bevor ich mich trolle, nehmt Euch in acht, Brummbär – die Albrizzi haben ihre eigenen Mittel, Mörder aufzuspüren.«

Ich verstand nicht, was sie meinte, aber als der Kardinal gegangen war, wirkten alle entspannter und gelöster. Lady Beatrice hüpfte durch den Garten, mit wiegenden Hüften, und drückte einen Becher an ihren appetitlichen Busen. Sie stellte sich vor uns hin und machte anzügliche Bemerkungen. Sie hatte wohl zu tief ins Glas geschaut und wollte uns auf den Arm nehmen. Aber mein Meister ließ sich nicht aus der Fassung bringen.

»Guten Abend, Mylady«, sagte er leichthin, »wie lange seid Ihr schon mit Lord Enrico verheiratet?«

»Oh, vier Jahre.«

»Und Ihr seid glücklich?«

Beatrice kicherte. »Kann je ein Mann eine Frau glücklich machen?«

»Hat euer Vater Euch glücklich gemacht?« fragte Benjamin leise.

Ihr Blick umwölkte sich. »Die Eltern werden uns von Gott gegeben, Master Daunbey. Zum Glück können wir uns unsere Freunde selbst auswählen! Mein Vater war sehr barsch. Natürlich trauere ich über seinen Tod und bete für seine Seele, aber der Tod gehört zum Leben.«

Ich stierte dieses hartherzige Flittchen an, das verwöhnt wie ein Schoßhund war. Sie bemerkte meinen abschätzigen Blick.

»Was starrt Ihr so?«

Ich verneigte mich leicht. »Mylady, ich bin mir nicht ganz sicher.«

Die Hexe brauchte einen Augenblick, um die Beleidigung zu begreifen. Dann riß sie die Augen auf, und ihre Nasenflügel bebten.

»Ihr vergeßt Euch«, zischte sie.

Ich konnte an ihrer Haltung erkennen, daß sie vorhatte, ihre Männer zu Hilfe zu rufen.

»Mylady«, säuselte ich. »Ich wollte Euch nicht beleidigen. Gewiß nicht hier, in diesem entzückenden Garten. Eigentlich wollte ich mich gleich nach unserer Ankunft hierher begeben«, fuhr ich fort, »aber ich sah, daß Meister Giovanni eifrig mit Graben beschäftigt war, und deshalb entschied ich mich anders.«

Mein Meister sah verblüfft drein, aber die durchtriebene Hexe begriff, was ich ihr sagen wollte, und begann, an ihrer Unterlippe zu kauen.

»Ihr seid nicht so dumm, wie Ihr ausseht, Inglese.«

»Beurteilt nie ein Buch nach seinem Einband«, erwiderte ich fröhlich. »Mylady«, fuhr ich fort, »an dem Tag, als Euer Vater starb, habt Ihr Euch da nach englischem Stoff umgesehen?«

»Genau.«

Das Biest mußte wohl oder übel antworten. Schließlich spielt sich Erpressung in Florenz genauso ab wie in England.

»Und Ihr habt nicht Ungewöhnliches bemerkt?«

»Diese Frage habe ich bereits beantwortet.«

»Wer sonst wußte, daß Euer Vater zum Einkaufen in die Cheapside gehen würde?«

»Auch darauf haben wir schon geantwortet. Alle wußten es.«

Jetzt war es mir schon ziemlich gleichgültig – wenn der gute Shallot einmal in Fahrt gekommen ist, läßt er so schnell nicht mehr locker.

»Und wo wart Ihr auf dem Schiff, als Matteo ermordet wurde?«

»Ermordet?« fragte sie entsetzt. »Wer behauptet, er sei ermordet worden, Master Shallot? Er rutschte aus und fiel über Bord. Ich schlief bei meiner Mutter und ihrer Zofe.«

»Habt Ihr es Eurem Vater übelgenommen, daß er Euch Lord Enrico zur Frau gab?«

Sie rückte etwas näher. Ich muß gestehen, im Schein der Fackeln sah sie hinreißend aus. Ihre Augen funkelten, und ihre Haut hatte einen seidigen Schimmer.

»Und um Euch weitere Fragen zu ersparen, Ihr ungehobelter Bastard, ich habe eine Vogelflinte benutzt.« Sie berührte sacht meinen Arm. »Ihr solltet Euch vorsehen, Ihr seid jetzt in Florenz und nicht mehr in jener Kloake, die Ihr London nennt.«

Noch bevor ich mir eine passende Erwiderung ausdenken konnte, hatte sie mir den Rücken zugewandt und war verschwunden.

»Ich mag sie nicht«, bemerkte Benjamin. »Sie ist eine gefährliche Frau, strohdumm, aber raffiniert. Ihr Gesicht und ihr Leib sind verführerisch schön, aber sie besitzt keinen Funken Verstand.«

»Master Daunbey!« Roderigo rief nach uns.

Wir gingen durch den Garten zu ihm. Er hockte auf einem erhöhten Stück Rasen. Lady Bianca saß ihm zu Füßen und blickte bewundernd zu ihm hoch. Ich war zwar auch mit allen Wassern gewaschen, aber die Kaltblütigkeit, die diese Familie an den Tag legte, entsetzte mich dennoch. Roderigo hatte einen Bruder verloren, sie einen Ehemann und ihre Schlampe von Tochter den Vater. Ich habe schon Leute gesehen, die mehr Tränen vergossen über den Tod ihres geliebten Hundes. Nun, so sieht es halt aus, wenn Macht und Reichtum im Spiel sind: Sie verderben den Charakter, und Gefühle verwandeln sich in Silberstücke, die gierig angehäuft und nur ungern wieder ausgegeben werden.

»Der Kardinal hat sich wohl über eure Anwesenheit gefreut.«

»Wir sind schließlich die Gesandten des englischen Königs«, erwiderte Benjamin.

»Wie lange wollt Ihr in Florenz bleiben?«

Am liebsten hätte ich ihn aufgefordert, ehrlicher zu sein – was er wirklich wissen wollte, war, wie lange wir unsere Nase in seine Angelegenheiten stecken wollten.

Benjamin berührte mich am Arm, um mir zu verstehen zu geben, ich solle meinen Mund halten.

»Lord Roderigo«, fuhr mein Meister fort, »wißt Ihr, wir haben hier Geschäfte zu erledigen, müssen Botschaften überbringen.«

Benjamin wartete darauf, daß Roderigo ihm noch mehr Fragen stellte, aber der verschlagene Edelmann ließ sich nicht darauf ein.

»Wir sollen außerdem das Motiv für den Mord an Eurem Bruder herausfinden und den Mörder entlarven«, fuhr Benjamin fort.

»Das ist wirklich nicht nötig«, mischte sich Lady Bianca ein und blinzelte wie wild, als versuche sie, ihre Tränen zurückzuhalten. »Roderigo hat bereits den Herrn der Acht informiert.«

»Lady Bianca hat recht«, fügte Roderigo in der Manier eines Schleimbeutels hinzu. »Wir fühlen uns sehr geehrt, daß Euer König und Euer verehrter Onkel sich darum sorgen, doch dies ist eine heikle Angelegenheit, die am besten von den Florentiner Behörden behandelt wird.«

»Euer Bruder war auch beglaubigter Gesandter in England. Der Frieden unseres Königs wurde gestört. Auch er ist daran interessiert, daß der Fall geklärt wird«, erwiderte Benjamin.

Roderigo zuckte mit den Schultern, als ob ihm darauf keine Antwort einfalle.

»Dann ist da noch der Maler«, warf ich ein. »König Heinrich möchte ihn an den englischen Hof bestellen.«

»Ah ja, Signor Borelli.«

»Kennt Ihr ihn?« erkundigte ich mich.

»Natürlich. Mein Bruder und ich sammelten seine Bilder. Er wohnt in einer Straße direkt hinter der Piazza del Signor. Morgen früh wird Euch einer meiner Bediensteten dorthin bringen.« Roderigo grinste. »Wenn Ihr Borelli genug Gold bietet und ihm so wenig wie möglich über das Klima und das Essen in England erzählt, wird er Euer Angebot begierig annehmen. In Florenz gibt es schon viel zu viele Künstler.« Er erhob sich. »Was den Mord an meinem Bruder betrifft, so haben wir andere Mittel und Wege, die Wahrheit herauszufinden. Florentinische Mittel!« Er schnalzte mit den Fingern und rief etwas zu Giovanni hinüber, der im Schatten des Hauseingangs gestanden war. »Ist der Kardinal wirklich gegangen?«

»Ja, Mylord.«

»Dann sag Master Preneste, daß wir soweit sind.«

Kapitel 7

Nun, Ihr dürft dem alten Shallot schon Glauben schenken. Ihr wißt, daß ich kein Lügner bin. Ich habe schon so manche Nacht mit dem Teufel unter einem silbernen Mond getanzt. Ich bin dem Herrn der Hölle in seinen vielfältigen Verkleidungen begegnet. Ich habe die großen Hexenverbrennungen in Deutschland gesehen. Ich wurde von Hexenmeistern durch die nassen Wälder von Sachsen gehetzt. Wenn Ihr Euch einmal in London aufhaltet, besucht das Globe-Theater, schaut Euch eine Vorstellung von Will Shakespeares *Macbeth* an, insbesondere die drei Hexen. Diese Idee stammt von mir. Auch Kit Marlowe verdankt mir Anregungen für sein wundervolles Stück *Doktor Faustus*. Vielleicht ist Faustus näher an der Wahrheit – es gibt Legionen von Spinnern, die behaupten, den Satan aus der Hölle hervorlocken zu können, aber ob er auch kommt, ist eine andere Frage. Doch an jenem Abend in der Villa der Albrizzi sah ich einen Mann, der diese Gabe besaß.

Lord Roderigos Abendgesellschaft ging rasch zu Ende. Nachdem er seine dunklen Andeutungen gemacht hatte, verließ er uns, zusammen mit Lady Bianca, die sich auf seinen Arm stützte.

»Was hat Preneste damit zu tun?« murmelte ich. »Ich habe ihn den ganzen Abend nicht gesehen.«

Kurz darauf fand ich den Grund dafür. Lord Roderigo schickte die Diener weg. Er befahl, die Kerzen zu löschen. Wir versammelten uns auf dem weiten, grünen Rasen in der Mitte des Gartens. Er blickte in die Runde und musterte aufmerksam das Gesicht jedes einzelnen. Giovanni begann, auch die Fackeln zu löschen, die in den

Boden eingelassen waren, bis nur noch eine einzige von ihnen brannte, in der Mitte des Rasens.

»Francesco ist tot«, begann Roderigo. »Wir heißen unsere englischen Gäste willkommen. Es gibt, wie ich ihnen bereits mitteilte, viele Wege zur Wahrheit.« Er blickte zum Haus. »Ist Preneste . . .?«

»Er wird gleich kommen, Master.«

»Ich bin schon da«, sagte eine Stimme von außerhalb des Lichtkranzes, den die Fackel warf.

Preneste trat nach vorne. Sein schlichtes Gewand hatte er mittlerweile abgelegt. Er trug nun ein weißes Meßgewand mit einem roten Gürtel um die Hüften und auf dem Kopf einen Helm mit Girlanden aus außerordentlich lebensecht wirkenden Kunstschlangen. Er war barfuß. Er hatte ein Kästchen bei sich, das er in den Lichtschein stellte und öffnete. Ich verrenkte mir fast den Hals. Ich wußte genug über die Meister der Schwarzen Magie, um zu erkennen, was sich in diesem Kästchen befand – Zaubertränke, magische Briefe, Katzenaugen, eine Schale mit dem Schaum eines tollwütigen Hundes, in gelbliche Haut eingewickelte Knochen eines Toten, eine Galgenschlinge, Dolche mit eingetrocknetem Menschenblut sowie Pflanzen und Blumen, die bei Vollmond gesammelt worden waren.

»Was ist das für ein Humbug?« murmelte ich.

Benjamin trat einen Schritt zurück. »Schau dir sein Gesicht an, Roger.«

Preneste erbot sich, und ich bemerkte, wie glatt und weiß sein Gesicht geworden war und wie sich seine Augen geweitet hatten. Ich fragte mich, ob er sich vielleicht mit Mohn berauscht hatte oder mit dem Saft von Pilzen, die Visionen hervorrufen. Niemand nahm Anstoß daran, daß sich Preneste nun von einem Kaplan in einen

Zauberer verwandelt hatte. Ich erinnerte mich daran, daß man sagte, die Religion der Florentiner sei wie Wachs, ›sehr heiß und leicht formbar‹. Auch Dante fiel mir ein, der in seinem *Inferno* einen Teil der Hölle für die Hexenmeister reserviert hatte, wo ihre Köpfe nach hinten gebunden wurden, so daß sie, die im Leben stets versucht hatten, die Zukunft zu ergründen, nun nur noch rückwärts schauen konnten. Dante hatte recht – in Florenz blühte die Schwarze Magie, und die Albrizzi waren darin verwickelt.

»Tretet zurück!« befahl Preneste. »Verlaßt den Kreis des Lichts!«

Das tat ich nur allzugern. Zu diesem Zeitpunkt waren Benjamin und ich noch ziemlich gelassen – dergleichen war auch in London üblich, wo Hexen mit Schränken voller menschlicher Schädel, Knochen, Zähnen und getrockneter Haut ihr Unwesen trieben. Ich hielt die Vorstellung, die die Albrizzi uns hier boten, eher für eine Art Maskenspiel, das aufgeführt wurde, um die Besucher aus England zu unterhalten oder vielleicht auch einzuschüchtern. Wir zogen uns alle an den Rand des Rasens zurück. Ich weiß nicht mehr, wo jeder einzelne genau stand. Ich erinnere mich nur daran, daß ich neben Benjamin stand, als Preneste mit seinem Ritual begann. Er nahm eine Marmorvase in die linke Hand und einen Schwamm, der an einem menschlichen Beinknochen befestigt war, in die rechte. Dann hob er sein Gesicht und begann mit einem Sprechgesang, während er den Mond anstarrte, als diene dieser ihm als Wegweiser für sein Gebet. Danach kniete er sich nieder und küßte den Boden, tauchte den Beinknochen in eine Schale, die anscheinend Menschenblut enthielt, und zog damit einen Kreis, der ihn und die in den Boden gesteckte Fackel umschloß. In den Mittelpunkt dieses Kreises legte er einen Schädel, goß ein wenig Blut darüber und begann in einer Sprache zu singen, die weder ich noch mein Meister verstanden. Zuerst langweilte mich das Ganze ziemlich. Plötzlich riß Preneste den Kopf hoch und klatschte in die Hände.

»Der Meister kommt!« rief er.

»Hoffentlich beeilt er sich auch«, murmelte ich.

Kaum hatte ich diese Worte gesprochen, erhob sich ein kalter Wind. Das Licht der Fackel tanzte und verlängerte Prenestes Schatten, und auch der Mann selbst schien auf seltsame Weise zu wachsen. In den angrenzenden Wäldern stimmte ein Hund ein langgezogenes, unheimliches Geheul an. Prenestes Lippen bewegten sich geräuschlos. Das Heulen wiederholte sich, und plötzlich schoß ein Hund oder ein Schakal an der Fackel vorüber. Weiß der Teufel, wo er herkam! Und auch nur der Teufel weiß, was dieses Wesen wirklich war und wohin es verschwand! Lady Beatrice kreischte auf, doch Preneste drehte sich um und starrte in die Finsternis. In der Hand hielt er ein Wachstäfelchen und ein scharfes Messer. Ich blickte angestrengt auf die Schatten und bemerkte, daß einer tiefer war als die anderen. Der kalte Wind nahm zu. Ein fürchterlicher, fauliger Gestank durchzog den Garten. Meine Nackenhaare sträubten sich. Ich begann zu zittern und griff nach dem Arm meines Meisters. Plötzlich gab es einen Knall wie von einem Gewehrschuß. Preneste torkelte zur Seite, drehte sich um und stierte uns überrascht an. Dann stürzte er zu Boden, traf dabei die Stange, an die die Fackel gebunden war und löschte das Licht. Einige Sekunden lang rührte sich niemand. Dann kreischte eine Frau, ich weiß nicht, wer es war.

»Bringt Fackeln! Bringt Fackeln!« schrie Roderigo.

Ich hörte, wie Zunder angerissen wurde. Giovanni entzündete die anderen Fackeln im Garten. Roderigo beugte sich über Preneste, aber schon ein einziger Blick auf das wächserne Gesicht, den herunterhängenden Kiefer und die halboffenen Augen des Mannes sagte alles. Preneste war tot, getötet von einer Metallkugel, die ihn an der Schläfe getroffen hatte. Mein Meister hob das Wachstäfelchen auf, aber Preneste war nur dazu gekommen, eine Linie darauf zu ziehen.

»Ein Name«, sagte Benjamin, »Preneste wollte hier irgendeinen Namen aufschreiben.«

»Glaubt Ihr denn wirklich an diesen Mummenschanz?« fragte ich und fühlte, daß ich allmählich die Fassung wiedergewann.

Roderigo drehte Preneste auf den Rücken. Lady Bianca mußte weggebracht werden. Alessandro bemühte sich, die heftig schluchzende Frau zu beruhigen, führte sie zu einem der Gartenstühle und drückte ihr einen Becher mit Wein in die Hand. Roderigo stand auf und atmete tief aus. Zum ersten Mal sah ich ihn aufgewühlt – sein Gesicht war aschfahl, und seine Hände zitterten. Er starrte uns an. »Wer immer das getan hat«, stieß er hervor, »möchte uns alle umbringen! Giovanni, bring Prenestes Leiche nach oben in seine Kammer. Die anderen kommen mit mir!«

Wir folgten ihm ins Haus, vorbei an stillen, verschreckten Dienern, die aus ihren Quartieren geholt worden waren und nun begannen, die Überreste des Banketts wegzuräumen. Sie flüsterten miteinander und starrten auf den Leichnam, der immer noch im Gras lag. Aus dem schwarzen Loch in seiner Schläfe sickerte langsam Blut. Roderigo führte uns in einen Raum, den wir in England als *solar* bezeichnet hätten – eine kleine Kammer mit gepolsterten Sitzen am Fenster, reich geschmückten Wänden und aufwendig geschnitztem Mobiliar. Beherrscht wurde der Raum von einem langen, ovalen Tisch, um den herum Polsterstühle standen. Wir nahmen alle Platz. Die Diener zündeten die Kerzen an und brachten Wein, der mit einem Fruchtlikör gemischt war. Ich rührte meinen Becher nicht an. Um ehrlich zu sein, der gute Shallot hatte eine Heidenangst. Teufelsanbeter, schwarze Magie, ein geheimnisvoller Mörder, der unbeobachtet ein Gewehr abfeuern konnte – das alles war zuviel für mich. Allerdings ging es nicht nur mir so – auch Roderigo hatte seine Arroganz verloren, und alle Anwesenden waren durch Prenestes Tod schockiert.

»Anfangs«, sagte Roderigo, »hielt ich den Mord an Francesco für das Werk eines einzelnen Täters, vielleicht auch für die Folge einer Blutfehde, denn er hatte so mancher Familie Unrecht getan. Und Matteos Tod konnte man als Unfall betrachten. Aber jetzt dies!« Er schlug mit der Faust auf den Tisch. »Wer ist in der Lage, eine große Handfeuerwaffe in einen Garten zu tragen, sie abzufeuern und dann ungesehen wieder zu verschwinden? Ihr, Inglese« – er zeigte wütend auf Benjamin –, »Euer Herr hat Euch hierher gesandt, um uns zu helfen. Diese Hilfe fordere ich jetzt ein.«

Ich war versucht, ihn daran zu erinnern, daß ihm vor ein paar Stunden unsere Hilfe noch eher lästig gewesen war, aber die Stimmung der Albrizzi hatte sich dramatisch verschlechtert.

»Woher wissen wir denn«, fragte Alessandro, »daß nicht die Engländer die Mörder sind?«

»Redet doch keinen Unsinn!« erwiderte ich ihm. »Wir haben von Lord Francesco oder von Euch allen doch erst gehört, nachdem der Mord geschehen war.«

»Master Shallot will sagen«, ging Benjamin dazwischen, »daß wir, als Lord Francesco in der Cheapside ermordet wurde, uns in Ipswich aufhielten. Doch ich stimme Lord Roderigo zu. Ich möchte Euch nicht beunruhigen, aber ich bin überzeugt, Ihr werdet von einem äußerst raffinierten Mörder verfolgt, der Euch alle umbringen möchte. Nach den Gesetzen der Logik müssen die Morde von einem einzelnen Täter verübt worden sein, der in London Francesco ermordete, dem es gelang, diesen Garten zu betreten und Preneste zu erschießen und der den Proviantmeister Matteo auf eine ähnliche Weise an Bord des Schiffes tötete. Ergo«, schloß Benjamin mit leiser Stimme, »muß der Mörder sich in diesem Haus aufhalten. Er oder sie muß einer von den Anwesenden hier sein!«

Es erhob sich protestierendes Gemurmel, das aber längst nicht mehr so laut und entschieden war wie damals in London. Die Ehre des Familiennamens aufrechtzuerhalten, war nun nicht mehr vordringlich. Jeder der Anwesenden beäugte mißtrauisch seinen Nachbarn, während sie sich mit dem Gedanken anfreundeten, daß die Behauptung meines Meisters der Wahrheit entsprach.

Enrico ergriff das Wort und richtete seine Augen auf Benjamin. »Wir müssen feststellen, wo jeder einzelne gestanden hat, als Preneste getötet wurde.«

Ich schaute hinunter zu Maria, die wie ein kleines Mädchen auf ihrem Stuhl hockte. Sie blickte ernst zurück. Mir wurde übel. Was, wenn sie es gewesen war? dachte ich. Klein und geschmeidig wie sie war, konnte sie sich unbemerkt durch die Menge bewegen – doch hatte sie auch die Kraft, eine Arkebuse zu heben? Ich schaute zu Giovanni, der mit den Fingern in seinem langen Haar spielte. Er starrte mit leerem Gesichtsausdruck den Tisch hinunter und ignorierte die Blicke, die auf ihn gerichtet waren. Dennoch nahm er die unausgesprochene Beschuldigung wahr. Er war ein Söldner. Wie konnte er beweisen, daß er nicht von irgendwelchen Feinden der Albrizzi gedungen worden war, um einen lautlosen, blutigen Krieg gegen sie zu beginnen? Er straffte sich auf seinem Stuhl, wobei sein gefüttertes Lederwams knackte. Er spielte immer noch mit einer Haarlocke. Dann trat er mit einem Stiefel hart auf den Boden.

»Jedermann hier«, sagte er leise, »könnte sich eine Feuerwaffe beschaffen.« Er hob seine Stimme. »Jeder der Anwesenden weiß hinlänglich Bescheid darüber, wie man sie benutzt. Also hört auf, mich vorwurfsvoll anzuschauen! Warum sollte ich mich gegen meinen Herrn wenden?«

Niemand reagierte, keiner antwortete.

Da stand Benjamin auf. »Vielleicht sollten wir noch einmal hinausgehen in den Garten. Ich weiß, wo ich gestanden habe. Wo wart Ihr alle?«

Enrico schlug leise seine Hände zusammen. »Lady Bianca, ich stand hinter Euch, Alessandro, du warst ein bißchen weiter rechts von mir. Du hast dich am Hals gekratzt, habe ich recht? Und wo waren die anderen?«

Benjamin setzte sich, nachdem alle durcheinander geredet und ihre Geschichten erzählt hatten, die aber nicht zusammenpaßten. Er klopfte auf den Tisch.

»Wir waren wohl alle so erschreckt durch das, was Preneste tat«, sagte er, »daß wir uns nicht mehr genau erinnern können. Aber wir müssen noch eine weitere Möglichkeit in Betracht ziehen.«

Das Stimmengewirr erstarb.

»Vielleicht befindet sich der Mörder doch nicht unter uns in diesem Raum«, fuhr Benjamin fort, während er mir unter dem Tisch einen leichten Tritt versetzte, um mir zu sagen, ich solle mich ruhig verhalten. »Es waren immer Diener anwesend, in London, an Bord des Schiffes und auch heute abend hier im Haus. Ich kann nur empfehlen, daß jeder von uns, solange der Mörder noch nicht bekannt ist, sich so vorsichtig wie möglich verhält.«

Die Versammlung löste sich auf. Benjamin winkte mir, ihm in den Garten hinaus zu folgen. Hinter uns wurde es ruhig, als sich die Bewohner des Hauses zu Bett begaben.

»Meintet Ihr das ernst, was Ihr über die Diener gesagt habt, Master?« flüsterte ich.

»Natürlich nicht!« erwiderte Benjamin. »Der Mörder saß am Tisch. Welcher Diener würde es wagen, drei Morde zu begehen? Irgend jemandem würde etwas auffallen. Es wäre ihm vielleicht möglich, einen Menschen zu ermorden, aber nicht drei.«

Wir stapften weiter hinaus in die Dunkelheit. Benjamin wendete sich zu mir und schaute mich ernst an.

»Aber warum werden diese Morde begangen? Aus Rache für irgendeine verbrecherische Tat? Ist es die Gier nach Macht und Reichtum?« Er legte einen Finger auf die Lippen. »Zuerst kommt Francesco ums Leben, das Oberhaupt der Familie. Dann Matteo, Francescos Verwalter, Proviantmeister und treuer Gefolgsmann. Schließlich Preneste, ein Priester, Anwalt und Vertrauter der Familie. Warum wohl hat der Mörder die beiden letzteren ausgewählt? Nun, Roger, was meinst du?«

»Vielleicht weil sie zu viel gewußt haben«, erwiderte ich langsam. »Preneste wurde vielleicht auch aus Angst getötet, er könnte mit seinen übersinnlichen Fähigkeiten in der Lage sein, den Mörder aufzuspüren.«

»Oder Preneste hat sich, genau wie Matteo, an irgend etwas erinnert, das den Schlüssel zu diesem Rätsel darstellt«, meinte Benjamin.

»Was ist mit Throckle?« fragte ich.

Benjamin wiegte den Kopf hin und her. »Welcher Zusammenhang soll bestehen zwischen dem Selbstmord eines Arztes in der Wildnis von Essex und blutigen Morden zwischen den goldenen Hügeln der Toskana?« Er fröstelte und verschränkte seine Arme. »Alle Morde folgen einem bestimmten Schema, das aber ist bis jetzt noch undurchschaubar.« Er blickte zum Haus zurück, in dem es dunkel geworden war. »Eines möchte ich gerne wissen.«

»Was?«

»Ob Preneste sein Wissen, die Mitteilung, die er vielleicht machen wollte, auch noch woanders hinterlegt hat.«

Wir kehrten zum Haus zurück. Benjamin hielt einen verschlafenen Diener an und verlangte nach einem Becher Wein. Er nutzte die Gelegenheit, unter Einsatz seiner Italienisch-Kenntnisse in Erfahrung zu bringen, daß Prenestes Kammer auf der anderen Seite des Hofes lag. Wir eilten dunkle Treppen hinauf und huschten einen langen Gang entlang. Als wir an der Tür zu einer Kammer vorüberkamen, hielten wir inne. Benjamin lächelte, während er mir durch eine Handbewegung bedeutete, ich solle lauschen. Aus dem Raum hinter der Tür vernahmen wir das Keuchen und die lustvollen Schreie von Lady Bianca.

»Das nenne ich eine lustige Witwe«, flüsterte Benjamin.

Wir schlichen weiter, immer wieder innehaltend, wenn ein Dielenboden knackte. Wir bogen um eine Ecke, und meine Nackenhaare sträubten sich, als ich den Gang entlangblickte. Ich meinte, jemanden gesehen zu haben, schrieb es dann jedoch der Wirkung des im Übermaß genossenen Weines zu.

Schließlich erreichten wir Prenestes Kammer. Die Türe

war geschlossen, aber nicht abgesperrt. Wir stießen sie auf und schlichen hinein. Im Raum war es dunkel, die Fensterläden hatte man fest geschlossen. Ich rümpfte die Nase, als ich den sauren Geruch wahrnahm, den auch der Duft der Gartenblumen nicht überdecken konnte. Über dem Himmelbett in der Mitte der Kammer waren die Vorhänge heruntergelassen. Benjamin trat näher heran. Ich hörte ihn murmeln und fluchen. Er riß Zunder an, entzündete eine Kerze, nahm sie und schritt hinüber zum Bett. Er schlug den Vorhang zurück, hielt die Kerze über das Bett, und in derem flackernden Schein sahen wir Prenestes blickloses Gesicht, das zu uns heraufstarrte. Im Kerzenschein sah er noch unheimlicher aus als draußen, das kleine Loch in seiner Schläfe hatte sich schwarzrot verfärbt. Ich musterte es neugierig. Es erinnerte mich an etwas, aber ich wußte nicht, woran genau. Benjamin forderte mich flüsternd auf, die Kammer zu durchsuchen. Ich tat es. Gott sei Dank waren die Schränke und Truhen nicht verschlossen, bis auf eine Truhe, die am Fuße des Bettes stand. Einer der Schnappverschlüsse war offen, aber ich mußte meinen Dolch zu Hilfe nehmen, auch den anderen zu öffnen.

Nun, ich habe schon viele komische Priester kennengelernt, aber Preneste war gewiß einer der seltsamsten. Ich fand nicht ein einziges Brevier oder Kruzifix, weder einen Rosenkranz noch ein Medaillon. Der Mann hatte sich nicht nur gelegentlich mit der Schwarzen Magie beschäftigt, er war förmlich in sie eingetaucht. Das erkannte ich mit Entsetzen, als mir eine getrocknete Kröte, der gelbliche Schädel eines Affen und ein Buch mit Zauberformeln in die Hände kamen. Benjamin durchsuchte die übrigen Truhen, konnte aber nichts finden. Er kam auf Zehenspitzen zu mir herüber.

»Wo würde ein Mann wie Preneste etwas Wichtiges verstecken?«

Ich nahm die Kerze und blickte in der Kammer umher. An den Wänden gab es weder Bilder noch Teppiche. Ich klopfte auf den Fußboden, aber hier handelte es sich nicht um ein englisches Herrenhaus mit Verstrebungen und Balken. Ich faßte das Bett ins Auge. Das Kopfteil mit seinen kleinen Holzvertäfelungen erregte meine Aufmerksamkeit. Ich schlug alle Vorhänge zurück, stieg auf das Bett und begann, unter Prenestes schaurig-stummer Anteilnahme die Vertäfelungen abzuklopfen. Eine klang hohl. Ich grinste Benjamin an.

»Weiß Gott, Master, die Leute glauben immer, ihre Betten seien der sicherste Ort, um etwas zu verstecken.«

Das Holz war ziemlich dünn. Ich schlug mit dem Knauf meines Dolches ein kleines Loch hinein und hielt dann inne, um abzuwarten, ob das bißchen Lärm, das ich verursacht hatte, irgend jemanden aufgestört hatte. Außer meinem eigenen Herzklopfen hörte ich aber nichts als den Gesang der Nachtvögel aus dem Garten und Benjamins schweren Atem hinter mir. Ich brach das Holz auseinander.

»Man wird morgen Fragen stellen, Master«, brummte ich.

»Dann werden sie sich gegenseitig beschuldigen müssen!« zischte Benjamin. »Ich bezweifle, ob das dieser Familie noch viel ausmacht.«

Ich riß das Holz herunter. Irgendwo mußte sich ein geheimer Hebel befinden. Innen ertastete ich eine Metallfeder, und als ich meine Hand weiter hineinschob, bekam ich eine kleine Ledertasche zu fassen. Ich reichte sie Benjamin, der die Kordel abschnitt und die Papier- und Pergamentrollen herauszog, die darin steckten. Er setzte sich auf das Bett, als seien er und Preneste alte Freunde, und studierte die Papiere. Zwei enthielten Zaubersprüche. Eines war ein Brief von Lady Bianca an einen ›Bellissimo‹. Sogar mit meinen beschränkten Sprachkenntnissen konnte ich, als ich Benjamins Finger folgte, erkennen, daß es sich um einen Liebesbrief handelte, den sich Preneste zum Zweck einer Erpressung angeeignet haben mußte.

»Und wenn nun all diese Morde nichts miteinander zu tun haben?« fragte ich.

»Du meinst, wenn Francesco aus anderen Gründen getötet wurde als Matteo und Preneste?« Er schüttelte den Kopf. »Aber die Mittel waren immer dieselben. Ich frage mich, ob Lady Bianca zu Mord Zuflucht nehmen würde, um ihre Untreue zu verbergen?«

Er legte den Brief auf das Bett und entrollte ein anderes Pergamentstück. Es war in Latein abgefaßt und stammte von keinem Geringeren als Fürst Giulio de Medici. Das Pergament war von bester Qualität, allerdings schon ein wenig vergilbt. Der Brief war an ›meinen guten Freund und Verbündeten Gregorio Preneste‹ gerichtet und schon vor einigen Jahren geschrieben worden. Giulio dankte Preneste für seine Dienste und versprach, sein Möglichstes zu tun, damit Preneste eine Anstellung bei Francesco Albrizzi erhalte.

»So einfach und so offensichtlich«, murmelte Benjamin. »Warum mußte er den Brief verstecken?«

Ich wollte gerade etwas erwidern, als ich draußen auf dem Korridor den Holzboden knarren hörte. Beide erstarrten wir, wagten kaum mehr zu atmen, aber wir konnten kein weiteres Geräusch vernehmen. Wir wendeten uns wieder dem Brief zu. Einmal hörte ich ein Klicken, dachte aber, es gehöre zu den Nachtgeräuschen des Hauses. Benjamin bestand darauf, das Kopfteil des Bettes weiter zu untersuchen. Ich war immer noch beunruhigt durch das, was ich gehört hatte, stand auf und ging zur Tür. Dabei rutschte ich aus und mußte mich festhalten. Ich schaute nach unten und erblickte eine glasige, wässerige Flüssigkeit auf dem Boden. Zuerst dachte ich, es sei irgendein Trank, den der Magier zubereitet hatte, beugte mich hinunter, tauchte einen Finger hinein und roch daran.

»Öl«, flüsterte ich.

Nun, Ihr müßt mir zugute halten, daß meine Sinne schon einigermaßen abgestumpft waren. Rutschend und fluchend bewegte ich mich weiter auf die Türe zu und versuchte sie zu öffnen, aber sie war verschlossen. Auf der anderen Seite hörte ich ein heftiges Keuchen und dann das Geräusch von Zunder, der angesteckt wurde. Ich sprang zurück, als die Flamme unter der Türe erschien. Sie erfaßte das Öl, und ein Feuerteppich raste durch die Kammer. In kürzester Zeit wurde der Raum, oder zumindest die Hälfte davon, in ein tosendes Inferno verwandelt. Wir rüttelten an den Fensterläden, aber auch sie waren verschlossen. Mit dem Knauf meines Dolches hämmerte ich auf die Schnappverschlüsse ein, bis sie nachgaben. Die Nachtluft strömte herein und umfächelte die Flammen. Benjamin und ich kletterten auf das Fenstersims und sprangen in den dunklen Garten hinunter.

Wir hatten Glück, daß wir in einem Blumenbeet landeten, so daß der Aufprall nicht allzu schlimm war. Mir war hundeelend vor Angst. Wie ein verängstigtes Tier kauerte ich mich hinter einen Busch. Ich würgte und hustete und stieß gotteslästerliche Flüche aus, während Benjamin sich seinen verstauchten Knöchel rieb.

»Ich möchte nach Hause, Master!« jammerte ich. »Zum Teufel mit den Schönheiten Italiens!«

Weiter konnte ich nicht schimpfen, denn mein Magen drehte sich um; während ich den Weg zurück zu unserer Kammer einschlug, mußte ich mich erbrechen.

Der Garten der Albrizzi war von dichten Ligusterhecken umgeben. Wir traten durch eine Öffnung in einer der Hecken – und blieben wie angewurzelt stehen. Vor uns stand eine Gestalt, die ganz in Schwarz gekleidet war und ihren Kopf und ihr Gesicht unter einer Maske verbarg, in die Löcher für Augen, Mund und Nase eingeschnitten waren. Sie hielt eine kleine Kerze in der Hand. Im flackernden Kerzenschein wirkte diese Gestalt wahrhaft furchterregend. Ich floh Hals über Kopf durch den Garten. Gott sei Dank war Benjamin klug genug, mir zu folgen.

Als wir den Haupteingang erreichten, waren schon alle Bewohner des Hauses auf den Beinen, mehr oder weniger bekleidet. Lord Roderigo stand im Nachthemd da und schrie Giovanni zu, er solle sich um seine Diener kümmern, die mit überschwappenden Eimern voller Wasser die Treppen hinaufrannten. Uns beachtete man Gott sei Dank nicht. Benjamin flüsterte mir zu, wir sollten so tun, als hätten wir nur einen kleinen Spaziergang im Garten gemacht,um die frische Nachtluft zu genießen. Wir halfen, das Feuer zu löschen, das Prenestes Bett und seinen Leichnam in ein rauchendes Häufchen Asche verwandelt hatte. Während die Diener mit Aufräumungsarbeiten beschäftigt waren, begannen Lord Roderigo und die anderen heftig darüber zu streiten, wie das Feuer entstanden sein könnte. Nun, mich ging das nichts an. Mir war es scheißegal. Einer von diesen florentinischen Misthunden hatte versucht, uns umzubringen. Ich war benommen, und mein Magen rebellierte. Der heimtückische Anschlag auf uns hatte mir einen fürchterlichen Schrecken eingejagt, ja, ich war halb wahnsinnig vor Angst.

Benjamin und ich kehrten in unsere Kammer zurück. Ihr dürft mir glauben, ich überprüfte alles auf das gründlichste – das Bett, die Stühle, einfach alles. Ich ließ sogar trotz der kühlen Nachtluft das Fenster offen stehen, für den Fall, daß wir wieder schnell Reißaus nehmen mußten. Benjamin wollte über dies und jenes reden und stellte fest, was offen zutage lag, nämlich daß jemand versucht hatte, uns zu töten.

»Oder«, fuhr er nachdenklich fort, »vielleicht wußten sie doch nicht, daß wir uns in dieser Kammer aufhielten. Wollten sie vielleicht nur alle Beweisstücke vernichten, die sich dort möglicherweise befanden?«

Ich knurrte, wickelte mich in meine Wolldecke und starrte auf die weiß gekalkte Wand. Wenn ich große Angst habe, lutsche ich oft an meinem Daumen, so auch diesmal. Ich wollte nach Hause. Ich gelobte allen Heiligen, die ich kannte, tausend Kerzen anzuzünden, jeden Sonntag zur Kirche zu gehen und nie mehr zu stehlen, sollte ich heil hier herauskommen. Ja, ich bot ihnen sogar an, ein Keuschheitgelübde abzulegen! Daran mögt Ihr ermessen, wie verzweifelt ich war! Seit ich in dem Haus dieses Doktors in Wodeford gewesen war, hatte ich das Gefühl, in einen dunklen Irrgarten geraten zu sein, in dem ein wahnsinniger Mörder mir nachstellte. Und wer war dieser maskierte Bastard im Garten gewesen? Ich lauschte der murmelnden Stimme meines Meisters. Benjamin bemühte die Logik. Die Logik! Meiner Ansicht nach hatten wir es mit einem blutrünstigen Mörder zu tun, der die Albrizzi und alle, die mit ihnen verbunden waren, auslöschen wollte. Ich fiel in einen unruhigen Schlaf und erwachte erst spät am nächsten Morgen, schon wieder ziemlich erfrischt und mit dem Gedanken daran, wie leidenschaftlich doch Lady Bianca im Bett war.

Benjamin war schon länger auf. Ich zog mich aus, wusch und rasierte mich. Danach meinte ich zu Benjamin, jetzt sei ich bereit, es mit dem gesamten Harem des Sultans aufzunehmen. (Oh, übrigens, einige Jahre später kam eine solche Herausforderung tatsächlich auf mich zu, aber davon ein andermal!) Wir gingen die Galerie entlang und betrachteten den Schaden, den das Feuer in Prenestes Kammer angerichtet hatte: Sie war völlig ausgebrannt, die Balken verkohlt und rußgeschwärzt. Meine Alpträume kehrten zurück, und ich wollte schon beginnen, meine Gelübde zu erneuern, doch Benjamins Gesicht war wie versteinert. So sah ich ihn nur selten, aber wenn er diesen leeren Ausdruck im Gesicht hatte, war es besser, die eigenen Gedanken für sich zu behalten und zu schweigen.

»Laß uns frühstücken, Roger«, murmelte er nach einer Weile.

»Master«, flüsterte ich, als wir die Treppe hinuntergingen, »wer war die maskierte Gestalt im Garten?«

»Es ist eine wilde Spekulation«, antwortete Benjamin leise, »aber ich glaube, es war ein Mann der Acht, der Geheimpolizei der Medici, der das Haus bewachte.«

»Könnte nicht er der Mörder sein?«

»Möglicherweise. Aber vergiß nicht, Roger, man hat zwei Anschläge auf uns verübt. Dabei hat dieser Mann niemals einen Finger gerührt, uns zu verletzen oder an der Flucht zu hindern.«

Wir betraten das sonnendurchflutete Refektorium, einen wunderhübschen, weiß gekalkten Raum mit Blumentöpfen ringsherum an den Wänden. Der Holzboden blitzte, und die Luft war erfüllt vom Duft des Bratenfleisches und des frischen Brotes, das unten in der Küche gebacken wurde. Die Tische waren entlang der Wände aufgestellt, und am Hohen Tisch ganz vorn saß nur eine Person. Enrico, der seine Augengläser aufgesetzt hatte, war in eine Schriftrolle vertieft. Er blickte auf, als wir uns näherten, und lud uns mit einem Lächeln ein, an seiner Seite Platz zu nehmen.

»Was für eine Aufregung!« rief er, während wir uns auf den Stühlen niederließen. »Preneste wird ermordet, und selbst als Toter darf er nicht in Frieden ruhen.«

»Wodurch ist das Feuer entstanden?« fragte Benjamin mit Unschuldsmiene.

»Nun, Roderigo glaubt, ein unvorsichtiger Diener habe es ausgelöst.«

Ich unterdrückte den in mir aufsteigenden Ärger – jedes Kind hätte den Ölgeruch bemerkt. Benjamin betrachtete den jungen Mann aufmerksam.

»Ihr habt ein schwaches Augenlicht?«

Enrico schüttelte den Kopf und nahm seine Augengläser ab.

»Nur beim Nahsehen. Immer wenn ich in einer Schriftrolle oder in einem Buch lese, tun mir die Augen weh.« Er kicherte leise. »Gott sei Dank bin ich kein Priester.«

»So wie Preneste?«

Enrico zuckte mit den Schultern. »Schaut Euch Italien an, Master Daunbey, es ist voll von verkommenen Priestern und überheblichen Kirchenfürsten. Kann man wirklich an den Gott glauben, den sie verehren? Wenn Preneste sich mit der Schwarzen Magie beschäftigen wollte, war das allein seine Angelegenheit.«

(Nun, ich glaube, der Mann hatte durchaus recht, doch

mittlerweile hat Italien auch viele gute Kleriker hervorgebracht, die Reformen anstrebten – Männer wie den großen Loyola, der zwar ein Fanatiker, aber doch auch ein großer Heiliger war. Auch die Päpste haben sich geändert. Sixtus V. reinigte Rom mit dem Schwert und mit dem Wasser. Sixtus, der schlaue alte Fuchs, bewunderte unsere Königin Elisabeth sehr. Einmal sagte er, falls er und Elisabeth verheiratet gewesen wären, dann hätten sie Kinder in die Welt gesetzt, die einmal die Welt regieren würden. Elisabeth lachte nur, als ich ihr das erzählte. Was Sixtus nicht wußte, war, daß Elisabeth und ich zusammen ein Kind haben, einen prächtigen Jungen. Er wird es zwar nicht zum Weltenherrscher bringen, aber zu einem guten Dieb taugt er allemal! Doch ich schweife ab.)

Benjamin und Enrico unterhielten sich kurz über den Zustand der Kirche, bis Benjamin unvermittelt das Thema wechselte.

»Ihr scheint all das Unglück, das der Familie Albrizzi derzeit widerfährt, sehr gefaßt aufzunehmen«, bemerkte er.

Enrico legte sein Messer auf den Tisch und spreizte seine Hände.

»Ich bin ein Catalina. Diese Morde haben wahrscheinlich etwas mit einer Abrechnung mit den Albrizzi zu tun.«

»Habt ihr einen bestimmten Verdacht?«

»In Florenz, Master Daunbey, vertraut keiner dem anderen. Die Albrizzi haben Feinde. Ihr habt Seine Gnaden Kardinal Giulio de Medici kennengelernt? Und Frater Seraphino, den Herrn der Acht?«

»Aber Ihr gehört doch auch zu den Albrizzi?« warf ich ein. »Ihr seid mit Lady Beatrice verheiratet. Ihr habt ihren Namen angenommen.«

Enrico hob die Arme und seufzte. »Das stimmt. Aber ich bin, wie jedermann weiß, auch ein Patrizier aus eigenem Recht und war es schon seit dem Tod meines Vaters.«

»Wann starb Euer Vater?«

Die Augen des jungen Mannes verdüsterten sich. Seine Hand zitterte, als er ein Messer nahm, um ein Stück von einer frischen, saftigen Birne abzuschneiden.

»Mein Vater war ein berühmter Mann. Er diente Florenz. Er und sein Bruder Alberto waren Mitglieder des Rates der Stadt Florenz. Nun, meine Mutter war bei meiner Geburt gestorben. Ich kam in die Obhut von Nonnen. Mein Vater und sein Bruder waren häufig unterwegs. Eines Tages, als sie in Rom in der Nähe des Kolosseums eine Kirche verließen, wurde ein Anschlag auf sie verübt. Der Bolzen einer Armbrust traf meinen Vater in den Hals. Alberto wurde in die Brust getroffen. Mein Vater war sofort tot. Sein Bruder starb ein paar Tage später.«

»Und was geschah mit dem Mörder?«

»Das weiß niemand. Francesco Albrizzi war mit meinem Vater befreundet. Er hielt sich zum Zeitpunkt des Anschlags in Ostia auf und eilte sofort nach Rom. Mein Vater hatte Edelsteine eingekauft – Diamanten und einen kostbaren Smaragd. Sie waren gestohlen worden und tauchten nie wieder auf. Später wurden zwei Verbrecher gehängt, die man beschuldigte, mit der Ermordung meines Vaters etwas zu tun zu haben, aber diese Behauptung konnte nie bewiesen werden.« Enrico blickte auf und blinzelte. »Einige Jahre lang wurde ich unter Schutz gestellt, für den Fall, daß es sich um eine Blutfehde handelte. Francesco suchte nach dem Mörder, konnte aber nichts herausfinden. Ein weiteres Rätsel, Master Daunbey, nicht wahr?«

»Aber habt Ihr selbst denn irgendeinen Verdacht?« fragte mein Meister.

»Mein Vater war kein Freund der Medici. Vielleicht hatten sie eine offene Rechnung zu begleichen. Doch seid versichert, Master Daunbey, sollte ich jemals herausbekommen, wer meinen Vater ermordet hat, werde ich es Euch sofort mitteilen, nachdem ich ihn getötet habe.«

Kapitel 8

Benjamin wollte die Unterhaltung gerade beenden, als Roderigo in Begleitung von Alessandro das Refektorium betrat. Alessandro war so aufgeplustert wie immer. Mit seinem eng anliegenden Lederwams, den noch engeren Beinkleidern und den Dolchen, die er in seinen prunkvollen Gürtel gesteckt hatte, entsprach er genau dem Bild eines protzerischen Straßenrabauken. Roderigo, der sonst immer sehr selbstbewußt auftrat, schien ziemlich beunruhigt zu sein – sein Gesicht war bleich, und unter seinen Augen standen dunkle Ringe. Sein Haar war fettig, und seine Finger waren immer noch schwarz vom Ruß. Dagegen sah Alessandro wie das blühende Leben aus, sein glattes Gesicht strahlte, und sein Haar war sauber frisiert. Er warf mir einen kurzen, abschätzigen Blick zu und biß dann geräuschvoil in einen Apfel. Seine geliebte Schwester mußte ihm, so vermutete ich, von unserer Unterhaltung am vorherigen Abend erzählt haben.

»Habt Ihr gut geschlafen, Inglese?« fragte Roderigo.

»Das Bett war äußerst bequem«, antwortete Benjamin taktvoll. »Doch unser Aufenthalt in Florenz hätte gewiß einen besseren Anfang nehmen können. Die Kammer des bedauernswerten Preneste . . .«

»Völlig ausgebrannt«, warf Roderigo ein. »Wir können von Glück reden, daß sich das Feuer nicht weiter ausgebreitet hat. Sonst hätten wir möglicherweise das ganze Haus verloren.«

»Und wodurch ist das Feuer entstanden?« wollte Benjamin wissen.

Lord Roderigos Augen schweiften ab. Er beugte sich

über den Tisch, griff nach einer Karaffe mit verdünntem Wein und goß sich einen Becher ein.

»Wahrscheinlich durch einen unachtsamen Diener. Vielleicht haben die Männer, die Prenestes Leiche in seine Kammer hinaufbrachten, eine brennende Kerze in der Nähe der Bettvorhänge stehen lassen?«

»Wußtet Ihr, daß das Landhaus unter Beobachtung stand?« fragte Benjamin unvermittelt.

Mit Genugtuung sah ich, daß sich Alessandro fast an seinem Apfel verschluckte.

»Was?« Roderigo setzte seinen Becher ab. »Was wollt Ihr damit sagen?«

Benjamin beschrieb ihm die Gestalt, die wir im Garten gesehen hatten. Roderigo hörte aufmerksam zu und machte eine wegwerfende Handbewegung.

»Der Herr der Acht hat überall seine Spione«, sagte er bitter.

Dann sagte er schnell etwas auf italienisch zu Alessandro. Der junge Mann erbleichte. Er antwortete ausweichend, und aller Hochmut wich aus seinem Gesicht.

»Was gibt es denn?« fragte Benjamin scharf. »Lord Roderigo, ich möchte nicht aufdringlich erscheinen, aber wir sind Gäste in Eurem Haus und damit möglicherweise auch selbst in Gefahr. Weshalb beobachtet die Geheimpolizei von Florenz dieses Haus?«

»Weil es in dieser Familie einige Mitglieder gibt«, antwortete Roderigo langsam, »denen man nicht trauen kann. Sie haben ein, wie ich es bezeichnen muß, unziemliches Interesse an den neuen Lehren aus Deutschland gezeigt – Master Luther hat auch hier schon ein Echo gefunden. Die Acht und die Inquisition sind sehr bemüht, jeden aufzuspüren, der Neigungen in dieser Richtung entwickelt.«

An Alessandros fahlem Gesicht erkannte ich, daß Roderigo ihn damit meinte.

»Doch Ihr könnt auch Seiner Eminenz dieselbe Frage stellen«, fuhr Roderigo fort und lächelte Benjamin an. »Soeben kam ein Bote vom Palast der Medici. Seine Gnaden der Kardinal möchte Euch zur Mittagszeit sehen. Giovanni wird Euch auf dem Weg begleiten.«

»Kann ich auch mitkommen?« fragte eine piepsige Stimme von der Tür her. Maria trat herein. In ihrem rubinfarbenen Kleid, das an den Ärmeln und am Saum mit weißem Leinen besetzt war, und mit ihren herunterhängenden Locken sah sie wie eine Puppe aus. »Darf ich mitkommen?« wiederholte sie ihre Frage.

Plötzlich tauchten drei oder vier Orangen in ihren Händen auf. Sie begann, mit ihnen zu jonglieren, während sie auf uns zukam. Ich bewunderte ihre Geschicklichkeit und wie flink sie war. Sie legte die Orangen auf den Boden und bewegte sich radschlagend auf uns zu. Ich sah wirbelnde weiße Unterröcke, kleine schwarze Schuhe mit Rosenknöpfen, und dann stand sie vor mir, mit leicht gerötetem Gesicht, zusammengekniffenen Lippen und durch die Nase atmend, um ihr Gleichgewicht zu halten.

»Guten Morgen, Brummbär«, sagte sie lächelnd.

»Hier gibt es nichts zu lachen«, erwiderte Alessandro schroff. »Deine Tricks sind im Augenblick nicht gefragt, Maria. Preneste ist tot.« Er schaute mich finster an. »Und mir ist es gleich, was mein Onkel sagt. Das Feuer, das seine Kammer verwüstet hat, kommt mir verdächtig vor.«

»Master Preneste«, erwiderte Maria, »war ein dummer, verdorbener Mann. Er hat sich mit der Schattenwelt eingelassen, und jetzt hat ihn seine verdiente Strafe ereilt.«

»Maria!« rief Roderigo.

Sie zuckte mit ihren zierlichen Schultern und setzte sich

auf die Bank, wobei sie ihren kleinen, schmächtigen Körper zwischen mich und Benjamin zwängte.

»Darf ich mitkommen nach Florenz? Wenn ich hier nicht gebraucht werde« – sie warf Alessandro einen boshaften Blick zu –, »ist es vielleicht am besten, wenn ich mich woanders hinwende.«

»Du halbe Portion!« erwiderte Alessandro gehässig.

»Lieber das als kein richtiger Mann«, gab sie zurück.

Alessandro lehnte sich über den Tisch und hob die Hand, um Maria zu schlagen. Ich packte ihn am Handgelenk.

(Ja, ja, ich bin ein geborener Feigling. Ich trage stets braune Beinkleider, und wann immer es zum Kampf kommt, macht sich der gute Shallot so schnell wie möglich aus dem Staub, aber Grobiane kann ich ums Verrecken nicht ausstehen.)

»Laßt meine Hand los!«

Alessandro schaute so verdrießlich drein, daß ich lachen mußte. Bevor Roderigo eingreifen konnte, versetzte mir Alessandro mit seiner anderen Hand einen Schlag ins Gesicht. Ich gab die Hand frei.

»Entschuldige dich! Alessandro, entschuldige dich!« verlangte Roderigo. »Entschuldige dich auf der Stelle!«

Alessandro biß sich auf den Daumen und spuckte in meine Richtung.

(Später erfuhr ich, daß dies die schlimmste Beleidigung ist, die ein Italiener anbringen kann. Ich erzählte Will Shakespeare davon, und er verwendete dies am Beginn seines Stücks *Romeo und Julia*. In der Szene darauf kommt es daher zu einem Duell, ebenso wie damals nach diesem Vorfall in der Villa der Albrizzi.)

Lord Roderigo ergriff meinen Arm.

»Signor Shallot, Alessandro ist ein Hitzkopf. Außerdem seid Ihr nur ein Bediensteter. Es besteht kein Grund, seine Herausforderung anzunehmen.«

Benjamin murmelte zustimmend.

»Ich bin einverstanden«, sagte ich und lächelte Alessandro schmeichlerisch an. »Signor Alessandro, ich habe mich vergessen.«

Er schürzte die Lippen. Ich wollte schon ansetzen, mich noch weiter zu demütigen, da bemerkte ich den Ausdruck in Marias Augen – es war nicht Verachtung, sondern eine Art Verletztheit, als habe Alessandros Beleidigung ihr den letzten Rest Menschenwürde genommen.

»Allerdings«, sagte ich und stand auf, »hat meine alte Mutter mich immer ermahnt, mich wie ein Gentleman zu verhalten. Wenn du dich wie ein Gentleman verhältst, hat sie gesagt, erkennst du auch jeden anderen Gentleman sofort.« Ich beugte mich über den Tisch und faßte Alessandro ins Auge. »Euch erkenne ich nicht als Gentleman. Ihr schlagt Frauen, also stelle ich an Euch die Frage: Seid Ihr von Geburt an so unflätig, oder habt Ihr Euch das im Lauf der Jahre absichtlich angewöhnt?«

Ich schüttelte die warnende Hand meines Meisters ab. Alessandro, dessen bin ich mir gewiß, verstand das Wort ›unflätig‹ nicht. Dennoch sprang er wutentbrannt auf.

»In den Garten!« kreischte er. »Hinaus in den Garten!« Er stürmte aus dem Raum.

Roderigo schaute mich an. »Das hättet Ihr nicht sagen sollen, Shallot«, meinte er leise. »Alessandro ist ein geübter Schwertkämpfer. Er wird Euch töten!«

Mein Mut, den ich soeben bewiesen hatte, begann schon wieder zu schwinden. Ich blickte in die Runde. Enrico hatte sein Kinn in die Hände gestützt und lächelte mir ermutigend zu. Maria flatterte mit den Augenlidern wie eine Dame aus diesen dämlichen tränenseligen

Geschichten, welche die Troubadoure so gerne vortragen. Benjamin saß mit gesenktem Kopf auf seinem Platz. Ich weiß nicht, ob er verärgert war oder sich köstlich amüsierte. Dann kam Lady Beatrice herein. Enrico stand auf, zog sie auf den Platz neben sich und erzählte ihr flüsternd, was vorgefallen war. Sie grinste boshaft und klatschte in die Hände.

»Alessandro wird gewinnen«, erklärte sie. »Geliebter Ehemann, weshalb sind wir dann noch hier, wenn mein Bruder draußen im Garten wartet?«

Nun, mir blieb keine andere Wahl. Benjamin und ich verließen das Refektorium und kehrten in unsere Kammer zurück. Ich zog mein Wams aus, legte mein Schwertgehenk um, während ich meine Angst zu bändigen versuchte, und schritt zur Tür. Benjamin packte mich am Arm.

»Roger!«

»Bitte keine Vorträge jetzt, Master! Er ist ein arroganter Schweinehund!« Ich schaute Benjamin in die Augen und bemerkte die Bewunderung, die in ihnen geschrieben stand.

»O nein, ich bin stolz auf dich, Roger. Ich weiß, daß du Gewalt verabscheust. Es war tapfer von dir, Maria zu verteidigen. Wenn du es nicht getan hättest, hätte ich es getan.«

(Der Herr sei uns gnädig, aber was war Benjamin doch für ein Unschuldslamm! Daß ich Gewalt verabscheue! Damit hatte er verdammt recht. Ich kann kein Blut sehen, vor allem nicht mein eigenes!)

Wie auch immer, ich gab mich wie der tapfere Hektor, schluckte und betete, daß meine Hände nicht so naß werden sollten, daß ich das Schwert nicht mehr halten konnte. Benjamin klopfte auf meinen Schwertgürtel.

»Er wird möglicherweise ein Rapier verwenden. Vergiß nicht, was der Portugiese dir beigebracht hat!«

Wir gingen hinunter in den Garten, wo sich die Bewohner des Hauses schon vollständig versammelt hatten. Ich studierte ihre Gesichter. Bis auf Enrico und Roderigo schienen alle das bevorstehende Duell als eine Veranstaltung zu betrachten, die zu ihrer Unterhaltung aufgeführt wurde. Sogar die Diener, die etwas weiter entfernt standen, hatten sich Obst und Becher voll Wein mitgebracht, um zu verfolgen, wie der seltsame Engländer verwundet und dann wahrscheinlich getötet wurde. Maria schaute mich traurig an, als wäre ihr klargeworden, was sie angerichtet hatte. Mit halbgeöffneten Lippen rannte sie über das Gras auf mich zu und packte mich am Arm.

»Das war nicht notwendig, Brummbär«, flüsterte sie. »Er hat mich schon immer geschlagen. Aber nie besonders hart.«

Ich schüttelte den Kopf. »Ich möchte weglaufen!« zischte ich. »Aber wo könnte ich hin?« Ich zog einen der Samthandschuhe aus ihrem Gürtel und steckte ihn in mein Hemd. »Das werde ich als meinen Glücksbringer bei mir tragen.«

Das kleine Wesen wurde rot und schob die Unterlippe unter die Zähne. »Es tut mir leid, daß ich Euch Brummbär genannt habe.«

»Seid Ihr fertig, Inglese?«

Ich schaute in das taufeuchte Gras hinunter. Alessandro hatte sich schon elegant in Position gestellt, ausgerüstet mit Rapier und Stilett. Er schwenkte seine Waffen hin und her, so daß die Sonne ihre scharfen Klingen zum Blitzen bringen konnte. In meinem Magen rumorte es. Ich hoffte, ich würde nicht wieder die Augen schließen, was ich stets tat, wenn ich in ein Duell verwickelt war. Ich kann nicht erklären, weshalb, es war einfach eine kindische Reaktion. Noch mehr allerdings hoffte ich, daß ich nicht kotzen oder ohnmächtig werden würde.

»Bist du fertig, Roger?« fragte mein Meister.

»Vollkommen fertig.«

Ich schob Schwert und Dolch in die Scheiden und schritt über das Gras. Ich wünschte, ich hätte das nicht getan – die Sohlen meiner Stiefel waren ziemlich glatt. Ich stolperte und stürzte, wobei mir das Gelächter, das daraufhin ausbrach, die Röte ins Gesicht trieb.

»Seid Ihr nervös, Inglese?« rief Alessandro. »Bianca, bring dein Riechsalz!«

Ich rappelte mich wieder auf, steckte Schwert und Dolch in den Boden und setzte mich.

»Ihr werdet Euch die Hosen naß machen!« höhnte Alessandro.

Ich ignorierte ihn und zog meine Stiefel und auch die Leinenstrümpfe aus.

(Ihr jungen Leute, die Ihr dies lest, laßt Euch vom alten Shallot einen guten Rat geben: Auf schlüpfrigem Untergrund geht man am besten barfuß. Insbesondere wenn es keine Möglichkeit gibt wegzulaufen!)

Ich stand auf, schlurfte mit meinen Waffen lässig weiter über das Gras und hoffte, daß der empfindliche Magen mir nicht alle Pläne durchkreuzte. Roderigo stellte sich zwischen uns, den finster blickenden Giovanni neben sich.

»Alessandro«, sagte er ruhig, »du mußt nicht mit diesem Mann kämpfen. Er ist deiner nicht ebenbürtig.«

»Ja, Onkel, er kommt aus der Gosse, aber man muß ihm Manieren beibringen.« Roderigo schaute mich betrübt an und schüttelte den Kopf.

»Dann kämpft!« rief er. »Bis das erste Blut vergossen wird!«

Mein Herz hüpfte vor Freude, doch dann warf ich

einen Blick auf Giovannis verschlagenes Gesicht und erkannte, daß das erste Blut aus meinem Herzen schießen könnte. Giovanni und Roderigo traten zurück. Die Unterhaltung der Zuschauer erstarb. Alessandro stellte sich lässig in Position, leicht zur Seite gewandt und mit erhobenem Schwert. Ich bewegte mich unruhig nach vorn, spielte den Unwissenden und ahmte seine Haltung nach. Unsere Schwerter berührten sich. Alessandro sprang zurück, dann wieder nach vorne. Ich blockierte sein Schwert, während ich zurücksprang. Er setzte erneut an. Unter anfeuernden ›Alessandro‹-Rufen kam er an mich heran, unsere Schwerter kreuzten sich, mein Dolch prallte gegen sein Stilett. Er wollte testen, wie schwach ich war, und ich spielte den ängstlichen Anfänger, blieb aber stets wachsam. Ich erkannte, daß Alessandro ein hinterhältiger Bastard war. Er würde keine Gnade zeigen, sollte ich mir eine Blöße geben; er wollte mich schnell töten. Er ging wütend auf mich los, sein Schwert schoß in der Luft umher, und ich begriff, daß er besser mit dem Dolch umgehen konnte als mit dem Schwert. Nicht so sehr auf sein Rapier würde ich also achten müssen, sondern auf sein Stilett. Ich mußte damit rechnen, daß er plötzlich von unten auf meinen ungeschützten Körper einstechen würde, und einmal hätte er mich auch fast an der Lende erwischt. Nun, das reichte mir. Ein Mann ohne Gemächt ist ein Mann ohne Zukunft. Ich sprang flink zurück, ließ mein Schwert in die linke Hand gleiten und freute mich, weil Alessandro über meine Gewandtheit staunte. Und dann legte ich los. Ich will nicht prahlen, aber von diesem Zeitpunkt an hatte das Ganze nicht mehr viel von einem Duell. Alessandro wußte schlicht nicht, wie er mit einem linkshändigen Schwertkämpfer zurechtkommen sollte. Schon der Wechsel brachte ihn durcheinander. Er wurde schwerfällig, parierte nur mit Mühe einen Dolchstoß und sprang dann zu langsam zurück, so daß ich einen Stich in seiner Schulter landen konnte. Das Blut sprudelte heraus und benetzte sein weißes Leinenhemd, das dadurch noch gräßlicher aussah als schon zuvor. Lady Bianca begann zu kreischen.

»Aufhören! Aufhören!«

Alessandros Gesicht wurde so weiß, wie sein Hemd gewesen war. Voller Unsicherheit schaute er zu seinem Onkel, der zwischen uns trat.

»Die Angelegenheit ist erledigt. Alessandro?«

Dieser zuckte mit den Achseln.

»Master Shallot?«

»Wie Ihr wollt.«

Ich drehte mich um – und ich schwöre, das werde ich in einer solchen Lage nie wieder tun. Der dumme Shallot, eingebildet wie eh und je!

»Roger!« schrie mein Meister.

Ich warf mich nach links, und Alessandros Schwert pfiff über meine Schulter. Ich machte einen Satz auf ihn zu, bekam ihn am Gürtel zu fassen und warf ihn in der guten alten englischen Art zu Boden. Dann erhob ich mich und trat zurück. Alessandro beobachtete mich mit weit aufgerissenen Augen. Das Schwert war ihm entglitten, nur noch sein Dolch war ihm geblieben, um sich zu verteidigen. Ich starrte ihn an. Niemand wagte einzugreifen. Nach den Gesetzen des Duells hätte ich ihn jetzt töten können oder sogar sollen. Ich trat langsam ein paar Schritte zurück, steckte mein Schwert und meinen Dolch wieder zurück, biß mir auf den Daumen und spuckte ein Stückchen Haut dorthin, wo er lag.

»Wie Euer Onkel schon sagte, die Angelegenheit ist erledigt!«

Ich wartete, bis Roderigo und Giovanni meinem am Boden liegenden Feind zu Hilfe kamen, dann wandte ich mich um und ging zum Haus zurück, mit stolzgeschwellter Brust wie ein Hahn auf dem Misthaufen.

»Gut gemacht, Roger!« Benjamin eilte mir nach.

»Auch Ihr habt es gut gemacht, Master!« entgegnete ich. »Der feige Schweinehund hätte mich glatt umgebracht.«

»Dann hätte ich ihn getötet!«

Ich starrte in das lange, ernste Gesicht meines Meisters. Er hätte es wirklich getan. »Beurteile niemals ein Buch nur nach seinem Einband«, heißt es, und diese Redewendung trifft auch auf Master Daunbey zu, einen der erfahrensten Schwertkämpfer Englands. Eines Abends kämpften wir beide an einem kalten Strand um eine Frau, deren Seele so schwarz war wie die Hölle, doch das ist eine andere Geschichte. Hier, in dem Landhaus der Albrizzi, hat er mir das Leben gerettet. Maria kam herbeigeeilt und winkte mich zu sich herunter. Ich erwartete, sie würde mir etwas ins Ohr flüstern, aber statt dessen küßte sie mich leidenschaftlich auf die Wange. Dann wurde sie rot und lief weg.

»Master Shallot!«

Roderigo trat näher.

»Danke«, flüsterte er, während er zum Rasen hindeutete. »Danke«, wiederholte er, und alle Selbstgefälligkeit schien von ihm abgefallen zu sein. »Ihr hättet meinen Neffen zweimal töten können. Dafür, daß Ihr ihn beim zweiten Mal verschont habt, verdient Ihr es, ein Mitglied meiner *familia* zu werden. Kommt, ich möchte Euch eine Belohnung geben.«

Nun, Ihr kennt ja den guten Shallot. Ihm gegenüber das Wort ›Belohnung‹ auszusprechen ist so etwas Ähnliches wie einem hungrigen Esel eine Karotte anzubieten. Dennoch spielte ich den kühlen, mit sich selbst zufriedenen Helden und folgte ihm in das Refektorium. Andere Angehörige der Familie gesellten sich zu uns. Beatrice stand weiter weg. Doch auch bei ihr hatte sich ein Meinungsumschwung vollzogen – sie blickte mich mit leicht gesenktem Kopf an, ihre glänzenden Augen lächelten mich an, und die Spitze ihrer Zunge fuhr langsam über ihre sinnlichen Lippen. Ihr voller Busen hob und senkte sich schnell – sie gehörte zu jenen Menschen, die Blut, sofern es sich nicht um ihr eigenes handelte, sinnlich erregt. Für Lady Bianca galt dasselbe. Sie kam zu mir, berührte mich sacht am Arm, und als sie wieder zurücktrat, ließ sie ihre Hand herunterfallen, so daß sie leicht über meinen Hosenlatz glitt.

(Herr im Himmel, was für eine Familie! Schlimmer als die Boleyns!)

Enrico ergriff meine Hand und blickte mich mit zusammengekniffenen Augen an.

»Ihr seid ein vorzüglicher Schwertfechter, Master Shallot, ein richtiger Teufelskerl. Wirklich geschickt! Und dieser Wechsel der Fechthand! Das werde ich mir merken müssen.«

Benjamin schaute ihn fragend an, doch dann kam Roderigo mit einem Krug Wein und einem Tablett mit Bechern. Er stellte sie auf den Tisch, füllte einen goldenen juwelenbesetzten Kelch zur Hälfte mit Wein und reichte ihn mir.

»Master Shallot, dieser Wein stammt von der Villa Mathilda, eine Marke, die die Römer Falerner nennen.« Er lächelte dankbar. »Der Wein ist für Euch und auch der Becher.«

(Nein, ich besitze den Becher nicht mehr, denn wir

mußten Florenz in großer Eile verlassen. Später schrieb ich diesem Misthund, dem Herrn der Acht, und bat ihn, mir den Kelch nachzuschicken. Er schrieb mir zurück, der Kelch stehe bei ihm auf einem Regal und warte darauf, von mir abgeholt zu werden. Dieser elende Saukerl!)

Ich dankte Roderigo, prostete der versammelten Gesellschaft zu und trank den wohlschmeckenden Wein. Er erfrischte meinen Mund, umschmeichelte meinen Gaumen und schürte in meinen Lenden ein Feuer, das jede der anwesenden Damen verschlungen hätte – wenn sich eine Gelegenheit geboten hätte. Roderigo trank ebenfalls seinen Becher aus, und man erging sich in der üblichen Konversation. Ich ließ alles über mich ergehen, spielte den bescheidenen Helden, bis plötzlich, obwohl es heller Tag war, eine kleine Eule durch ein offenes Fenster hereinflog, im Raum umherirrte und schließlich tot zu Boden fiel. Lady Bianca ließ ihren Becher fallen und kreischte wie von Wahnsinn befallen. Beatrice wäre beinahe ohnmächtig geworden, und man mußte ihr auf einen Stuhl helfen, während die Männer erblaßten und das leblose Bündel Federn auf dem Boden entgeistert anstarrten.

Mein Meister eilte hinüber, kniete sich nieder und untersuchte das goldbraune Federhäufchen.

»Was hat das zu bedeuten?« fragte er.

»Die Eule ist eine Todesbotin!« flüsterte Roderigo. »Wenn so etwas geschieht . . .« Er wandte sich mit bleichem Gesicht an Giovanni. »Verbrenn das Tier!«

Der Söldner schüttelte den Kopf, daher nahm ich den noch warmen Körper und ging damit zur Tür. Alle traten eilfertig zur Seite, als hätte ich eine gefährliche, ansteckende Krankheit. Ich eilte in den Garten und warf den toten Vogel auf einen Misthaufen. Als ich mich umdrehte, stand die kleine Maria vor mir, mit aschfahlem Gesicht und weit aufgerissenen Augen.

»Ein böses Omen«, flüsterte sie. Dann blickte sie auf und preßte ihre kleinen Fäuste gegen ihre Brust. »Master Shallot, die Florentiner sind das abergläubischste Volk der Welt. Wenn am Morgen eine Eule in ein Haus fliegt, ist großes Unheil im Anzug. Und wenn sie darin stirbt, heißt das, daß das Haus fallen wird.«

Ich schaute zum Landhaus hinüber. »Es macht mir noch einen recht wehrhaften Eindruck«, scherzte ich.

Sie nahm meine Finger in ihre kleine, warme Hand. »Es bedeutet, daß die Albrizzi ihre Macht verlieren werden.« Sie zog an meinen Fingern. »Nehmt mich mit nach Florenz.«

Ich schaute zu ihr hinab. »Bin ich jetzt kein Brummbär mehr?«

»Es tut mir leid«, sagte sie flüsternd.

Mit der freien Hand zog ich den kleinen Handschuh aus meinem Hemd hervor. »Darf ich den behalten?«

»Natürlich«, flüsterte sie. »Aber versprecht mir, bitte versprecht mir, daß Ihr mich mitnehmt, wenn Ihr zurück nach England reist!«

Sie sah so einsam, so bemitleidenswert aus, daß ich es ihr versprach. Sie drehte sich um, hüpfte wie ein junges Mädchen den Weg entlang und winkte meinem Meister zu, der zu mir herauskam. »Man könnte meinen, die Sonne ist vom Himmel gefallen«, sagte er und deutete mit einem Kopfnicken zum Haus der Albrizzi.

»Master, auch in England gilt die Eule als Unglücksbotin.«

»Ich glaube nicht an diesen Unsinn, Roger. O ja, Preneste konnte den Satan herbeirufen, aber ich halte alle Tiere für Geschöpfe Gottes.«

Benjamin trat zu dem Misthaufen, hob den Vogel hoch und musterte ihn eingehend. Er nahm seine Handschuhe aus seinem Gürtel, streifte sie über, zog den kleinen gelben Schnabel des Vogels auseinander und roch daran. »Das arme Tier ist vergiftet worden, mit einer großen Menge Tollkirschen. Aber wie hat man das Tier dazu gebracht, ins Haus zu fliegen?« Benjamin griff sich an die Nase. »Roger, was mögen Eulen ganz besonders?«

»Mäuse.«

»Unsinn.«

»Dunkelheit, Scheunen.«

»Und wenn man einen jungen Vogel freiläßt, eine Eule, die vergiftet worden ist, wo wird sie wohl hinfliegen?«

»Dorthin, wo sie glaubt, Schutz zu finden.«

Benjamin drehte sich um und zeigte zu dem offenen Fenster.

»Nun, das arme Ding ist da hindurch geflogen.«

»Aber wer hat die Eule freigelassen? Es waren doch alle zusammen mit uns im Haus?«

»Wirklich?« fragte Benjamin bissig. »Die beiden Damen vielleicht. Aber es wäre doch ein leichtes gewesen, kurz hinauszugehen, den Vogel herauszulassen und wieder ins Haus zurückzukehren.« Er betrachtete das Steingebäude. »Sehr geschickt«, murmelte er. Er deutete zu den Fenstern, die wegen der Sonne geschlossen waren. »Jemand hat das ganz genau vorbereitet. Siehst du, daß nur ein einziges Fenster offen ist? Und ich bin überzeugt, wenn die Eule woanders verendet wäre, hätte das Ganze dieselbe Wirkung erzielt. Irgendein hysterischer Diener wäre hereingestürzt und hätte die Schreckensnachricht hinausposaunt.« Benjamin rieb sich das Kinn. »Aber ich möchte wissen, wer sie freigelassen hat.«

»Wir dürfen den Herrn der Acht nicht vergessen.«

»Ja«, murmelte Benjamin. »Und wir dürfen auch unser Treffen in Florenz nicht vergessen. Kommt, Master Schwertkämpfer, es ist Zeit aufzubrechen.«

Als wir wieder ins Haus zurückkehrten, hatte sich dort schon einiges getan. Ein Arzt war gerufen worden, der sich um Alessandros Verwundung kümmern sollte. Die beiden Damen hatten sich nach Ohnmachtsanfällen in ihre Kammern zurückgezogen. Giovanni hatte im Stall unsere zwei Pferde gesattelt. Und Maria, die ein wenig abseits stand, hielt die Zügel ihres kleinen weißen Esels in den Händen. An ihrem Gesicht sah ich, daß sie schon mit Giovanni in die Haare geraten war wegen ihres Wunsches, uns nach Florenz zu begleiten. Ich hatte mich gewaschen und nach meinem schweißtreibenden Duell das Hemd gewechselt. Mein Meister hatte mir empfohlen, mich unter dieser warmen Sonne regelmäßig zu waschen.

»Es öffnet die Poren«, hatte er mir erklärt, »und hält die Haut frisch. Sonst kommt es noch soweit«, fuhr er grinsend fort, »daß du dich andauernd am Hosenlatz kratzen mußt.«

(Ein sehr umsichtiger Mann, mein Meister. Ich wünschte nur, auch andere, insbesondere unsere gegenwärtige Königin, wären so reinlich wie er. Baden heißt für Königin Elisabeth offenbar, ein paar Tupfer Rosenwasser in ihrem Gesicht und auf ihren Händen zu verreiben, und dann versteckt sie die Natur noch unter einer Unzahl von Parfüms. Ich kann Euch sagen, am englischen Hof riecht es im Hochsommer wie auf einem Misthaufen. Einmal versuchte ich, den Ratschlag, den mir mein Meister gegeben hatte, auch der Königin nahezubringen, doch sie schaute mich nur fassungslos an.

»An Ostern und an Weihnachten baden!« rief sie. »Sei doch nicht dumm, Roger. Warmes Wasser schädigt die Körpersäfte und beschleunigt das Altern des Fleisches.«

Nun, was konnte ich schon ausrichten gegen den Rat irgendeines dieser furzenden Schwachköpfe, die sich Ärzte schimpfen?)

Die Sonne stieg am Himmel empor, als wir das Landhaus der Albrizzi verließen. Ihr dürft nicht vergessen, es war noch früh am Morgen. (Die Italiener stehen kurz vor Tagesanbruch auf und legen sich am frühen Nachmittag nieder, um sich auszuruhen.) Zunächst war Giovanni recht schweigsam, die tote Eule machte ihm offenbar immer noch zu schaffen, doch Benjamin, der ihm einige Fragen stellten wollte, ließ sich nicht so leicht entmutigen. Zuerst sprach er von belanglosen Dingen, rühmte Giovannis Pferd und seine Reitkünste und fragte ihn, wo er geboren war und an welchen Feldzügen er schon teilgenommen hatte. Giovanni unterschied sich in nichts von anderen Soldaten, und als wir die staubige Straße entlangtrabten, die über die mit Weinreben und Zypressen bedeckten Berge nach Florenz führte, erzählte er uns, er sei schon Soldat, so lange er denken könne. Ich hörte aufmerksam zu und versuchte, Maria nicht zu beachten, die hinter Giovanni ritt, Grimassen schnitt und ihn nachzumachen versuchte.

»Dann habt Ihr also schon immer für Florenz gekämpft?« unterbrach mein Meister seine langatmigen Ausführungen.

»Nein, nein. Eine Zeitlang stand ich in den Diensten der Franzosen. Ich habe sogar zwei Jahre auf Eurer Insel verbracht. Man hatte mich als Meisterschützen angeheuert.«

»Dann versteht Ihr also mit einer Arkebuse umzugehen?« fragte Benjamin mit Unschuldsmiene.

»Besser als jeder andere in Europa«, prahlte Giovanni. Dann wurde ihm bewußt, was er soeben gesagt hatte, und er wurde wieder wortkarg. Er trieb sein Pferd voran und sagte fast gar nichts mehr, bis wir eine stark bevölkerte Durchgangsstraße erreichten, die auf das Nordtor von Florenz zulief.

»Ich habe Euch in die Stadt gebracht«, murmelte er. »Nun muß ich zurückkehren.«

Benjamin wendete sein Pferd, schaute ihm nach und lächelte mir zu.

»Ein florentinischer Söldner, der schon König Heinrich von England gedient hat und der die Arkebuse meisterhaft beherrscht. Ist doch interessant, Roger, nicht?«

»Soviel hätte ich Euch auch sagen können!« mischte sich Maria ein. »Giovanni ist ein hinterhältiger Bastard. Er unterscheidet sich in nichts von der Familie, in deren Diensten er steht. Lord Francesco mag ein schlechter Mensch gewesen sein, aber er war wenigstens nicht so blutrünstig wie die anderen.« Sie senkte ihre Stimme, denn ihre auf englisch hervorgestoßenen Worte hatten schon andere Reisende aufmerksam gemacht. »Sie haben alle Spaß an der Gewalt. Sie hätten gelacht, wenn Alessandro Euch getötet hätte. Und Giovanni ist ein Spion.«

»Was willst du damit sagen?« fragte Benjamin und trieb sein Pferd näher an sie heran.

»Er ist ein Spion! Entweder für die Medici oder für den Herrn der Acht, oder vielleicht auch für beide. Ich habe gesehen, wie er nachts aus dem Haus schlüpft, wenn er nicht grade Lady Beatrice vögelt.« Sie griff zu den Zügeln ihres Esels. »Das wird alles blutig enden«, fügte sie düster hinzu. »Enrico ist auch kein Narr. Wenn er die beiden einmal in flagranti erwischt, wird entweder er oder Giovanni sterben.«

»Was weißt du sonst noch?« fragte ich.

Maria schaute zur Seite. »Ich habe Euch alles gesagt,

was ich weiß.« Sie richtete ihren Blick auf die Stadt, wo die große Kuppel von Brunelleschis Kathedrale sich durch den Dunst abzeichnete. »Ich hasse diesen Ort«, flüsterte sie. »Mein Vater ist hier gestorben. Wenn ich einmal genug Gold und Silber habe, werde ich von hier weggehen.« Sie blickte auf, und in ihr Gesicht trat ein Lächeln. »Ich darf doch mit nach England, Roger, oder?«

Ich blickte zu meinem Meister, der mit den Schultern zuckte.

»Ich darf doch mit nach England?« beharrte sie.

»Ja, Maria, wir nehmen dich mit nach England.«

Wir passierten das Stadttor, das mit mehreren abgeschlagenen Köpfen geschmückt war. Maria hatte die Führung übernommen und zeigte uns den Weg durch die gewundenen Straßen von Florenz, vorbei an den Metzgerständen, an denen Berge von Hammel- und Kalbfleisch aufgeschichtet waren. Mir fiel etwas Seltsames auf. In London weiß man nie, welches Fleisch man kauft. Wie ich schon in meinen früheren Aufzeichnungen ausgeführt habe, bin ich eine Autorität auf diesem Gebiet, denn ich habe schon Katzen- und Rattenfleisch verzehrt und kann Euch wirklich sagen, worin der Unterschied besteht. Andere sind dazu nicht in der Lage. Was sie für saftiges Hasenfleisch halten, stammt in Wirklichkeit von irgendeiner streunenden Katze. In Florenz jedoch müssen gemäß einem Erlaß des Rates die Häute und Köpfe aller Tiere, die zum Verkauf angeboten werden, vor dem Metzgerstand zur Schau gestellt werden. Das mag zwar der Gesundheit dienlich sein, aber von den glasigen Augen eines Schafes, eines Rindes oder eines Hasen angestarrt zu werden, ist auch nicht gerade angenehm.

Auf den Straßen herrschte hier genauso ein emsiges Treiben wie in London. In meinen Ohren dröhnte das

Klappern von Kesseln und Pfannen, das Klimpern von Münzen, das Geschrei von Straßenhändlern, die alte Kleider, Holzwaren, Kessel und Bratpfannen feilboten. Die Straßen waren mit Maultieren und Karren verstopft. Hin und wieder gelangten wir, wenn wir am Ende einer engen Gasse angekommen waren, auf eine der wunderschönen Piazzas, die offenen Plätze der Stadt, die gepflastert sind und in deren Mitte ein Springbrunnen steht. Während wir einen dieser Plätze überquerten, begegneten uns ein paar dunkel gekleidete, geisterhafte Gestalten, die einen Katafalk mit sich trugen. Als sie vorübergingen, entblößten alle Leute ihre Häupter, und sogar die rüpelhaftesten Fuhrmänner lenkten ihre Karren zur Seite, um ihnen Platz zu machen.

»Das sind die Barmherzigen Brüder«, erklärte uns Maria. Sie deutete auf den Anführer der schwarzen Gestalten. »Jeweils zehn Mann werden von einem Capo di Guardia angeführt. Man erkennt ihn an dem Lederbeutel, den er an den Gürtel gebunden hat. Der Beutel enthält Branntwein, Hustenmittel und den Schlüssel zu einer Schublade unter dem Katafalk. Darin befinden sich Trinkbecher, eine Stola, ein Kruzifix und ein bißchen Weihwasser, für den Fall, daß ein Kranker auf dem Weg ins Krankenhaus versterben sollte.«

Ich starrte die langen schwarzen Umhänge an, die Kapuzen und die Gesichtsmasken, in die für Augen, Nase und Mund Löcher eingeschnitten waren.

»Sie sehen wie Dämonen aus«, flüsterte ich.

»Nein, nein«, widersprach Maria. »Die Barmherzigen Brüder sind der große Stolz von Florenz. Sie besuchen die Kranken und bringen sie in die Hospitäler. Nach den Regeln ihrer Bruderschaft müssen sie verkleidet gehen, damit sie sich ihrer guten Werke nicht rühmen können.«

Ich schaute zu, wie das schwarz verhangene Gerüst vorübergetragen wurde.

»Aber ist die Person darin denn nicht tot?«

»O nein. Die Kranken werden versteckt, um Aufsehen zu vermeiden.« Maria wischte sich ihren kleinen Mund mit dem Handrücken ab. »Die Krankenhäuser von Florenz gehören zu den besten der Welt.« Sie lächelte bitter. »Das müssen sie auch, denn in keiner anderen Stadt Italiens, nicht einmal in Rom, werden so viele Giftanschläge verübt und finden so viele Messerstechereien statt.«

»Sie sehen aus wie die Männer der Acht«, bemerkte Benjamin.

Maria trieb ihren Esel voran, während sie meinem Meister über die Schulter einen Blick zuwarf.

»Solltet ihr ihnen jemals in die Hände fallen, werdet Ihr feststellen, daß von den Acht keine Gnade zu erwarten ist!«

Eine Glocke begann zu läuten.

»Wir müssen uns beeilen!« rief Maria. Wir hatten eine Gasse passiert und waren zu einem weiteren Platz gelangt. Maria zeigte zu einem großen, rechteckigen, festungsartigen Gebäude.

»Das ist die Piazza de Medici! Der Lordkardinal erwartet Euch.« Sie kam auf ihrem Esel an unsere Seite. »In England gibt es eine Redewendung: Wenn man mit dem Teufel zu Abend ißt . . .«

». . . braucht man einen langen Löffel«, beendete ich den Satz für sie.

»Dann tätet Ihr gut daran«, flüsterte Maria, »Euch einen sehr, sehr langen Löffel zu besorgen!«

Kapitel 9

Wir stellten unsere Pferde bei einer nahegelegenen Schenke unter und machten uns auf den Weg zum Palast. Nun waren die Medici gewiß durch und durch verkommen, wovon ich mich später auch selber auf schmerzhafte Weise überzeugen mußte, doch sie wußten, wie man im großen Stil baut und sich ein angenehmes Leben macht. Ihr Palast war einfach großartig. Wir stiegen eine Treppe empor, die in einen weiträumigen Hof mit einem Springbrunnen führte. Das Wasser sprudelte aus einer Schale, die von einer wunderschönen, aus Elfenbein geschnitzten Nymphe gehalten wurde. Wir durchquerten diesen Hof und betraten einen eigenartig gestalteten Garten mit Lorbeerbäumen und -büschen, dicht beschatteten Wegen, großen Wasserteichen und Statuen unterschiedlichster Art, die zum überwiegenden Teil aus Marmor gemeißelt waren. In einer Ecke des Gartens gab es, so erklärte uns Maria flüsternd, ein Eishaus mit einem kühlen Keller darunter, wo das Wasser des schmelzenden Eises auf die dort lagernden Weinfässer tropfte, um den Wein frisch zu halten.

Kammerdiener nahmen sich unserer an, anmaßende Männer, die die Farben der Medici trugen und auf deren Gewändern die Medici-Kugeln, das Familienwappen, prangten. Sie führten uns über verschwenderisch ausgeschmückte Galerien, an deren Wänden sich Gemälde mit Teppichen aus Gold und Samt abwechselten, die Vögel, Bäume, Blumen und fremdartige Landschaften zeigten. In jedem Raum sahen wir Leute arbeiten oder herumlümmeln. Mir fiel auf, daß die Galerien, Türen und Vorkammern von Männern bewacht wurden, die alle Schwert und Dolch bei sich trugen. Die Gemächer von Kardinal Giulio lagen im Zentrum dieses luxuriösen Palastes. Er erwartete uns in einem wunderschönen, mit einem hohen Gewölbe versehenen Raum, dessen Wände gold und silbern gestrichen waren und dessen Boden lückenlos mit Teppichen aus reiner Wolle ausgelegt war. Er saß an einem Pult neben dem Fenster, durch das man den Platz überblicken konnte, und diktierte Schreibern, die links und rechts von ihm arbeiteten, Briefe an Fürsten und Kirchenmänner aus ganz Europa.

Eine Zeitlang standen wir da und beobachteten ihn. Schließlich geruhte der Kardinal, von uns Notiz zu nehmen, und musterte uns eingehend mit seinen Augen, die unter schweren Lidern lagen, während er mit der Quaste seines purpurfarbenen Gewandes spielte. Dann streckte er einen Finger in die Höhe. Eine kunstvoll aus Elfenbein und Gold gefertigte Uhr, die auf dem Kaminsims stand, begann eine Melodie zu spielen und kündigte dann mit ihren Schlägen die Mittagsstunde an. Als der letzte Schlag verklungen war, griff der Kardinal nach einem silbernen Glöckchen und läutete. Daraufhin klatschte er in die Hände, seine Schreiber zogen sich zurück, und er winkte uns zu sich. Wir traten nach vorn; eine gespenstische Stille empfing uns, denn jedes Geräusch wurde von den Wollteppichen auf dem Boden und den schweren Wandbehängen geschluckt. Wir knieten uns nieder und küßten seine Hand, die in einem purpurfarbenen Handschuh steckte. Mit den Rubinen an seinen Fingern hätte er halb England kaufen können. Nach dem Austausch der üblichen Höflichkeiten führte er uns zu einer kleinen Nische, wo wir unter einem wundervollen Gemälde Platz nahmen, das Adam und Eva zeigte, wie sie von der Schlange in Versuchung geführt wurden. Ich erinnere mich deshalb so lebhaft daran, weil die nackte Frau, die darauf abgebildet war, zu den schönsten und lebendigsten Darstellungen dieser Art gehörte, die ich je gesehen habe. Kardinal Giulio saß uns gegenüber in einem thronähnlichen Sessel, ein eingefrorenes Lächeln auf seinem glatten, olivfarbenen Gesicht. Das fortdauernde Schweigen machte mich unruhig, und ich wünschte, die stummen schwarzen Wächter hätten uns draußen nicht unsere Schwertgürtel abgenommen. Ich blickte quer durch den Raum zu der Uhr, die Benjamins Aufmerksamkeit vollständig in Anspruch zu nehmen schien.

»Ein Geschenk von Kaiser Karl«, sagte Giulio gelassen. »An Uhren hat er einen Narren gefressen. Wußtet Ihr das?«

(Damals wußte ich das noch nicht. Ich wußte überhaupt wenig über Karl V., den Habsburgerherrscher mit dem kantigen Gesicht, doch später lernte ich ihn gut kennen. Er war einer der eigenartigsten Männer, denen ich begegnet bin. Er war besessen von der Zeit und umgab sich mit Uhren unterschiedlichster Art. Ich besuchte ihn, kurz nachdem er sich in ein Kloster zurückgezogen hatte, um sich auf seinen Tod vorzubereiten. Überall tickten dort Uhren, und zwar so laut, daß man sie schon auf dem Hof hören konnte. Ach, wie lange ist das schon her!)

Der Kardinal ließ seine behandschuhte Hand dumpf auf die Armlehne des Sessels fallen. Er schaute die Uhr an und wendete sich an uns.

»Alle senden Geschenke nach Florenz«, murmelte er.

Ich dachte, er wolle uns damit fragen, ob wir ihm auch eines mitgebracht hätten, und starrte ihn verständnislos an.

»Das Geschenk, das Ihr mir gebracht habt«, fuhr er fort, »ist von ganz erlesener Art, nämlich Macht.«

Ich wußte nicht, wovon er redete, und warf einen Seitenblick zu Benjamin. Mein Meister schien von dem Kardinal besonders eingenommen zu sein und betrachtete ihn aufmerksam. Der Kardinal machte eine Bewegung, als wolle er sich aus einem Traum befreien.

»Verzeiht, wünscht Ihr eine Erfrischung?«

Er mußte irgendeinen geheimen Knopf an seinem Sessel gedrückt haben, denn plötzlich öffnete sich eine versteckte Tür in der Wand. Der stumme schwarze Diener, den ich schon in der Villa der Albrizzi an der Seite des Kardinals gesehen hatte, trat herein und brachte ein Tablett mit drei hochstieligen venezianischen Gläsern. Ein junger schwarzer Page folgte ihm. Der Kardinal nickte kaum merklich mit dem Kopf. Der Diener stellte das Tablett ab, nahm ein Glas, trank daraus und reichte es dann dem Kardinal, der dieselbe Prozedur vollführte, bevor er jedem von uns ein Glas in die Hand gab. Ich führte es zu meinen Lippen.

»Nein, wartet!« befahl der Kardinal.

Wir taten, wie er uns geheißen hatte, während der Diener und der Page stumm dastanden. Es vergingen einige Minuten, dann erhob der Kardinal sein Glas.

»Auf Seine Hoheit, König Heinrich von England!«

Benjamin erwiderte den Trinkspruch. Ich murmelte auch etwas, und während wir tranken, verschwanden der Diener und der Page wieder durch die Geheimtür.

Der Kardinal grinste uns an.

»In Florenz«, sagte er, »trinkt man immer sehr langsam. Wenn man im Besitz der Macht ist, muß man nicht nur dafür sorgen, daß andere vor einem trinken, man muß auch abwarten, ob es ihnen nicht vielleicht schlecht bekommt.«

Er rümpfte die Nase, während er an dem kalten, perlenden Wein roch. »Manche Gifte wirken nicht sofort. Und manche Mundschenke können den Wein auch eine Zeitlang im Mund behalten. Wenn man sie zu schnell entläßt, spucken sie ihn hinterher wieder aus.« Er lächelte mich an. »Das Leben in Florenz, Gentlemen, ist sehr schön, es kann zuweilen aber auch sehr, sehr gefährlich sein.« Er veränderte seine Sitzhaltung, wobei seine Seidengewänder raschelten und ein wohlriechendes Parfüm von sich gaben. »Ihr habt jemanden mitgebracht – die kleine Maria, die Spaßmacherin, die wieder ihr Buckramkleid und ihre rosenbesetzten Schuhe trägt?«

Er mußte ein Erschrecken in meinen Augen gesehen haben.

»Sie ist mein Gast«, fuhr er fort. »Sie ist draußen in der Vorkammer und stopft sich gerade Süßigkeiten in ihren kleinen Mund, während sie auf Eure Rückkehr wartet. Sie freut sich schon sehr darauf, mit Euch nach England zurückzureisen, insbesondere nachdem Ihr sie vor dem ungehobelten Alessandro in Schutz genommen habt. Ihr seid ein guter Schwertkämpfer, Master Shallot! Ein geschickter Zug, die Fechthand während des Duells zu wechseln. Schade, daß Ihr Euren Widersacher nur in die Schulter getroffen habt. Ihr hättet diesen dreisten, hohlköpfigen Schweinehund töten sollen!«

Ich weiß nicht mehr, was mein Meister tat, aber ich saß wie angewurzelt auf meinem Platz und starrte in diese samtigen, feuchten Augen. Wie um Himmels willen, fragte ich mich, hatte er so schnell erfahren, was geschehen war?

»Preneste ist also tot?« fuhr er fort. »Er starb zur Unzeit. Die Inquisition hätte ihm gerne ein paar Fragen gestellt. Aber wer hat das Feuer gelegt? Und glaubt Ihr, Master Daunbey, daß die Eule vergiftet worden ist?« Er drehte sich zur Seite und stellte sein Weinglas auf einen kleinen, glänzenden Tisch neben sich, dessen Platte mit Perlmutt eingefaßt war. »Wirklich sehr geschickt!« merkte er an. »Das muß ich mir merken.« Er faltete die Hände in seinem Schoß.

Nun, falls es in seiner Absicht gelegen hatte, mir einen Schrecken einzujagen, dann war ihm das gelungen. Hier saß ein Kirchenfürst, der alles sofort zu erfahren schien, auch wenn es viele Meilen entfernt passierte. Benjamin allerdings war aus härterem Holz geschnitzt.

»Der Trick mit der Eule war schon bei den alten Römern sehr beliebt«, sagte er. »Ein Vogel läßt sich leicht beschaffen, sei es ein Adler, den man über das Forum fliegen läßt, oder eine Krähe mit einer kranken Leber, die geschlachtet und geöffnet wird, um aus ihren Innereien etwas über das Schicksal herauszulesen. Tiere lassen sich leichter kontrollieren als Menschen.«

Kardinal Giulio kicherte. »Ihr seid ein klassischer Gelehrter, Master Daunbey.«

»Das ist mehr eine Frage des gesunden Menschenverstands, Euer Gnaden. Genauso wie es naheliegend ist, daß Ihr einen Spion bei den Albrizzi habt.«

Das Lächeln des Kardinals verbreitete sich.

»Ich frage mich, wer das sein könnte«, fuhr Benjamin fort, als rede er mit sich selbst. »Wie erfahrt Ihr das alles so schnell? Wir haben heute morgen die Villa der Albrizzi verlassen. Maria hat uns überallhin begleitet.« Er streckte einen Finger in die Luft. »Ah, der gute Giovanni! Ich vermute, er ist wahrscheinlich nicht gleich zur Villa zurückgekehrt, sondern hat sich auf irgendwelchen geheimen Pfaden in die Stadt begeben, um Euch zu berichten, was geschehen war.«

Der Kardinal klatschte leise in die Hände. »Ihr seid

wahrhaftig der Neffe von Thomas Wolsey«, sagte er. »Ja, Ihr habt recht, Master Daunbey. Giovanni dient mehreren Herren. Er hat sein Ohr überall und berichtet mir alles, was geschieht.«

»Weshalb habt Ihr dann auch noch den Herrn der Acht dorthin geschickt?« fragte Benjamin.

Das Gesicht des Kardinals verhärtete sich. Eine purpur behandschuhte Hand wanderte zu jener Stelle der Armlehne hinunter, wo er zuvor den Knopf betätigt hatte. Als ich zu einem Gemälde an derselben Wand schaute, in der sich auch die Geheimtür befand, sah ich, daß sich ein Auge auf dem Bild bewegte. Hier war also eine Überwachungseinrichtung eingebaut: Der Leibwächter des Kardinals beobachtete uns. Weiter unten konnte ich an der Wand noch weitere kleine Öffnungen erkennen, die sich als Gucklöcher eigneten. Hätten Benjamin oder ich versucht, den Kardinal zu bedrohen, so wäre vermutlich auf der Stelle die Tür aufgeflogen oder, was noch schneller gegangen wäre, man hätte uns mit Bolzen aus einer Armbrust niedergestreckt. Der Kardinal saß so, daß er nicht in die Schußlinie geraten konnte. Er beugte sich nach vorn.

»Master Daunbey, sagt mir, was Ihr gesehen habt!«

Benjamin erzählte ihm, was passiert war, verschwieg jedoch, daß wir uns in Prenestes Kammer befunden hatten, als das Feuer ausgebrochen war. Er beschrieb, wie wir in den Garten gelaufen und dort auf die vermummte Gestalt gestoßen waren. Der Kardinal stand auf und trat ans Fenster, als fühle er sich durch den zunehmenden Lärm, der von draußen heraufdrang, gestört.

»Master Daunbey, Master Shallot, kommt her!«

Wir gingen zu ihm hinüber und schauten auf den Platz hinunter, der sich mittlerweile mit Menschen gefüllt hatte. Sie hatten sich um einen großen, dreigliedrigen Galgen versammelt, der sich über einem weiten, kreisförmigen Podest erhob. Das Podest war von einer Gruppe von Männern umringt, die alle vollkommen schwarz gewandet waren und deren Köpfe fast völlig unter hohen, spitzen Kapuzen verschwanden. Diese furchteinflößenden Gestalten, die mit Schwertern und Dolchen, manche auch mit Schilden und Lanzen bewaffnet waren, drängten die Menge zurück, während andere, die genauso angezogen waren, drei arme Teufel zu dem Podest zerrten. Dies sollte eine der ruhigsten Hinrichtungen werden, der ich jemals beigewohnt habe. Die Menge murmelte zwar, aber es gab nicht das Geschrei und Gejohle, das man bei solchen Gelegenheiten in England hört. Alle drei Gefangenen waren schwer gefoltert worden; jeder blutete aus zahlreichen Wunden. Ein schwarzgekleideter Henkersknecht trieb einen der Verurteilten über eine Leiter auf das Podest. Der Henker stieg über eine Leiter auf der gegenüberliegenden Seite hinauf. Nachdem der Gefangene auf den Holzklotz unter dem Galgen gestiegen war, legte ihm der Henker eine Schlinge um den Hals und stieß den Holzblock beiseite. Nach wenigen Minuten hingen auch die anderen beiden Verurteilten in ihren Schlingen. Sie röchelten und zappelten mit den Beinen. Unter ihnen begannen die schwarzen Gestalten Reisigbündel aufzuschichten. Dann streuten sie Schießpulver darüber und setzten sie in Brand.

Der Kardinal schaute mit verschränkten Armen zu, wie die Flammen emporschossen und die bemitleidenswerten Gestalten erfaßten, die am Galgen baumelten. Das Feuer stieg immer höher, die Leiber brannten nun lichterloh. Ich sah, wie ein Fuß zusammenschrumpfte und schließlich herunterfiel, und wendete mich voller Abscheu ab.

Da bemerkte ich, daß Benjamin der Szene auf dem Hof nicht folgte, sondern ein Porträt studierte, das links neben dem Fenster an der Wand hing. Der Kardinal rührte sich nicht, bis alle drei Männer vollkommen verbrannt waren, dann machte er ein segnendes Kreuzzeichen in die Luft, schloß das Fenster und drehte sich wieder zu uns.

»Dies war das Werk des Herrn der Acht«, sagte er bitter.

»Wer waren die Männer, Euer Gnaden?« wollte Benjamin wissen.

»Renegaten, so nannte der Herr der Acht sie – Verräter, die dabei erwischt wurden, wie sie geheime Botschaften zu den französischen Truppen in Neapel brachten.« Der Kardinal lehnte sich graziös an sein Schreibpult. »Ich glaube, gestern abend seid Ihr Frater Seraphino begegnet. Er ist ein gefährlicher Mann.« Er zeigte mit dem Daumen über die Schulter zum Fenster. »Ich kannte einen der Verurteilten, er war ein sehr guter Sänger. Sogar mein Einfluß reichte nicht aus, ihn zu retten.« Er bekreuzigte sich. »Gott schenke ihm die ewige Ruhe! Ich habe mein Bestes versucht, doch Frater Seraphino ließ sich nicht beirren, der Mann mußte sterben.«

Oh, ich verstand durchaus die versteckte Drohung, die in den Worten dieses verschlagenen Bastards lag, den sanften Hinweis darauf, daß er, obwohl wir Gesandte waren und uns seiner Gastfreundschaft erfreuten, nicht imstande sein würde, uns gegebenenfalls vor den schwarzgewandeten Teufeln dort unten zu schützen.

»Ich möchte gerne wissen, weshalb sich die Acht so stark für das Landhaus der Albrizzi interessieren«, murmelte er.

An Benjamins langem Gesicht konnte ich erkennen,

daß er es müde war, ständig für dumm verkauft zu werden. »Oh, gewiß, Euer Gnaden«, sagte er, »es ist doch bekannt, daß Alessandro Albrizzi ein großer Anhänger des neuen Glaubens aus Deutschland ist.«

Der Kardinal verzog den Mund und nickte, während er auf sein goldenes Brustkreuz hinunterstarrte. Er fing Benjamins Blick auf und deutete zu dem Porträt.

»Dieses Bild gefällt Euch?«

»Ja, Euer Gnaden.«

»Es stellt mich dar.«

Das Bild zeigte einen engelhaften jungen Mann mit weiblichen Zügen. Das Gesicht war jünger, schlanker als das, was wir gegenwärtig zu studieren die Ehre hatten, doch die Augen blickten auf dem Porträt schon genauso spöttisch und arrogant wie jetzt.

»Es hat eine große Ähnlichkeit, Euer Gnaden«, meinte Benjamin. »Wir verstehen Euren Wink. Der Herr der Acht ist in Florenz allmächtig, daher ist es am besten, wenn wir uns unter Euren Schutz stellen. Deshalb wurden wir zu dieser Stunde hierhergebeten, habe ich recht?«

Der Kardinal lachte und führte uns zu unseren Stühlen zurück, wobei er Benjamin einen Arm um die Schulter legte.

»Ihr seid klug und auch äußerst offenherzig, deshalb entschuldige ich mich dafür, daß ich Euch etwas vorzumachen versuchte. Ja, Ihr befindet Euch unter meinem Schutz.« Sein Gesicht wurde ernst. »Aber der Herr der Acht schreibt seine eigenen Gesetze. Hier in Florenz spielen wir immer um hohe Einsätze, und das Spiel hat erst begonnen. Der Preis ist Information, denn Information ist der Schlüssel zur Macht. Nun, wiederholt bitte, welche Botschaft Euch Euer Onkel mitgegeben hat!«

»Wenn Rom ja sagt«, erwiderte Benjamin, der die Botschaft in kurzen Worten zusammenfaßte »wird auch England ja sagen.«

Kardinal Giulio nickte. »Ich habe bereits über meine Antwort nachgedacht. Überbringt Eurem Onkel folgendes: ›Wenn die Zeit gekommen ist, wird Rom ja sagen.‹ Wiederholt es!«

Benjamin wiederholte den Satz zweimal. Dann streckte uns der Kardinal seine Hand entgegen. Wir beugten die Knie, küßten die Hand dieses gerissenen Mistkerls, erhielten jeweils einen kleinen Beutel mit Silber und wurden in die Vorkammer hinausgeleitet, wo uns Maria erwartete, deren Mund ziemlich verschmiert war von den Süßigkeiten, die sie in sich hineingestopft hatte.

Wir sprachen kein Wort, bis sich die Eisentore des Palastes der Medici hinter uns geschlossen hatten.

»Master, was soll das alles bedeuten?« fragte ich dann. »Wir kommen nach Florenz, und was geschieht? Wir werden vom Herrn der Acht bedroht, weiß der Himmel, aus welchem Grund!«

»Bedroht?« fragte mein Meister zurück.

»Nun ja, jedenfalls beobachtet.«

»Was ist denn passiert?« mischte sich Maria ein und hüpfte hin und her.

»Sei ruhig!« herrschte ich sie an, was einige Leute auf uns aufmerksam machte.

Wir verließen die Piazza de Medici über eine kleine Seitenstraße. Mein Meister rümpfte die Nase, als er den beißenden Rauch wahrnahm, der vom Aschenhaufen unter dem Galgen herüberwehte. Er zog mich in eine enge Gasse.

»Wir hatten den Auftrag, dem Kardinal eine Botschaft zu überbringen«, flüsterte er. »Wir haben eine Antwort gehört. Nur Gott weiß, Roger, was er und mein Onkel aushecken. Wir wissen, daß die Medici einen Spion bei den Albrizzi haben und daß jemand eifrig damit beschäftigt ist, die Angehörigen ihres Haushalts umzubringen. Und ist dir auch aufgefallen, daß es, seit wir in Italien sind, keinen Anschlag mehr auf unser Leben gegeben hat?«

»Was ist mit letzter Nacht?« rief ich aus.

Benjamin schüttelte den Kopf. »Ich glaube nicht, daß man uns damit umbringen wollte. Ich meine eher, der Mörder wollte einige Beweismittel verschwinden lassen.«

»Ihr meint den Brief des Kardinals an Preneste?«

Benjamin verzog das Gesicht. »Vielleicht. Ich war versucht, Seine Eminenz zu fragen, was das alles bedeuten soll. Doch es heißt ja: ›Wer viel redet, erfährt wenig‹. Nun, jedenfalls haben wir unsere Botschaft überbracht.«

»Master!« unterbrach ich ihn. »Weshalb glaubt Ihr, daß der Mörder nicht länger an uns interessiert ist?«

»Oh, ich bin überzeugt, daß er das nach wie vor ist. Was in England geschehen ist, sollte uns lediglich davon abhalten, nach Florenz zu reisen. Nun, da wir hier sind, hält uns der Mörder im Moment nicht für wichtig in seinem leisen, aber blutigen Krieg gegen die Albrizzi.« Benjamin zog mich wieder zurück auf die Straße. »Wie ich schon sagte, wir haben unsere Botschaft überbracht und die Antwort Seiner Eminenz entgegengenommen. Jetzt werden wir uns um den Maler kümmern.« Er rief Maria zu uns. »Wo ist die Via Fortunata, in der doch der Maler Borelli wohnen soll?«

Maria zeigte die Straße hinunter. »Über den Mercato Vecchio. Kommt, hört endlich auf, miteinander zu flüstern, ich werde Euch hinführen.«

»Warst du schon einmal dort?« fragte ich.

Sie schüttelte ihren kleinen Kopf und begann die

Straße entlangzutrippeln, die zum alten Marktplatz führte.

»Nein«, rief sie über die Schultern zurück. »Lord Francesco hat den Maler beauftragt, es war allein seine Idee. Oh, übrigens, Ihr werdet beobachtet.«

Ich wirbelte herum. Das Blut gefror mir in den Adern. In der Tür eines Ladens stand ein Mann des Herrn der Acht, in ein dunkelbraunes Gewand gekleidet, die Hände in seinen Ärmeln verborgen. Er beobachtete uns einfach, sein glattrasiertes Gesicht zeigte keine Regung, doch seine Augen blickten feindselig. Er kam mir vor wie ein Jagdhund, der nicht weiß, ob er angreifen soll oder nicht.

»Beachte ihn nicht!« zischte mir Benjamin zu. »Wir tun nichts Unrechtes, Roger.«

Ich räusperte mich, spuckte in Richtung des Spions und folgte dann Maria auf die Piazza, wo ein geschäftiges Treiben herrschte. Der Mercato Vecchio ist ein ganz besonderer Platz, der an allen vier Ecken von einer Kirche gesäumt wird und auf dem die Stände der Handwerker und Kaufleute verteilt waren, die alle möglichen Waren feilboten, von Allheilmitteln bis zu Seidenstoffen aus den Ländern östlich des Indus. Apotheker und Lebensmittelhändler buhlten um Kundschaft, Kesselflicker gingen lärmend ihrer Arbeit nach. Bettler kauerten in den Hauseingängen und Straßenecken. Die Schlachter, die ihre Stände mit Hasen, Stücken von wilden Ebern, Rebhühnern, Fasanen und riesigen Kapaunen ausgelegt hatten, schrien ihre Preise in die Menge. Auf der anderen Seite des Marktes versuchten die Falkner, ihre Jagdvögel unter Kontrolle zu halten, die durch den Blutgeruch, der von den Schlachterständen herüberdrang, unruhig geworden waren.

Der Lärm war ohrenbetäubend und erinnerte mich an

die Cheapside. Als wir den Platz überquerten, versuchten Lehrlinge und Frauen uns an den Ärmeln zu packen, um uns getrocknete Kastanien, Eier, Käse, Gemüse, Kräuter, Kuchen, Pasteten und einheimische florentinische Gerichte wie Ravioli anzubieten. Mädchen vom Lande bahnten sich mit Körben auf dem Kopf elegant ihren Weg durch die Menge. Es war ein Wunder, daß sie überhaupt gehen und sogar ihre Kopflast mühelos ruhig halten konnten. Schließlich gelangten wir auf die andere Seite des Platzes, und Maria führte uns in eine enge Gasse hinein, der man wohl irrtümlicherweise den Namen Via Fortunata gegeben hatte. Es stank darin nach Urin, nach verdorbenem Gemüse und nach den Horden von Katzen, die sich überall in der Stadt herumtrieben. Maria fragte einen Falkner nach dem Weg, und der Mann deutete zu einem gelben, verfallenden Gebäude.

»Dort finden wir Borelli«, sagte sie. »Im zweiten Stock, wenn es stimmt, was der Mann gesagt hat.«

Wir betraten das heruntergekommene Haus und stiegen die morsche Treppe hinauf.

»Ich glaube, es dürfte uns nicht schwerfallen, ihn zu überreden, mit nach England zu kommen«, flüsterte ich Benjamin zu.

Benjamin zuckte mit den Schultern, dann blieb er stehen.

»Weshalb ausgerechnet dieser Maler?« murmelte er.

»Weil dem König Francescos Geschenk besonders gefallen hat.«

Benjamin schüttelte den Kopf. »An den englischen Hof beruft man nur die besten. Hast du schon einmal von Torrigiani gehört?«

»Nein, noch nie.«

»Das war ein berühmter florentinischer Künstler,

berühmt nicht nur wegen seiner Bildhauerei, sondern auch weil er dem göttlichen Michelangelo die Nase gebrochen hat.«

»Ein Schläger?« fragte ich.

»Ein Schläger, aber auch ein begnadeter Künstler. Er geriet in die Fänge der Inquisition und starb letztes Jahr im Kerker. Und, was das Besondere war, er arbeitete für den Vater unseres Königs.«

»Warum hegt dann Heinrich so starkes Interesse für einen fast völlig unbekannten florentinischen Künstler, wenn er auch den berühmtesten zu sich rufen hätte können?«

»Und damit erhebt sich eine weitere Frage.« Benjamin wandte sich an Maria. »Warum hat dein Herr einen solch kaum bekannten Maler engagiert, um für den König von England ein Bild zu schaffen?«

Maria spreizte ihre kleine Hand. »Lord Francesco konnte manchmal recht großzügig sein«, erwiderte sie, »aber vielleicht dachte er nach, das Werk eines Unbekannten würde beeindruckender sein.«

Benjamin seufzte. »Wir werden tun, was der König von uns verlangt«, sagte er. »Suchen wir also Master Borelli auf.«

Wir klopften an die rissige, abgeschlossene Tür im zweiten Stock. Ein dürrer Mann riß sie von innen auf. Er hatte eng beieinander stehende, zusammengekniffene Augen, zerzaustes Haar und blutleere Lippen über einem fliehenden Kinn. Er trug einen alten Kittel, der mit Farbklecksen übersät war.

»Signori?« fragte er.

Maria stellte uns vor. Der Mann starrte uns an.

»Ich spreche ein wenig Englisch«, sagte er. »Ich war vor sieben Jahren in Eurem Land, nachdem ich Brügge besucht hatte.«

»Dürfen wir hereinkommen?« fragte Benjamin.

Der Mann winkte uns in einen dunklen Raum, in dem es nach Farbe, Öl und abgestandenem Küchenfett roch. Aller verfügbare Platz war vollgestellt – mit Farbtöpfen, Pinseln, Messern und Staffeleien, auf die Leinwände gespannt waren. Wir schauten ihm zu, wie er seine farbverschmierten Hände mit einem Lumpen abwischte. Er murmelte etwas zu Maria und warf über seine Schulter einen Blick zu einem halbfertigen Bild.

»Master Borelli hat viel zu tun«, erklärte Maria. »Er muß einen Auftrag erledigen.«

Ich musterte den Mann eingehend. Ja, er war stark beschäftigt, aber er war auch sehr nervös. Er schluckte immer wieder schwer und machte keine Anstalten, uns einen Platz anzubieten. Wären wir einige Schritte zurückgetreten, hätten wir mit dem Rücken zur Tür gestanden. Auch Benjamin fühlte sich unbehaglich.

»Master Borelli«, sagte er, »wir möchten Euch die Grüße des Königs von England überbringen. Er schätzt das Bild sehr, das Ihr für ihn geschaffen habt, jenes, das Ihr im Auftrage von Signor Francesco Albrizzi angefertigt habt.«

Der Mann lächelte gezwungen.

»Es freut mich, daß Euer König zufrieden war.«

»Wir überbringen Euch auch eine Botschaft aus England«, fuhr Benjamin fort. »Seine Majestät der König und mein Onkel, Kardinal Wolsey, haben uns ermächtigt, Euch einen Auftrag anzubieten. Wenn Ihr an den englischen Hof kommt und Euch in die Dienste des Königs stellt, wird es unbezweifelbar viel Arbeit für Euch geben – und gewiß auch in einer angenehmeren Umgebung als hier.«

Borelli verzog das Gesicht, wendete sich um und ging

zu einer Staffelei. Er nahm einen Pinsel in die linke und einen Farbtopf in die rechte Hand und begann, sorgfältig Tupfer auf die Leinwand aufzutragen.

»Master Borelli!« Benjamin trat einen Schritt näher. »Seid Ihr nicht interessiert?«

»Doch, sehr«, erwiderte er, »aber wie ich Eurer Begleiterin, der kleinen Frau, schon erklärte, bin ich stark beschäftigt. Ich muß hier in Florenz mehrere Bilder malen.« Er drehte sich um, den Pinsel immer noch in der Hand. »Und was meine Umgebung betrifft, mir gefällt es hier. Ich habe hier meine Freunde, meine Schenke, die Sonne, den Wein und die Schönheit von Florenz. Warum sollte ich all dies eintauschen gegen eine unsichere Zukunft am Königshof im kalten England?«

Borelli legte den Pinsel weg und stellte den Farbtopf ab. Er zerrte an dem Lumpen, der an einer Schnur um seine Hüften gebunden war.

»Signor Daunbey, stimmt's?«

Benjamin nickte.

»Signor Daunbey, ich möchte nicht grob erscheinen. Aber ich habe viele Aufträge zu erledigen, und in ein paar Tagen muß ich nach Ferrara und dann weiter nach Rom reisen. Ich danke Eurem König für seine Gunst. Ich werde Euch in einigen Tagen meine Antwort zukommen lassen. Wo wohnt Ihr?«

»Im Landhaus der Albrizzi.«

»Ich werde meine Antwort dorthin senden.«

Er scheuchte uns geradezu aus dem Raum und ließ die Tür hinter uns krachend zufallen. Maria kicherte hinter vorgehaltener Hand. Ich schaute sie verärgert an. Benjamin riß verzweifelt die Arme hoch.

»Rätsel über Rätsel«, entfuhr es ihm. »Warum war er nur so zugeknöpft?«

Ich starrte auf die Tür. Irgend etwas stimmte hier nicht. Borelli hatte sich ziemlich unfreundlich verhalten, schien über unser Angebot aber auch nicht überrascht gewesen zu sein. Er hatte überhaupt nicht danach gefragt, wie die Bezahlung sein und unter welchen Bedingungen er arbeiten würde, sollte er nach England gehen, und er hatte es kaum erwarten können, uns wieder los zu werden. Wäre es nach mir gegangen, hätte ich die Tür eingetreten, den Kerl herausgezerrt und mit dem Schädel so lange gegen die Wand gerammt, bis er das Angebot angenommen hätte.

»Roger«, rief Benjamin, als hätte er meine Gedanken gelesen, »wir können hier nichts mehr tun.«

Wir verließen das schmutzstarrende, stinkende Gebäude. Maria führte uns auf einem anderen Weg zum alten Markt zurück. Es wurde allmählich heiß, und die Leute begannen schon, sich in ihre Häuser zurückzuziehen, Siesta zu halten. Die klugen Florentiner verbringen, wie ich schon ausführte, diese Stunden des Tages in ihren Häusern und warten darauf, daß die Sonne sich senkt und die Schatten wieder länger werden. Maria sagte, sie habe Durst. Ich leckte mir über meine trockenen Lippen und dachte an den kühlen Weißwein, den wir im Palast der Medici getrunken hatten. Ich warf einen suchenden Blick über meine Schulter, konnte aber niemanden entdecken, der uns verfolgte. Wir kamen an einer bunt angestrichenen Schenke vorbei, aus deren Tür wohlriechender Küchenduft strömte. Davor lehnten zwei Kesselflicker an der Wand, die ihre Nasen in Bierhumpen steckten und sich die Lippen leckten, nachdem sie ihren Durst gestillt hatten.

»Master«, beharrte ich. »Wir müssen auch etwas trinken.«

Benjamin war einverstanden, und wir betraten die Schenke.

Der angenehm kühle Innenraum hatte eine hohe Decke und große, offenstehende Fenster an jeder Seite. Zwiebeln und anderes Gemüse hingen von den Balken herunter. Der Boden war gepflastert, was uns sehr erstaunte, und bestand aus einem Mosaik, das eine Hand zeigte, die nach einem üppigen Büschel Weintrauben griff. Wir setzten uns an einen Tisch neben dem Fenster, das auf den wohlriechenden Garten hinter der Schenke hinausging. Ein junger Mann, der eine weiße Schürze trug und unverständlich plapperte, trat an unseren Tisch, um die Bestellung aufzunehmen. Maria empfahl uns, nicht Wein zu trinken, sondern den Saft von zerdrückten Orangen, der mit kleinen Eisstückchen angereichert war.

»Wein wird Euch nur noch durstiger machen«, erklärte sie.

Damit hatte sie recht. Der Junge brachte Zinnkrüge, und sowohl Benjamin als auch ich lobten das kühle, fruchtige Getränk, das uns den Staub aus dem Mund wusch und unseren Durst stillte. Maria, die über die andersartigen Speisen und Getränke der Italiener schwätzte, bestellte Brot mit Käse und Apfelscheiben, die in einem offenen Tongefäß zusammengemischt wurden. Wir waren so in das Essen und Trinken vertieft, daß ich den drahtigen, grauhaarigen Mann zunächst gar nicht bemerkte, der in einer Ecke allein vor einem Becher Wein saß. Nach ein paar Minuten stand er auf und kam zu uns herüber.

»Inglese?« fragte er.

Maria brachte mampfend eine Antwort heraus. Der Mann nickte und leerte seinen Becher. Er flüsterte Maria etwas zu und verließ die Schenke.

»Was hat er gesagt?« fragte ich neugierig.

»Er hat uns geraten, vorsichtig zu sein.«

Als wir weiter essen wollten, kam ein Mitglied der Acht zur Tür herein. Er sah uns und verschwand sofort wieder.

Marias Gesicht war bleich, ihre Augen blickten ängstlich.

»In Florenz«, flüsterte sie, »ist der Herr der Acht sehr gefürchtet. Der alte Mann hat es gut mit uns gemeint.«

Ich schaute mich im Schankraum um, konnte aber niemanden entdecken, der uns beobachtet hätte und fragte mich, was der Alte denn nun wirklich zu Maria gesagt hatte. Ich warf einen Blick zu meinem Meister. Auch er beäugte die kleine Frau argwöhnisch.

»Das hat er gesagt!« stieß Maria erregt hervor. »Hier in Florenz liebt man die Männer der Acht nicht. Es ist sehr freundlich, jemanden zu warnen, wenn er beobachtet wird.«

Benjamin zuckte mit den Schultern und schaute hinaus in den Garten. Eine Gruppe von Kindern, wahrscheinlich die Kinder des Wirts, waren damit beschäftigt, eine Heiligenstatue zu schmücken und ließen rings um sie herum Knallkörper hochgehen. Auch Maria, die sich auf einen Stuhl gestellt hatte, blickte in den Garten.

»Sie bereiten sich auf den Karneval vor«, erklärte sie uns. »In Florenz wird der Namenstag eines jeden Heiligen mit Blumen, Prozessionen und einem Feuerwerk gefeiert. Es ist eine wunderbare Stadt«, fügte sie wehmütig hinzu. »Zumindest an der Oberfläche.«

Ich sah, wie ihr kleiner Körper zitterte.

»London ist mir trotzdem lieber«, sagte ich. »Oh, wie schön ist es zum Beispiel, einen Tag in der Cheapside zu verbringen, nicht wahr, Master?«

»He, *Inglese*!«

Ich schnellte herum. Vier Männer waren plötzlich in die Schenke gekommen und hatten sich um unseren Tisch herum aufgestellt. Vom anderen Ende des Schankraumes her beobachtete der Wirt ängstlich den Aufmarsch. Bei den neuen Gästen, die federngeschmückte Hüte, billigen Flitter, Stiefel mit hohen Absätzen sowie schwert- und dolchbehangene Gürtel trugen, handelte es sich zweifellos um Straßenrabauken – Gesindel, von dem nichts Gutes zu erwarten war. Ich wandte mich wieder meinem Getränk zu.

»Ist der *Inglese* genauso dumm wie unverschämt?« fragte einer von ihnen. Er trat so nahe an mich heran, daß sich sein Hosenlatz schon beinahe gegen meine Wange drückte. Er zog mich am Ohrläppchen. »*Inglese,* schau mich an!«

Ich blickte auf. Er beugte sich herunter und schob sein Gesicht näher heran.

»*Inglese,* du hast mich beleidigt. Küß mir die Stiefel! Oder ich bring dich um!«

Kapitel 10

Nun, Ihr wißt ja, wie dergleichen abläuft – alle Wirtshausraufereien folgen denselben Regeln. Diese Schläger waren geschickt worden, um uns zu provozieren. Ihr Anführer sprach Englisch. Ich vermutete, es handelte sich um einen abtrünnigen Priester oder um einen von Italiens ewigen Studenten. Ich versuchte, ihn nicht zu beachten, doch er begann nun, Maria zu verhöhnen, indem er sie fragte, ob ihr Geschlechtsteil auch so klein sei wie alles andere an ihr.

»Komm, spiel mit uns, Kleiner!« rief er, während er mir einen Klaps auf den Kopf gab. »Der andere kann heimgehen und mit seiner Mutter spielen!«

»Immerhin hat er eine Mutter«, erwiderte ich, »und ich weiß auch, wer mein Vater war – was von euch Hurensöhnen wahrscheinlich keiner von sich behaupten kann!«

Nun, das reichte. Sie sprangen zurück, die Umhänge flogen von ihren Schultern, und Dolche und Schwerter blitzten in ihren Händen. Auch ich zog mein Schwert und sah erleichtert, daß der Wirt eine Hintertür geöffnet hatte und uns zuwinkte. Wir sollten durch diese Öffnung fliehen. Aber Benjamin wollte sein Schwert ziehen.

»Nein, Master!« rief ich. »Kümmert Euch um Maria!«

Wir zogen uns zurück, während ich mit meinem Körper Benjamin und Maria abschirmte. Nur der Himmel weiß, was dann geschah. Ich konnte nie herausfinden, ob der Wirt mit den Kerlen unter einer Decke steckte oder ob er einfach nur Angst bekam. Er zerrte Benjamin und Maria durch die Tür, doch als ich folgen wollte, schlug er sie vor meiner Nase zu. Ich hörte, wie der Riegel einrastete, während ich gegen die Tür hämmerte.

»Laßt mich auch hinaus!« brüllte ich. »Um Gottes willen, laßt mich hinaus!«

Die Tür bewegte sich nicht. Ich wirbelte herum und brachte mein Schwert gerade noch rechtzeitig in die Höhe, um einen Angriff abzuwehren.

(Ich höre meinen Schreiber schon wieder kichern und sehe, daß sich seine Schultern schütteln. Ich weiß, was er denkt! Entweder macht sich der alte Shallot in die Hosen oder er tischt Lügengeschichten auf! Ich gebe ihm mit meinem Rohrstock einen kräftigen Hieb auf die Finger. Dieser kleine Scheißer! Ja, ja, ich bin ein Feigling! Es gibt in London keine Schenke, in der ich nicht irgendwann einmal in Schwierigkeiten geriet und versuchen mußte, mich zur rettenden Tür durchzuschlagen. Oft habe ich in solchen Situationen dem Angreifer zugerufen, er solle sich einmal umschauen, und wenn er es dann tat, habe ich ihm einen Schlag auf den Schädel versetzt und mich blitzschnell aus dem Staub gemacht.)

Doch in jener Florentiner Schenke war es anders. Man hatte mich in die Ecke getrieben! Und Ihr wißt doch, wie sich Ratten verhalten, wenn sie in die Ecke getrieben werden? Die Angreifer waren zu viert. Zwei davon waren nur einfache Schläger, die anderen beiden aber, zu denen auch der Anführer gehörte, wußten gut mit dem Schwert umzugehen. Tänzelnd kamen sie näher und zielten mit ihren Schwertern und Dolchen auf mich. Ich wurde fast wahnsinnig vor Angst. Ich schwang Schwert und Dolch wie Sensen durch die Luft, und es gelang mir, dem Anführer die Nasenspitze abzuschlagen. Ungelogen! Im einen Augenblick befand sie sich noch an ihrem angestammten Platz, im nächsten hing sie nur noch an einigen Hautfetzen, und dem Mann schoß das Blut aus dem Gesicht wie Rotwein aus einem aufgesprungenen Faß. Er warf seine Waffen weg, torkelte zurück, und sein Kamerad trat an seine Stelle. Ermutigt durch den Erfolg, wagte ich weitere Attacken. Ich traf einen der anderen Männer an der Schulter und fragte mich schon, ob ich auch diesen Kampf wieder gewinnen würde, als plötzlich die schwarzgekleideten Männer des Herrn der Acht in die Schenke stürzten.

Die Angreifer verschwanden in Windeseile; ihren Anführer, der seines Geruchssinns ein für allemal beraubt war, schleppten sie mit. Die Geheimpolizisten schlugen mit ihren Knüppeln so lange auf mich ein, bis ich auf dem Boden lag. Ich wehrte mich, denn ich konnte diese alptraumhafte Szene vom Vormittag nicht vergessen, als die Leichen der drei Hingerichteten über dem Feuer gebaumelt waren. Einer der Vermummten setzte sich auf mich und begann, auf meinen Schädel einzudreschen. Ich schnellte hoch und biß den Mann in seine Genitalien, bis er aufschrie. Ich wehrte mich weiter, bis man mich durch einen gezielten Hieb auf den Kopf bewußtlos schlug.

(Könnt Ihr Euch vorstellen, daß mich das immer noch beschäftigt? Der Gedanke, daß es in Florenz einen Mann gibt, auf dessen Gemächt Roger Shallots Zähne ihre Abdrücke eingegraben haben? Jedesmal wenn Benjamin zu mir sagte: »Roger, du hinterläßt doch überall deine Spuren«, erinnerte ich mich an diesen Vorfall in Florenz und mußt zur Verblüffung meines Meisters immer schallend lachen.)

Als ich wieder zu mir kam, fand ich mich an Händen und Füßen gefesselt in einem Karren wieder. Mein Kopf brummte fürchterlich, und auch sonst spürte ich am ganzen Körper Schmerzen. Ich stemmte mich hoch. Der Fahrer des Karrens und seine Gehilfen waren alle schwarz gekleidet, ebenso die Männer, die daneben hermarschierten und ihre eisenbesetzten Knüppel schwangen. Ich spähte durch die Ritze in der Karrenwand und sah, daß wir den alten Markt überquerten. Ich erhaschte etwas von der Farbenpracht des Marktes und hörte das Gelärme der Menge, das jedoch schnell erstarb, als die Männer der Acht erschienen. Ihr dürft mir glauben, sie hatten keine Schwierigkeiten, sich einen Weg durch die Menschenmenge zu bahnen.

Schließlich hielt der Karren an. Durch die Ritze erspähte ich das graue, verbotene Gebäude vor mir, und mich verließ aller Mut. Die Peitsche schnalzte, und die Pferde bewegten sich weiter voran. Ich sah ein großes Eisentor, das krachend hinter mir zufiel, und nahm einen Geruch wahr, der mich mein ganzes Leben lang verfolgt hat – den eigentümlichen Gefängnisgestank von ungewaschenen Leibern, überlaufenden Abwassergruben und dreckigen Zellen. Nun, ich war schon einige Male in Newgate, ich kenne das Fleet, das Marshalsea und den Tower und hatte auch schon einmal das Vergnügen, zwei Wochen im Irrenhaus von Bedlam zu verbringen. Doch dieser Kerker in Florenz war einer der schlimmsten, das kann ich Euch versichern. Man nennt ihn ›Stinche‹, und ich erzählte dem jungen Francis Bacon einmal, von daher stamme das englische Wort ›stink‹. Der Klugscheißer machte sich natürlich lustig über diesen Gedanken, aber hätte er diesem florentinischen Kerker einmal einen Besuch abgestattet, hätte er seine Meinung höchstwahrscheinlich geändert!

Man hat dieses Gefängnis auch als ›Folterkammer‹, als das ›Haus der Acht‹, als ›Hölle auf Erden‹ und, was es noch besser trifft, als ›Loch des Vergessens‹ bezeichnet, denn viele, die man dorthin gebracht hatte, verschwanden auf Nimmerwiedersehen. Ich wurde aus dem Karren gezerrt und fiel auf das schmutzige Pflaster. Die vermummten Gestalten stellten mich wieder auf die Beine, und ich starrte mit schreckgeweiteten Augen auf einen Mann, der im Hof gefoltert wurde. Man hatte eine schwere Eisentür über ihn gelegt, und nun wurden schwere Gewichte daraufgestellt. Der arme Teufel begann zu schreien, als der Folterknecht, der ein Stundenglas in der Hand hielt, mit einem weißen Stab auf den Boden klopfte und dem Mann eine Frage stellte. Als der Gefangene den Kopf schüttelte, wurde ein weiteres Gewicht auf die Tür gestellt.

Ich war erleichtert, als die Schergen mit ihren Stöcken mich weitertrieben, eine breite Steintreppe hinaufführten und schließlich in eine unheimliche Kammer brachten. Decke und Boden waren pechschwarz, an den Wänden hingen purpurfarbene Tücher. Ein schweres silbernes Kruzifix prangte an einem Balken. Zwei Kerzenleuchter zu beiden Seiten des Tisches tauchten das Gesicht von Frater Seraphino in helles Licht. Er lächelte und erhob sich und winkte mich nach vorn, als wäre ich ein Verwandter, den er schon lange nicht mehr gesehen hatte.

»Ich hörte, daß Ihr kommen würdet«, lispelte er. »Ich spreche Eure Sprache sehr gut, Master Shallot. Als ich an der Sorbonne studierte, hatte ich sehr viele englische Freunde. Bitte, setzt Euch.«

Mir blieb keine Wahl. Ein Stuhl mit langen Beinen wurde vor den Tisch gestellt, und ich mußte darauf Platz nehmen. Es fiel mir schwer, das Gleichgewicht zu halten. Wie ein Idiot glotzte ich über den mit schwarzem Samt ausgelegten Tisch auf Frater Seraphino. Dieser klatschte in die Hände und machte mit der Hand eine Geste, woraufhin meine Bewacher zurücktraten. Seraphino beugte sich wie ein wohlmeinender Onkel nach vorne.

»Master Shallot, Ihr seid kein Dummkopf und ich auch nicht. Ihr wurdet festgenommen«, fuhr er fort und begann, die einzelnen Punkte unter Zuhilfenahme der Finger aufzuzählen, »weil Ihr Euch an einer Wirtshausrauferei beteiligt habt, weil Ihr Euch der Festnahme widersetzt habt und weil Ihr« – er grinste – »einen meiner Männer an einer sehr empfindlichen Stelle verletzt habt. Doch Ihr wißt genausogut wie ich, daß dies alles nur Vorwände sind. Die Schläger, die Euch zu der Auseinandersetzung reizten, wurden von mir ausgesandt, um mir einen Grund zu geben, Euch hierher einzuladen. Ich erwähne dies nur, weil ich meine Geschichte beweisen kann, Ihr jedoch keine Möglichkeit habt, das Gegenteil unter Beweis zu stellen. Nun, was sagt Ihr dazu?«

»Ihr könnt mich am Arsch lecken«, stieß ich zwischen meinen blutverkrusteten Lippen hervor. »Ich kenne mich ein bißchen aus mit dem Gesetz. Ich bin ein akkreditierter Gesandter des englischen Königs, Seiner Majestät Heinrichs VIII., und mein Master ist . . .«

»Benjamin Daunbey, der Neffe des großen Kardinals Wolsey«, führte Seraphino meinen Satz zu Ende. »Doch sie alle wissen nicht, wo Ihr Euch gegenwärtig befindet. Ihr wart an einer Wirtshausrauferei beteiligt. Ihr seid mein Gefangener, und Ihr verhaltet Euch ziemlich unverschämt.« Er schnippte mit den Fingern und brabbelte etwas auf italienisch.

Einer der Schergen trat aus dem Schatten. In der Hand hielt er einen eisernen Schürhaken, den er in einem Kohlenbecken neben der Türe erhitzt hatte. Er preßte den rot glühenden Haken auf meinen Nacken. Ich schrie vor Schmerz auf und fiel vom Stuhl. Die scharfkantigen Ketten schnitten in meine Handgelenke, und ich spürte jeden einzelnen Knochen in meinem Körper. Seraphino sagte etwas, und die Wärter setzten mich wieder auf den Stuhl. Frater Seraphino lächelte gütig.

(Übrigens, ist Euch auch schon aufgefallen, daß berufsmäßige Folterer stets lächeln und mit sanfter Stimme reden, als würden sie das Ungemach, die sie einem bereiten, aus tiefster Seele bedauern? Das galt auch für Richard Topcliffe, den Foltermeister von Elisabeth I. Einmal, als wir den königlichen Garten in Greenwich bewunderten, fragte ich ihn nach dem Grund für dieses Verhalten. Wißt Ihr, was er mir antwortete? ›Mein lieber Roger, dadurch steigert sich der Schrecken. Dieser scharfe Gegensatz kann auch den Abgebrühtesten aus dem Gleichgewicht bringen.‹)

Nun, Frater Seraphino machte mir wahrlich angst.

»Euer Vorname ist Roger?« fragte er.

Ich nickte.

»Aber verwendet Ihr Engländer das Wort ›Roger‹ nicht auch als Bezeichnung für den Geschlechtsverkehr?«

Ich nickte abermals.

»Mögen Euch die Frauen, Master Shallot?«

»Manche schon.«

»Auch Lady Beatrice? Oder Lady Bianca?«

Ich starrte ihn an.

»Wer hat sich vorgenommen, die Albrizzi umzubringen?«

»Ich weiß es nicht.«

»Weshalb interessiert Ihr Euch für den Maler Borelli?«

Ich sagte es ihm.

»Und welche Botschaften habt Ihr Kardinal Giulio de Medici überbracht?«

Ich verriet es ihm ebenso wie die Antwort des Kardinals. Frater Seraphino lehnte sich in seinem Sessel zurück und bildete mit seinen Fingern eine Pyramide.

»Was meinte Kardinal Wolsey mit dieser Botschaft?«

Ich schüttelte dumpf den Kopf.

Frater Seraphino lächelte.

»Ich bin mir nicht sicher, Roger«, sagte er ruhig, »ob Ihr lügt oder die Wahrheit sagt. Ihr habt uns zwar einiges erzählt, aber es sind nur Bruchstücke eines Puzzles. Sie passen nicht zusammen.« Wieder zählte er die einzelnen Punkte an seinen Stummelfingern auf. »Wer ermordet die Albrizzi, und warum? Was ist mit dieser Botschaft für den Kardinal? Was hat sie zu bedeuten? Weshalb möchte Euer königlicher Herr den Maler Borelli engagieren?«

Ich wollte ihm schon sagen, er solle am besten den Kardinal selber fragen, aber dann fiel mir wieder ein, wie dieser rot glühende Schürhaken vorhin gezischt hatte, und ich hielt den Mund. Eines allerdings war auch mir in meinem angeschlagenen Zustand klar: Giulio hatte recht — in Florenz war Wissen gleichbedeutend mit Macht. Der Herr der Acht wollte aus Gründen, die nur er kannte, in dieses Spiel der Schatten einsteigen.

»Nun gut«, strahlte Frater Seraphino, »Ihr werdet noch eine Weile unser Gast sein müssen.«

Der hinterhältige Scheißkerl wandte sich an einen meiner Bewacher und murmelte etwas auf italienisch. Dann blickte er mich scharf an, um herauszufinden, ob ich verstanden hatte, was er gesagt hatte. Schließlich nickte er mit dem Kopf.

»Wir werden uns bald wiedersehen«, flüsterte er.

Dann führten sie mich zu einem der stinkenden, übelriechenden Rattenlöcher im Kellergewölbe. Es war eine steinerne Höhle mit feuchten, verschimmelten Wänden, in der es stockdunkel war bis auf die wenigen schwachen Strahlen, die durch die Ritze der Falltür über mir herunterdrangen. Sie warfen mich auf ein Bett aus schwarzem, verfaultem Stroh und drückten mir eine Talgkerze in die Hand, die ich auf einem kleinen Mauervorsprung abstellen konnte. Dann ließen sie noch eine zersprungene Schüssel mit Hafermehl und einen Zinnbecher mit abgestandenem Wasser zu mir herunter, aber beides schmeckte so scheußlich, daß ich es über das Stroh schüttete. Ich lief in der Zelle umher und beobachtete die Kakerlaken, die aus dem Stroh hervorkrochen und so groß waren wie Schmetterlinge. Meine Angst hielt sich in Grenzen. Ich rechnete damit, daß Benjamin gewiß bald herausfinden würde, wo ich geblieben war, und für meine Freilassung sorgen würde. Ich lehnte mich gegen die kotverschmutzte Wand. Zuerst empfand ich Heimweh nach England. Ich verfluchte König Heinrich, begann mit ›Feister Bastard‹, und als ich mein Repertoire an Schimpfwörtern aufgebraucht hatte, nahm ich mir Kardinal Wolsey vor. Offenbar hatte ich dabei laut gerufen, denn plötzlich wurde die Falltür aufgerissen, und man kippte einen Eimer mit Schmutzwasser auf mich herab, begleitet von einem Schwall von Flüchen, aus denen ich entnahm, daß man mich zum Schweigen bringen wollte. Also hielt ich meinen Mund und ließ mir die Ereignisse noch einmal durch den Kopf gehen, die mich in dieses Rattenloch gebracht hatten.

Nun, untätig in einem Kerker herumzusitzen gehört nicht gerade zu meinen Lieblingsbeschäftigungen, aber es hilft einem, sich zu sammeln. Verschiedene Bilder tauchten wieder vor mir auf – der Garten dieser Schenke, die Kinder mit ihren Feuerwerkskörpern, Kardinal Giulios unausgesprochene Drohung, sein geringes Interesse an den Morden im Haus der Albrizzi. Ich kratzte mich am Kinn und beobachtete, wie der König der Kakerlaken sich inmitten meines Drecks niederließ.

»Das ist doch wirklich seltsam«, murmelte ich. »Warum hat der Kardinal mir keine weiteren Fragen gestellt? Was sind das für Botschaften, die er und Wolsey austauschen? Und der Maler Borelli? Wie kann der Mann in einem abgedunkelten Raum malen?« Ich versuchte, mir das Bild vorzustellen, das ich in der Kammer des Königs in Eltham gesehen hatte, dann rüttelte ich vor Freude an meinen Ketten. Wer immer es gemalt hatte, war Rechtshänder gewesen, doch der Mann, den wir gesehen hatten und der sich als Borelli ausgegeben hatte, hatte den Pinsel in der linken Hand gehalten. War dieses Gemälde im Palast von Eltham der Schlüssel zu dem Rätsel? Und was war mit dem Attentäter und seiner Arkebuse? Aus irgendeinem Grund fielen mir plötzlich die Skelette wieder ein, die Benjamin und ich auf dem Hügel bei Ipswich ausgegraben hatten.

Ich wollte gerade meine Gedanken ordnen, als die Falltür wieder aufging und ein weiterer Gefangener heruntergestoßen wurde. Es war ein bleicher Mann mit schmierigen Haaren, der die ersten Minuten in der Zelle damit verbrachte, die Fäuste zu schütteln und die Kerkermeister zu verfluchen, bis sie auch auf ihn einen Eimer mit Brackwasser herabkippten, um ihn zum Schweigen zu bringen.

»Willkommen in der Hölle!« murmelte ich.

Er ließ sich zu Boden fallen und stierte in die Finsternis.

»*Inglese?*«

»Ja.«

»Signor.« Er streckte mir seine Hand entgegen. »Mein Name ist Bartolomeo Deagla, Europas führender Reliquienhändler, jetzt von den Behörden von Florenz wegen eines kleinen Mißverständnisses eingekerkert.«

Ich schüttelte seine Hand. Er kroch zu mir herüber und setzte sich neben mich. Er roch wie ein Abfallhaufen.

Sein Bart war struppig und zerzaust, aber seine Augen blickten wachsam. In seinem Atem konnte ich Weingeruch wahrnehmen.

»Was tut Ihr hier, *Inglese*?«

»Ich kümmere mich um meine eigenen Angelegenheiten«, knurrte ich.

»Warum so feindselig?« murmelte er.

»Besser feindselig als dumm!« gab ich zurück. »Mann Gottes, du vertrödelst deine Zeit. Du bist kein Reliquienhändler. Deine Hände sind weich. Du hast gerade einen Becher besten Weins getrunken. Und schließlich, meinst du nicht auch, daß es ein seltsamer Zufall wäre, wenn ich, ein Engländer in einem Florentiner Gefängnis, gleich auf einen anderen Gefangenen treffe, der auch Englisch spricht?« Ich schob mein Gesicht näher an ihn heran. »Du bist ein verdammter Spitzel! Ein Informant! Am besten, du verpißt dich und richtest Frater Seraphino aus, daß er sich schon ein bißchen mehr Mühe geben muß!«

Der Bursche zuckte mit den Schultern und lächelte. Dann stand er auf, trat unter die Falltür und rief etwas auf italienisch.

Eine Leiter wurde heruntergesenkt. Der Bursche kletterte hinauf, blieb aber auf halbem Weg stehen und grinste zu mir herunter.

Ich weiß nicht, was er sagte, aber er deutete zu einem Gitter an der hinteren Wand. Dann stieg er ganz nach oben, die Leiter wurde herausgezogen, und die Falltür krachte zu. Zuerst saß ich erleichtert da, freute mich über meinen Scharfsinn und beobachtete an den schwächer werdenden Lichtstrahlen zwischen den Ritzen, wie die Dämmerung hereinfiel.

Mir wurde kalt, und ich fragte mich, wann wohl endlich mein Meister auftauchen würde, um mich zu retten.

Ich verlor allmählich die Zuversicht. Meine Augen wanderten zu dem großen Gitter in der Wand. Was hatte der Spitzel damit gemeint? Wasser begann durch das Gitter zu tropfen. Ich hörte ein Rascheln und Quieken und erblickte rote, wahnsinnige Augen, die mich durch die Gitterstäbe anstarrten.

»Herr im Himmel, rette mich!« murmelte ich.

Eine Idee formte sich in meinem zermarterten Geist, und ich erkannte, daß sich der Herr der Acht ein weiteres grausames Spiel für mich ausgedacht hatte. Zuerst hatte ich gedacht, das Gitter sei fest an der Wand befestigt, doch als ich es angestrengt anstarrte, sah ich, daß es nur von Drähten gehalten wurde, die an einer Kette zusammenliefen. Ich hörte ein Knacken. Die Drähte spannten sich, und das Gitter begann sich zu heben. Ich flüchtete mich in eine Ecke und beobachtete, wie die langen, schwarzen Ratten darunter hindurchschlüpften. Nein, ich lüge nicht, dies waren nicht unsere kleinen, handlichen englischen Ratten. Ihr dürft mir glauben, ich habe schon Katzen gesehen, die kleiner waren als diese Ratten! Die Anführerin maß ungefähr zwei Fuß von der Schnauze bis zur Schwanzspitze; ihr Fell war schwarz, geschmeidig und schimmernd, und ihre Augen funkelten wie Feuer. Im schwachen Licht der Kerze (und jetzt verstand ich auch, warum mir die Dreckskerle die Kerze gegeben hatten) sah ich lange Schnauzen und grausame gelbe Zähne. Das waren ausgehungerte Ratten aus den Abwässerkanälen. Wahrscheinlich hatte man sie von irgendeinem unterirdischen Fluß heraufgelockt und eine Zeitlang eingesperrt, um ihren Appetit zu wecken, bevor man sie auf dieses gottverdammte Loch losgelassen hatte.

Die Anführerin kroch quer durch den Raum, ihr Bauch schleifte über den glitschigen Boden, und ihre Schnauze zuckte. Sie blieb stehen und beäugte mich. Eine zweite Ratte kroch herbei und dann noch eine. Schließlich drängten sich vier, fünf Ratten in die Zelle. Wie sie sich da in einem Pulk zusammenscharten, wirkten sie wie eine Gruppe von Kobolden, die aus der Hölle emporgestiegen war. Ich verharrte bewegungslos, nicht aus irgendeiner schlauen Überlegung heraus, sondern aus blanker Angst. Eine der Ratten bewegte sich vorwärts und schoß dann auf meine Beine zu. Ich schrie auf und schlug aus. Die Ratte wich zurück.

»Signor!« rief eine Stimme von oben. »Gefallen Euch Eure neuen Gefährten?«

Ich brüllte ein paar Schimpfworte zurück.

»Es gibt noch mehr von ihnen, Signor. Wollt Ihr nicht lieber reden, als mit ihnen zu speisen? Oder besser gesagt, von ihnen verspeist zu werden?«

Herr im Himmel, es war nicht zu fassen! Ein zweites Gitter am hinteren Ende der Zelle, das bisher unter feuchtem Stroh verborgen gewesen war, wurde angehoben. Noch mehr von den schleimigen Kreaturen strömten herein. Nun predigt mein kleiner Kaplan des öfteren darüber, daß wir umlagert sind von unseren Feinden. Ich weiß verdammt genau, was das heißt! Ihr glaubt wohl wie die meisten Leute, Ratten seien scheue Nagetiere, die sich am liebsten unter einem Ballen Stroh verkriechen und schattengleich fliehen, sobald sie Schritte vernehmen. Doch jeder Rattenfänger würde Euch eines Besseren belehren. Er könnte Euch einiges erzählen über Abwasserratten. Das sind wilde und, wenn sie hungrig sind, auch erbarmungslose Jäger. Mindestens ein Dutzend von ihnen mußte sich damals in meiner Zelle befunden haben. Zuerst suchten sie das Stroh nach Fressen ab. Dann formierten sie sich zum Angriff. Ich schloß meine

Augen. Ich durfte kein Anzeichen von Schwäche zeigen, denn dann wären sie über mich hergefallen. Ich tastete mich durch die Zelle, nahm die Kerze vom Mauervorsprung und zog mein Hemd aus. Ich steckte es in Brand und benutzte es als Fackel, mit der ich vor den Ratten herumfuchtelte. Sie wichen bis zum Gitter zurück, doch dann erlosch das Feuer. Der Rauch brachte mich zum Husten, und die Ratten kehrten zurück. Die Kerze war schon fast abgebrannt. Ich schüttelte meine Ketten, brüllte und schrie, doch die Ratten schienen an dergleichen schon gewöhnt zu sein. Eine bewegte sich nach vorn, eine zweite folgte. Sie schwärmten nach allen Seiten aus. Ich hielt meine Augen auf ihre Anführerin gerichtet. Ein verschlagenes Miststück, denn plötzlich machte sie einen Satz über den Boden, änderte dann ihre Richtung und kam von der Seite her auf mich zugeschossen. Sie ging geradewegs auf meine Wange los, ihre gelben Zähne suchten die große Ader, die darin verläuft, als wäre ich irgendein Küken auf einem Hühnerhof. Ich riß meine Hände hoch, mehr aus Angst denn aus Tapferkeit. Ich spürte, wie ihr glitschiger Körper über meine Hände rutschte. Nur Gott weiß, wie ich es schaffte. Sie hatte ihre Klauen schon um mein Handgelenk und meine Finger geschlungen. Ich packte die Ratte und schleuderte sie mit dem Mut der Verzweiflung gegen die Mauer. Dann warf ich sie ihren Artgenossen, die zugeschaut hatten, vor die Füße. Gütiger Gott, dadurch wurde der Alptraum nur noch schlimmer! Die Ratten zogen sich zunächst zurück. Ich weiß nicht, ob ich die Anführerin getötet oder nur bewußtlos geschlagen hatte. Ihr Körper lag regungslos auf dem Boden, und dann stürzten sich die anderen darauf und zerrissen sie in Hunderte von Teilen. Ich möchte Euch nicht damit behelligen, Euch diesen Anblick, den

Lärm und den Geruch im einzelnen zu beschreiben. Ich sprach gerade ein Dankgebet, als die Falltür geöffnet und eine Leiter heruntergeschoben wurde. Die Ratten stoben auseinander, als Fackeln zwischen ihnen landeten. Kräftige Arme ergriffen mich und schoben mich die Leiter hinauf. Oben brach ich vor den Füßen meines Meisters zusammen.

»Was ist hier vorgefallen?« rief Benjamin. »Master Seraphino, erklärt mir, was das zu bedeuten hat!«

»Signor Daunbey, Signor Daunbey, ich bitte Euch um Verzeihung. Es gab eine Schlägerei, und dieser Mann wurde als Gefangener eingeliefert. Ich erkannte nicht, daß es sich um Euren Diener handelte.«

Dieser verdammte, verlogene Schweinehund!

Einige Wärter zogen mich hoch. Ich befand mich in einer kleinen Zelle. Schwarzgewandete Folterknechte standen um mich herum, einige hielten Fackeln in den Händen. Frater Seraphino saß lässig auf einem Stuhl. Mein Meister stand neben ihm. Die kleine Maria, die Benjamin an der Hand hielt, trat von einem Bein auf das andere. Sie stöhnte, als sie mich sah, und kam wie ein kleines Kind auf mich zugesprungen, während sie begeistert in die Hände klatschte. Ich war am Ende meiner Kräfte. Ich schaute in das flackernde Licht einer Fackel, und alles um mich herum begann sich zu drehen. Maria rief immer noch meinen Namen, als ich bewußtlos zusammenbrach.

Als ich wieder zu mir kam, befand ich mich in der privaten Abteilung einer Schenke. (Etwas ganz Ähnliches hat man jüngst auch bei uns in England eingeführt. Um in den Schankräumen private Bereiche zu schaffen, die den Blicken des gemeinen Publikums entzogen sind, hat man durch Holzwände einzelne Nischen abgeteilt.) Man hatte mich auf eine Bank gelegt und mit dem Umhang meines Meisters zugedeckt. Maria stand neben mir und schob gerade eine kleine Schale mit Kräutern, die in heißem Wasser eingeweicht worden waren, vor meine Nase. Ich rappelte mich auf und sah auf der anderen Seite des Tisches meinen Meister sitzen. Er schob mir einen großen Kelch mit Wein herüber.

»Trink, Roger! Trink etwas von Caesars Wein!«

Trinken! Ich schüttete ihn in einem einzigen Zug hinunter, so schnell, daß mir gleich wieder schwindlig zu werden begann. Nun, Ihr kennt mich ja mittlerweile. Ich war diesem verdammten Loch und den grauenhaften Bestien entronnen, daher fühlte ich mich überglücklich und wurde zugleich auch sehr, sehr hungrig. Benjamin stand auf und rief dem Wirt über die Trennwand etwas zu. Nach einer knappen Stunde, als ich mir den Bauch vollgeschlagen hatte, saß ich zufrieden rülpsend am Tisch und nippte an einem weiteren Kelch Wein. Ich hatte mir ein safttriefendes Stück von Schwein einverleibt, das zusammen mit Gemüse in einer scharfen Pfeffersoße gebraten worden war, dazu das weichste Weißbrot, daß ich jemals verzehrt habe. Ich betrachtete die Male an meinen Händen. Arme und der Hinterkopf taten mir noch immer weh, und die Alpträume kehrten allmählich wieder zurück.

»Wo seid Ihr so lange gewesen?« fragte ich.

Benjamin zuckte mit den Schultern. »Der Wirt der Schenke hat uns durch einen verborgenen Gang auf die Straße hinausgeführt. Als wir in die Schenke zurückkehrten, sah ich noch das Blut auf dem Boden, und ein paar Einheimische erzählten mir aufgeregt, die Männer des Herrn der Acht hätten dich mitgenommen. Ich begab mich sofort zum Gefängnis. Dort stritten sie natürlich ab, daß sie dich in Gewahrsam genommen hatten. Daraufhin kehrte ich zum Palast der Medici zurück. Ich mußte brüllen und drohen, bis der werte Kardinal sich dazu herbeiließ, etwas zu unternehmen. Er gab mir ein persönliches Schreiben, mit dem ich nochmals zum Gefängnis ging. Erst jetzt befahl Frater Seraphino, alle Eintragungen durchzugehen, dann gab er zu, daß es sich um ein Versehen handelte, entschuldigte sich überschwenglich und führte mich in die Zelle, wo du lagst.«

Ich erzählte ihm in kurzen Sätzen, was geschehen war. Benjamin pfiff durch die Zähne und schüttelte den Kopf.

»Wenn wir wieder in England sind, werde ich meinen Onkel darüber informieren und –«

»Er wird sich totlachen darüber!« stieß ich hervor. »Wie lange braucht ein Brief nach Florenz? Und selbst wenn sich dieser gottverdammte Schweinehund, der Herr der Acht, zu einer Antwort bereitfindet, wird er sich so artig wie ein junges Mädchen für den Zwischenfall entschuldigen, aber zugleich auf die Gefahren hinweisen, denen sich jeder aussetzt, der den Frieden der Stadt Florenz stört. Master, ich bin nicht so dumm, wie ich aussehe!«

Benjamin klopfte mir auf die Hand. »Das sagt auch niemand, Roger.«

Ich nahm schlürfend einen Schluck Wein und schaute zu Maria. Sie blickte eulenhaft zurück.

»Ihr seid so tapfer, Shallot«, murmelte sie.

»Tapfer!« knurrte ich. »Tapfer! Man hat auf mich geschossen, ich wäre beinahe an der Seekrankheit gestorben und bin mit Mühe und Not aus einer in Brand gesteckten Kammer entkommen. Zweimal hat man mich zu einem Duell verführt. Man hat mir den Hals versengt, mich in ein stinkendes Loch geworfen und durch eine

Horde von ekelhaften Ratten foltern lassen! Von den Kreaturen, denen ich im Kerker begegnet bin, will ich gar nicht reden!«

Maria lächelte und streichelte meine Hand.

»Ihr seid kein schlechter Mensch, Shallot. Nur ein Mann, der seine Seele verloren hat.«

(Ich schaute sie fragend an. Was meinte sie damit? Viele Jahre später sagte mir ein junger Priester, dem ich Unterschlupf bot, dasselbe oder etwas Ähnliches. Ich hätte meine Seele nicht verloren, sondern nur verlegt. Weiß der Himmel, was er damit ausdrücken wollte!)

Wie auch immer, in jener gemütlichen Schenke, die mir nach den Schreckenserlebnissen im *Stinche* wie das Paradies auf Erden vorkam, starrte ich diese zwergenhafte Frau verständnislos an, rülpste leise und wandte mich wieder an Benjamin.

»Master, was geschieht jetzt? Wann kehren wir nach Hause zurück?«

Benjamin schaute zur Seite.

»Ihr wißt, daß man uns belogen hat!« rief ich. »Das Ganze ist ein großes Lügengebäude, Master. Nichts ist so, wie es den Anschein hat. Warum hat uns der ehrenwerte Kardinal nicht eingehender nach den Todesfällen im Haus der Albrizzi befragt?«

Benjamin blickte zu Maria.

»Oh, ich vertraue ihr«, sagte ich lächelnd. »Sie ist zu schwach, um eine Arkebuse abzufeuern, falls eine solche bei den Morden zum Einsatz kam.«

»Was meinst du damit?« fragte Benjamin.

»Master«, rief ich erschöpft, »warum sollen wir hier in Florenz einen Maler, der schon lange verschwunden ist, dazu überreden, nach England zu kommen? Der Mann, den wir besucht haben, war nicht Borelli.« Ich legte meine Schlußfolgerungen dar, zu denen ich im Gefängnis gekommen war.

Benjamin verbarg sein Gesicht in den Händen.

»Gehen wir noch einmal an den Anfang zurück«, sagte er. Wir haben einen Doktor, der Selbstmord begeht, nachdem er an den Hof eingeladen worden ist. Das Schreiben enthält keine Drohung, dennoch macht sich der arme alte Throckle ein heißes Bad und schneidet sich die Pulsadern auf. Wir haben einen hohen Herrn aus Florenz, der in der Cheapside durch einen Schuß in den Kopf getötet wird, einen Verwalter, der von Bord eines Schiffes verschwindet, und einen Priester und Magier, der unter unseren Augen getötet wird.« Er warf einen Blick zu Maria. »Wir überbringen einem einflußreichen Kardinal Botschaften, die uns vollkommen unverständlich sind, für ihn jedoch eine bestimmte Bedeutung haben. Er gibt uns darauf eine genauso unverständliche Antwort. Wir haben den Herrn der Acht, der irgendeine geheime Information hinter diesen Botschaften vermutet und der deswegen Roger foltern läßt, um sie herauszubekommen. Natürlich konntest du sie ihm nicht verraten, aus dem einfachen Grund, weil du sie gar nicht kennst.« Er machte eine Pause. »Was noch, Roger?«

»Der Maler?«

»O ja, Signor Borelli. Er erstellte ein Bild, das auf einer Idee von Lord Francesco beruhte. Nun möchte Heinrich ihn nach England einladen, doch wir finden heraus, daß er verschwunden ist und jemand, der unter seinem Namen auftritt, seinen Platz eingenommen hat. Warum?« Benjamin lächelte kühl. »Ich habe auch etwas entdeckt, Roger.« Er beugte sich über den Tisch und flüsterte mir etwas ins Ohr. Ich wich zurück und schaute ihn erstaunt an.

»Der Edelstein!«

»Ja, irgend etwas Ähnliches. Erinnerst du dich, daß der König uns einen Smaragd gezeigt hat, ein Geschenk der Albrizzi?«

»Ja, ich erinnere mich.«

»Nun, ich bin mir sicher, daß ich einen ähnlichen Stein am Hals von Giulio de Medici auf diesem Gemälde sah.«

Ich schaute zu Maria, die verwirrt dreinblickte.

»Woher hatte Lord Francesco dieses Geschenk für unseren König?«

Maria zuckte mit den Schultern. »Das weiß ich nicht, aber ich war am Hof, als er den Smaragd König Heinrich überreichte. Ich bin sicher, daß Lord Francesco sagte, er stamme aus dem Familienbesitz. Aber wenn ich das richtig verstehe, was Ihr sagt, dann kam das Geschenk nicht von den Albrizzi, sondern vom Kardinal?«

Benjamin trommelte mit seinen schlanken Fingern auf die Tischplatte.

»Weshalb sollte Giulio de Medici, wenn unsere Annahmen stimmen, Francesco Albrizzi ein Geschenk aushändigen, damit dieser es unserem ehrenwerten König Heinrich überreicht und behauptet, es stamme von ihm selbst?«

»Genauso könnte es mit dem Bild gewesen sein. Woher wissen wir denn, daß es wirklich ein Geschenk von Francesco war? Wenn es nun auch vom Kardinal stammte?«

»Das ist doch Unsinn!« Maria rückte näher heran. »Lord Francesco ist ein sehr wohlhabender Mann und außerdem ein Gesandter. Er würde es niemals verleugnen, wenn er von einem mächtigen Mann wie dem Herrscher von Florenz ein Geschenk überbringen würde.«

»Nehmen wir einmal an«, sagte Benjamin, »daß der Kardinal sowohl den Smaragd als auch das Gemälde an

Francesco übergab mit der ausdrücklichen Anweisung, sie dem englischen König als vermeintliche Geschenke der Albrizzi zu überreichen.«

»Aber aus welchem Grund sollte er das tun?« rief ich.

Benjamin verzog das Gesicht. »Laß es mich anders ausdrücken, Roger. Du hast einen wertvollen Kelch aus reinem Gold, der mit Juwelen besetzt ist und in dem der edelste Wein funkelt – doch er enthält Gift. Würdest du nicht irgend jemand anderen damit beauftragen, ihn deinem Feind darzubieten?«

»Aber wie können ein Diamant und ein Gemälde etwas mit einem vergifteten Kelch zu tun haben?« fragte ich.

»Ich weiß es nicht, Roger, doch erst nachdem Francesco seine Geschenke überbracht hatte, begannen die Morde an den Albrizzi. Für irgend jemanden waren das Bild und der Smaragd ein Signal. Also, was haben sie wirklich zu bedeuten? Und wen haben sie zu den Morden angestiftet?«

Ich starrte die kleine Maria an.

»Kannst du uns weiterhelfen?«

Sie schüttelte traurig den Kopf.

»Maria, bitte!« beharrte ich. »Wußte der Rest der Familie etwas von Francescos Geschenken?«

»Nein, ich glaube nicht«, antwortete sie. »Der Smaragd wurde in einer kleinen verschlossenen Schatulle aufbewahrt, und das Bild war unter einer Leintuchumhüllung verborgen. Als wir nach Eltham kamen, saß Euer König, der Mann, den Roger immer den ›feisten Bastard‹ nennt« – sie grinste schelmisch –, »gerade in seinem Thronsaal, Kardinal Wolsey neben ihm. Lord Francesco hielt eine hübsche kleine Rede, Euer König erwiderte, und die Geschenke wurden überreicht.«

»Ist dir irgend etwas Ungewöhnliches aufgefallen?«

fragte ich. »Hat vielleicht jemand aufgeschrien oder etwas gerufen?«

»Beim Bild, nein. Aber ich erinnere mich daran, daß die beiden Damen Bianca und Beatrice es gar nicht gern sahen, daß dem König ein solch teurer Stein geschenkt wurde. Es ärgerte sie, daß ein wertvoller Diamant so viele Jahre versteckt gewesen war. Sie sahen ihn zum ersten und zum letzten Mal in dem Augenblick, in dem er verschenkt wurde.«

»Und damit«, warf ich ein, »sind wir wieder bei den Albrizzi. Weiß der Himmel, Master, aber in dieser Familie steckt eine gehörige Portion mörderischer Leidenschaft. Bianca pflegt ein ehebrecherisches Verhältnis mit dem Bruder des Ermordeten, und Beatrice ist eine wilde Hummel, die alles umschwirrt, was einen Hosenlatz besitzt. Roderigo verzehrt sich vor Ehrgeiz. Und Alessandro, nun ja« – ich zuckte mit den Achseln –, »Alessandro ist schlicht ein verkommener Hurensohn!«

Benjamin grinste und trommelte weiter mit den Fingern auf den Tisch.

»Es freut mich, daß du dich wieder erholt hast, Roger. Fangen wir mit dem Maler an.« Er hob eine Hand. »Ich weiß, es ist schon spät, und du bist müde und erschöpft, aber niemand wird Verdacht schöpfen, wenn wir jetzt noch einmal dorthin zurückkehren. Los, komm, trink aus!«

Mir blieb keine andere Wahl. Ein Gedanke allerdings tröstete mich: Je eher diese Angelegenheit erledigt war, desto früher würde ich wieder den jungen Mädchen in und um Ipswich nachstellen können. Hätte ich nur gewußt, was noch alles auf mich zukommen sollte!

Kapitel 11

Wir traten hinaus in die Nacht. Maria griff nach meiner Hand und hopste neben mir her wie ein junges Mädchen, das um den Maibaum tanzt. Es war der Vorabend des Karnevals, und es wimmelte von Menschen, doch Gott sei Dank sind die Straßen von Florenz auch nachts sicher. Maria, die den Weg kannte, führte uns durch kleine, versteckte Gäßchen, wo uns nur das gelegentliche Fauchen einer Katze oder das Wimmern eines Bettlers zusammenfahren ließen. Einmal blieb ich bei einem Fenster stehen und schaute hinein. Ein junges Mädchen spielte die Viola, leise und leichthändig, und sang dazu mit lieblicher Stimme, allerdings verstand ich die Worte nicht. Dennoch rührte mich diese Musik, und ich verfluchte im stillen all die mächtigen Fürsten und die verkommenen Kardinäle, die mich in die schmutzigen Niederungen ihrer Machtspiele hinabzerrten.

Schließlich erreichten wir Borellis Haus. Die große Eingangstür war geschlossen und zugesperrt. Benjamin klopfte mit dem Knauf seines Dolches dagegen, bis ein alter Mann mit wässerigen Augen und triefenden Mundwinkeln öffnete. Maria redete auf ihn ein, dann blickte sie zu uns auf.

»Er weiß nicht, ob Master Borelli da ist, vielleicht aber sein Freund.«

Benjamin nahm eine Münze aus seiner Geldbörse und wedelte damit vor dem Gesicht des Mannes umher.

»Maria, bitte ihn, uns Master Borelli zu beschreiben.«

Der alte Mann, in dessen Augen beim Anblick der Münze gleich mehr Leben getreten war, antwortete brabbelnd. Maria schaute uns betrübt an und schüttelte den Kopf.

»Master Daunbey, irgend etwas stimmt nicht. Wenn man diesem Opa hier glauben kann, hat Borelli rotbraunes Haar.«

»Nun, wer war dann der Mann, mit dem wir gesprochen haben?« fragte ich.

Benjamin zog eine weitere Münze aus seinem Beutel. Er drückte sie dem alten Mann in die schmutzige Hand und schlüpfte an ihm vorbei durch die offene Tür. Maria und ich folgten ihm. Der Alte protestierte nicht, trat aber von einem Bein auf das andere und starrte erstaunt die beiden Münzen an, die er sich auf so einfache Weise verdient hatte. Die Tür zu Borellis Kammer war zugesperrt. Benjamin stemmte sie mit seinem Dolch auf, und wir gingen hinein. In der Kammer war es dunkel. Als meine Augen sich an die Dunkelheit gewöhnt hatten, sah ich, daß die Leinwand, an der der Maler gearbeitet hatte, umgestoßen worden war.

Eine Weile stolperten wir fluchend umher. Maria fand einige Kerzen, und ich zündete sie an. Doch ich war auf der Hut, meine Nackenhaare sträubten sich, und im Magen hatte ich ein flaues Gefühl, denn in dieser Kammer roch es nach Tod. Dann entdeckte ich die Hand, die zwischen einigen Holzlatten herausragte, die in einer Ecke aufgeschichtet waren.

»Master!« rief ich, während ich die Latten beiseite räumte.

Unter ihnen, an die feuchte, abbröckelnde Wand gedrückt, lag der Mann, mit dem wir zuvor hier gesprochen hatten. Seine Kehle war von einem Ohr zum anderen durchgeschnitten und bestand nur noch aus einer hellroten, klaffenden Wunde. Sein schäbiges Wams war dick mit Blut verkrustet. Sein Gesicht wirkte im tanzenden Schein der Kerzen gespensterhaft weiß.

»Dann haben wir also zumindest schon einen der Künstler entdeckt«, flüsterte Benjamin. »Jetzt müssen wir noch herausfinden, wo der zweite steckt.«

Er war nicht weit entfernt. In einer angrenzenden Kammer lag in einem kleinen Verschlag, der als Schlafkammer diente, der rothaarige Maler, über das Bett hingestreckt, mit zurückgeworfenem Kopf und weit aufgerissenen Augen. Auch ihm hatte man die Kehle durchgeschnitten. Benjamin und ich zogen uns hastig zurück. Mein Meister setzte sich auf einen Stuhl.

»Borelli«, überlegte er, »malt für den König von England ein Porträt, das entweder Francesco Albrizzi oder Kardinal Giulio de Medici in Auftrag gegeben hat. Das Gemälde wird in England übergeben. Uns schickte man nach Florenz, um dem Künstler eine Einladung an den englischen Hof zu überbringen. Doch der Gentleman unter diesen Latten hier bringt den Maler um und nimmt seinen Platz ein, um uns ein Theater vorzuspielen. Nun ist auch er tot. Also war es für jemanden wichtig, daß wir nicht mit dem richtigen Borelli reden und, was vielleicht noch wichtiger war, ihn nicht nach England einladen konnten.«

»Dann müssen wir uns also die Frage stellen, Master, wer davon wußte, daß wir hierherkommen würden. Der königliche Schweinehund in London wußte es und Euer werter Onkel, doch Florenz ist selbst für sie zu weit weg, um sich hier einmischen zu können. Auch die Albrizzi wußten es, Kardinal Giulio de Medici und dieser stinkende Scheißhaufen, der Herr der Acht.«

»Letzteren, glaube ich, können wir ausklammern«, sagte Benjamin. »Du hast erlebt, wie er vorgeht, Roger. Er hätte Borelli unter irgendeinem Vorwand verhaften lassen und ihn dann verhört. Bleiben also noch die Albrizzi und der Kardinal. Wer von ihnen war es?«

Er erhob sich. »Laß uns die Kammern durchsuchen!«

»Wonach sollen wir denn suchen, Master?«

»Jeder Maler, der etwas von seinem Fach versteht, macht Kohlezeichnungen und Entwürfe, bevor er sein Werk auf die Leinwand bannt. Die müssen wir finden. Vielleicht stoßen wir dabei sogar auf das Auftragsschreiben.«

Wir stellten die beiden Kammern auf den Kopf. Sogar Maria huschte umher wie ein kleines Wiesel, während sie unablässig plapperte. Aber es fand sich kein Brief. Der Alte, der uns aufgemacht hatte, kam herauf, um sich zu erkundigen, was hier vorging, trollte sich aber wieder, nachdem Benjamin ihm eine weitere Münze zugesteckt hatte. Schließlich gaben wir auf, schwitzend und außer Atem, und betrachteten das Chaos, das wir angerichtet hatten.

»Nichts!« rief Benjamin. »Wer immer dieses Gemälde in Auftrag gegeben hat, muß darauf bestanden haben, daß alle Entwürfe vernichtet wurden.« Er schlug sich mit der Hand auf den Oberschenkel. »Und das Original befindet sich in England.«

»Ich habe etwas gefunden!« Maria stand in der halboffenen Tür zur Schlafkammer. »Wir sind hier in Florenz, wo jeder Künstler sein Tagebuch führt.« Sie übergab mir ein Büchlein mit leicht beschädigtem Einband. »Halb voll«, murmelte sie.

Wir setzten uns auf den Boden und studierten im Kerzenschein sorgfältig die Kohlezeichnung, die, wie ich mutmaßte, den Schlüssel zu all den rätselhaften Vorgängen darstellte. Sie zeigte König Heinrich, wie er vor dem Grab seines Vaters kniete, mit gefalteten Händen und einem zutiefst ergriffenen Ausdruck auf seinem fülligen, glatten Gesicht. Sie zeigte auch die Vorhänge, die Statue des heiligen Georg, die Blumenvasen, und am Rand sah man seltsame Schnörkel.

»Sagt dir das irgend etwas, Roger?« flüsterte Benjamin.

Ich betrachtete die Zeichnung und suchte nach irgendeinem Anhaltspunkt. Ich war überzeugt, daß Borelli, offensichtlich ein begnadeter Künstler, brutal ermordet worden war, weil er zuviel wußte.

Benjamin klopfte auf die Zeichnung. »Es ist nicht das Bild, aber es erinnert mich an irgend etwas. Komm, kehren wir zum Landhaus zurück! Die Albrizzi werden schon auf uns warten, und auch der Mörder!«

Ich starrte ihn offenen Mundes an. »Master, wißt Ihr denn, wer es ist?«

»Ja und nein, mein lieber Roger. Hast du schon einmal von *les luttes de la nuit* gehört, den Schlachten der Nacht? Das sind gefährliche, wilde Duelle, die zur Zeit in Paris sehr in Mode sind. Drei oder vier Heißsporne, manchmal auch mehr, versammeln sich in einem leeren, dunklen Raum. Die Türen werden geschlossen, und das Duell beginnt. Nun, in unserem Fall verhält es sich ähnlich. Wir haben auch früher schon Mörder gejagt, doch diesmal ist es ein bißchen anders.«

»Ihr meint, wir haben es mit mehr als nur einem Mörder zu tun?«

»Ja – mit dem Mörder und mit denjenigen, die die Fäden ziehen.«

»Sagt es mir«, flüsterte Maria. »Bitte sagt es mir.«

Benjamin schaute sie an und lächelte. »Das kann ich nicht. Doch wenn wir zum Haus der Albrizzi zurückkehren, müssen wir dem Mörder zu verstehen geben, daß wir ein wenig mehr wissen als er.« Sein Lächeln verbreiterte sich. »Oder sie!«

Wir verließen das Haus und gingen durch die Straßen

zurück. Benjamin bezahlte zwei junge Burschen dafür, eine Laterne vor uns herzutragen, bis wir die Schenke erreichten, in der wir unsere Pferde untergestellt hatten. Die Stadttore waren schon geschlossen, doch ein bummelnder Wachtposten ließ uns durch ein Seitentor hinaus. Wir ritten über die Landstraße. Es war eine wunderschöne Nacht – der Himmel war wolkenlos, und die Sterne schienen wie Diamanten über uns zu hängen. Eine weiche, warme Brise, die vom Berg herunterwehte, trug den würzigen Geruch von Pinien und Weinreben mit sich.

Maria war ein richtiger Quälgeist, in einem fort bedrängte sie Benjamin, ihr zu erzählen, was er wußte. Schließlich aber gab sie es auf, fand ihren Humor wieder und ritt auf ihrem kleinen Esel uns voraus. Ich beugte mich zu meinem Meister hinüber und fragte ihn nach dem Namen des Mörders. Benjamin antwortete flüsternd. Ich war verblüfft.

(Entschuldigt mich, mein Kaplan macht sich wieder bemerkbar. Er rutscht auf seinem kleinen Arsch umher und wirft die Feder auf den Tisch – auch er möchte alles jetzt sofort erfahren! Ein kräftiger Hieb auf seine Finger bringt ihn wieder zur Vernunft. Ich habe es ihm schon hundertmal, tausendmal erklärt: Wenn ich meine Lebenserinnerungen diktiere, lasse ich mich nicht zur Eile antreiben! Ich werde nicht verraten, was noch alles kommt. Es war das gleiche mit ihm, als ich ihn vor ungefähr einem Jahr mitnahm, damit wir uns gemeinsam Will Shakespeares *Richard III.* anschauten. Zwischen den einzelnen Akten stellte er andauernd Fragen – »Was geschieht als nächstes, Master? Was geschieht als nächstes? – und störte mich dabei in meinen philosophischen Disputationen, die ich mit einer jungen Schönheit hatte, die mich an jenem Tage begleitete. Er wurde mir richtig lästig! Allerdings rächte ich mich dann auch gebührend. Als am Ende des Stücks die Zuschauer den armen Burbage, den Schurken, mit faulem Obst bewarfen, schleuderte ich alles, was ich hatte, auf meinen Kaplan!)

Mein Meister begann, die Gründe für seine Schlußfolgerungen zu nennen, brach dann jedoch ab, als Maria, die durch unser Flüstern neugierig geworden war, ihren Esel zurückfallen ließ.

Das Landhaus der Albrizzi war in Licht und Musik gebadet, als wir dorthin zurückkehrten. Wie ich schon erwähnte, war Karneval, und die Familie feierte. Alle saßen in dem wunderhübschen Garten und speisten Lamm, das in Öl gekocht und mit Kräutern garniert war. Sie hatten auch schon tüchtig gebechert. Alessandro pflegte seine winzige Wunde und funkelte mich böse an. Ich dagegen nahm es mit Freuden zur Kenntnis, daß die Bewunderung der Damen für meine Heldenhaftigkeit noch weiter zunahm, nachdem Maria von meinem Duell in der Schenke berichtet hatte. Benjamins ausdrücklicher Anweisung folgend, erwähnte sie den Kardinal, Borelli oder den Herrn der Acht mit keinem einzigen Wort. Ich vergaß, daß mir der Kopf weh tat und ein Arm schmerzte, und spielte weiter den unerschrockenen Helden. Lord Roderigo zeigte sich äußerst großzügig.

»Kommt, setzt Euch zu uns!«

Mittlerweile war ich wieder stocknüchtern, denn die Wirkung des Weins, den ich in der Schenke getrunken hatte, hatte sich verflüchtigt. Ich trat auf wie Hektor, der aus der Schlacht zurückkehrt, entschuldigte mich aber für meine schmutzige Kleidung. Während Benjamin und Maria sich in einer Schüssel mit Rosenwasser Gesicht und Hände wuschen, ging ich zu den Ställen, um unsere

Pferde zu versorgen, bevor ich mich in meine Kammer begab, um mich umzuziehen. Als ich mich auszog, verfluchte ich nacheinander alle möglichen Fürsten und Könige, denn seit dem Beginn dieses Abenteuers war mir mehr von meiner guten Kleidung zerstört worden als im ganzen vergangenen Jahr. Ich stand pudelnackt da, als es klopfte.

»Herein!« rief ich.

Eingedenk der Tatsache, daß ein Mörder hier sein Unwesen trieb, sprang ich schnell durch die Kammer zu meiner Satteltasche und schlang ein Handtuch um die wertvollsten Teile meines Leibes. Als ich mich umdrehte, stand Lady Bianca vor mir. Ihre Augen glitzerten, und sie befeuchtete ihre Lippen, als sei sie eine Färse und ich ein junger Preisbulle in Smithfield.

»Oh«, sagte sie in gespieltem Mitleid, »Master Shallot, Ihr seht ziemlich mitgenommen aus.«

Sie kam auf mich zu, leicht schwankend von dem Wein, den sie schon in sich hineingeschüttet hatte, und drückte ihr Taftkleid gegen mich. Sie hob ihr rundes Gesicht und starrte mich mit flatternden Augen und halboffenen Lippen an.

»Soll ich Eure Wunden verbinden?« fragte sie kehlig. Dann lachte sie. »Als Ihr zurückkehrtet, konnten wir Euch schon riechen, bevor wir Euch sahen! Doch, Master Shallot, Ihr seid ein Mann.« Ihre Hand wanderte nach unten und griff nach meinem Gemächt. »Oh, fürwahr!«

(Entschuldigt mich, die Schultern meines Kaplans verkrampfen sich, und er ist nicht mehr richtig bei der Sache. Oh, ich weiß, was er denkt, dieser kleine Scheißer, welche schmutzigen Gedanken durch sein Spatzenhirn jagen! Der alte Shallot brüstet sich wieder mit seinen amourösen Heldentaten! Doch hier spielte sich nichts dergleichen ab. »Ah!« seufzt er enttäuscht.)

Lady Bianca wurde immer erregter, und ich ebenfalls, doch ich stand wie versteinert da. Zwei Duelle an einem Tag, das wäre eine Herausforderung des Schicksals gewesen. Ich wollte um jeden Preis vermeiden, daß Rodeprigo erzürnt auf mich losging. Schließlich wurde ich durch ein weiteres Klopfen aus meiner mißlichen Lage befreit. Lady Bianca trat einige Schritte zurück. Ich wickelte das Handtuch wieder um meine Hüften, als Beatrice hereinstolzierte.

Hätte ich nicht solche Angst gehabt, so wäre ich in schallendes Gelächter ausgebrochen.

Bianca unterdrückte geschickt die Wut, die in ihr aufstieg.

»Master Shallot ist verwundet. Vielleicht braucht er unsere Hilfe.«

Beatrice schaute auf die Wölbung, die sich unter dem Handtuch abzeichnete.

»Ja«, sagte sie trocken, »das sehe ich. Doch Roderigo wartet auf dich.«

Sie öffnete die Tür, und ihre Mutter stapfte hinaus. Beatrice schloß die Tür hinter ihr und grinste mich an.

»Vielleicht morgen abend, Master Shallot? Die Bediensteten werden alle beim Karneval sein. Vielleicht kann ich Eure Wunde versorgen?«

Ich nickte nur. Sie lächelte und warf die Tür hinter sich zu. Die arme Beatrice! Die arme Bianca! Die bedauernswerte Familie Albrizzi! Viele Jahre später gestand mir mein Meister, daß er in jener Nacht einen fürchterlichen Fehler beging, und ich kann ihm darin nur beipflichten. Doch davon später. Fertig angezogen, kehrte ich wieder an die Tafel zurück. Benjamin unterhielt unsere Gastgeber bereits mit erfundenen Geschichten über unseren Besuch in Florenz. Oh, es war eine liebliche Nacht und schon weit nach Mitternacht, wir befanden uns in der Geisterstunde, die Mord gebärt. Benjamin winkte mir zu, mich neben ihn zu setzen, während er begann, Florenz mit London zu vergleichen.

»Und welchen Eindruck habt Ihr vom Lordkardinal?« unterbrach ihn Enrico.

»Er war sehr huldvoll.«

»Und Borelli?« fragte Roderigo.

»Er hat uns zugesagt, das Angebot zu prüfen«, log Benjamin. »Es erscheint mir wahrscheinlich, daß er mit uns nach England reisen wird.«

Ich vergrub mein Gesicht in dem dickbauchigen Weinkelch, unangenehm berührt durch die Art, wie Bianca und Beatrice mich anschauten.

»Dann werdet Ihr also nach England zurückkehren«, lallte Alessandro, »ohne den Mörder meines Vaters gefunden zu haben?«

»Habe ich das denn gesagt?« fragte Benjamin zurück.

Ich ließ meinen Blick schnell um den Tisch wandern. Die Lügen, die Benjamin bis dahin aufgetischt hatte, hatten nicht die geringste Regung hervorgerufen, doch dieser Satz wirkte wie ein eisiger Windstoß, der durch den warmen, von Parfümduft erfüllten Garten fuhr. Beatrice starrte ihn an. Sie beugte sich über den Tisch und berührte seine Hand.

»Was wollt Ihr damit andeuten?«

Benjamin antwortete betont langsam: »Ich glaube, ich weiß, wer der Mörder ist.«

»Dann sagt es uns!« stieß Giovanni hervor, während er mit der Hand umherfuchtelte und einen Weinbecher vom Tisch fegte. »Sagt es uns sofort!«

»Das kann ich nicht«, antwortete Benjamin. »Wir haben noch nicht alle Beweise zusammen.« Er hob seinen Becher. »Aber ich habe schon genug gesagt. Keiner an diesem Tisch hat von uns etwas zu befürchten.«

O Herr, wie töricht ist doch die Jugend! Wir glaubten, einen besonders raffinierten Plan ausgeheckt zu haben. Doch wer kann sich wirklich in einen Mörder hineinversetzen? Den verschlungenen Abwegen seines Herzens folgen? Die Schwärze seiner Seele vollkommen erfassen? Benjamin hatte diesen Trick schon einmal angewendet, um einen Mörder aus der Reserve zu locken. Aber hier verhielt es sich anders. Wir spielten Schach mit menschlichen Figuren, und der Mörder war uns immer um einige Züge voraus. Ich muß mich auch selbst tadeln. Doch das blutige und schreckliche Finale unserer Mission in Florenz war vorherbestimmt und hätte so oder so stattgefunden.

Das Mahl wurde nun eine ziemlich lustlose Angelegenheit. Benjamin und ich zogen uns bald zurück. Ich war schon halbtot vor Müdigkeit, und nun machte sich auch der Wein bemerkbar. Wir verriegelten die Tür und ließen trotz der milden Nachtluft die Fenster geschlossen. Dann überprüften wir unsere Betten. Ich schlief bis zum späten Vormittag. Den Rest des Tages verbrachten Benjamin und ich in unserer Kammer, schickten sogar Maria weg, ließen alles, was geschehen war, noch einmal vor unserem geistigen Auge passieren und versuchten, Wahrheit und Dichtung voneinander zu unterscheiden. Wir hatten keine Beweise, keine greifbaren Fakten, sondern die Lösung des Rätsels beruhte ausschließlich auf logischen Schlußfolgerungen.

Am späten Nachmittag wurde den Bediensteten freigegeben, damit sie am Karnevalstreiben in der Stadt teilnehmen konnten. Nur die alte Köchin und ihr Ehemann blieben im Haus. In dem großen Landhaus wurde es jetzt sehr still. Wir hörten, wie Enrico das Haus verließ und im Hof lautstark verkündete, er werde in die Stadt reiten und erst am nächsten Tag wieder zurückkehren. Wir hörten auch noch anderen Lärm, doch dann kam das Haus zur Ruhe. Verschiedene Bewohner gingen in die Küche, um sich an dem kalten Braten und dem Obst zu bedienen, das die Bediensteten dort hergerichtet hatten, bevor sie in die Stadt aufgebrochen waren.

Benjamin ging nach unten und holte Maria.

»Die Albrizzi«, sagte er, »sind Kunden bei einer alten Kräuterfrau aus dem Dorf. Sie kann uns vielleicht weiterhelfen.«

Maria tanzte aufgeregt umher, sie klatschte in die Hände, und ihre Augen funkelten.

»Bald werden wir weg sein! Bald werden wir weg sein! Ich weiß es!« rief sie. »Ich werde dieses Natterngezücht loswerden und wieder in England leben! Darf ich bei Euch bleiben? Ich habe auch ein bißchen Geld gespart.«

Ich schaute Benjamin an. Dieser lächelte und nickte.

»In meinem Herrenhaus, Maria, ist Platz genug für jemanden, der so lebendig ist wie du. Doch komm, wir müssen diese Angelegenheit hier zu Ende bringen!« Er warf mir einen warnenden Blick zu. »Geh mit Maria ins Dorf. Dann werden wir Roderigo mit der Wahrheit konfrontieren.«

Ich nahm meinen Umhang und mein Schwertgehenk und ging zu den Ställen hinaus. Dort saß Giovanni auf einer Bank und spielte allein mit einem Würfel. Unter seinen buschigen Augenbrauen waren wachsame Augen; sein schwarzes Haar fiel so weit nach vorne, daß es einen großen Teil seines Gesichts verdeckte. Weder er noch ich sprachen ein Wort. Ich sattelte Marias Esel und wählte für mich eine kleine, stämmige schwarze Stute. Wir ritten aus dem Hof des Landhauses zum Dorf hinunter. Kleine, weiß gekalkte Häuser leuchteten in der Nachmittagssonne. Schweine, Hühner und Hunde suchten neben den gepflasterten Wegen nach Futter. Frauen, die Kittelschürzen trugen, standen in Hauseingängen und beobachteten uns, als wir vorüberritten. Maria hielt vor einem Haus, das im Schatten der Dorfkirche lag, und klopfte an der Tür. Die alte Frau, die aufmachte, war klein und quirlig, kaum größer als Maria. Sie erkannte Maria und bat uns ins Haus. Sie war die weise Frau des Dorfes, wie Maria mir sagte, und sie hieß Richolda. Es war ein sehr einfaches Haus mit einem festgetretenen Lehmboden und weiß gekalkten Wänden. Ein langer Tisch und einige Stühle bildeten die einzigen Möbel. Fleisch und Gemüse hingen von den Sparren, und im Herd lag ein Häufchen Asche. Der einzige Unterschied zu den übrigen Bauernkaten bestand in dem wohlriechenden Duft der Kräuter und Gewürze, die zerstoßen worden waren und in kleinen Krügen aufbewahrt wurden oder auf Brettern an den Wänden aufgehäuft waren. Richolda bat uns, Platz zu nehmen, und ich begann, unterstützt durch Maria, die mir als Übersetzerin diente, sie über Pflanzen und Blumen zu befragen. Die alte Frau antwortete geduldig, ermutigt durch die Münzen, die ich auf den Tisch legte, und nickte die meiste Zeit, um mir zu zeigen, daß sie all dem zustimmte, was ich sagte. Maria schien verwirrt zu sein und fragte nach einer Weile, was diese Fragen zu bedeuten hätten.

»Das wirst du schon noch verstehen. Später wirst du es verstehen«, antwortete ich ihr.

Wir blieben ein wenig länger, als wir beabsichtigt hatten. Richolda bereitete für uns einen erfrischenden Kräutertrank zu, der mit dem Saft von Orangen und Limonen vermischt war. Als die Dunkelheit hereinbrach, holten wir unsere Pferde und machten uns auf den Rückweg. Maria schnatterte den ganzen Weg und erzählte mir, wie sehr sie sich in England nützlich machen könne und versprach, uns niemals zur Last zu fallen.

(Oh, Herr im Himmel, ich muß unterbrechen. Tränen treten mir in die Augen. Sogar jetzt noch, siebzig Jahre später, ist mir dieser Alptraum gegenwärtig. Schrecken über Schrecken, wie Will Shakespeare sagen würde.)

Doch ich muß weiter berichten. Folgt mir also zurück auf jene staubige Straße, über der es dunkel zu werden begann. Ich erinnere mich an die wunderschöne blaue Dunkelheit der Toskana, die Sterne über uns, die den Himmel mit Licht übersäten, den süßen Duft der Weinreben, die Zypressen, die sich sanft im Abendwind wiegten, das Klappern der Hufe unserer Pferde und an Marias Geplapper, als wir in den Hof des Landhauses hineinritten und die Schrecken der Hölle über uns hereinbrachen.

Schon während wir abstiegen, sträubten sich meine Nackenhaare, ein kalter Schauer lief mir den Rücken hinunter, und in meinem Magen verspürte ich ein ziehendes Gefühl – untrügliche Anzeichen dafür, daß Gefahr im Anzug war und ich auf der Hut sein mußte. Die Stille war unheimlich, schwer und drückend, als lauere der Teufel höchstpersönlich auf uns. Ich ließ die Zügel los und lockerte Schwert und Dolch.

Marias Geschnatter erstarb, als es auch ihr mulmig wurde. Ich zischte ihr zu, sich still zu verhalten. Dann stieg ich durch das Küchenfenster ins Haus. (Ich hatte es mir angewöhnt, ein Haus nie durch den normalen Eingang zu betreten, wenn Gefahr drohte, sondern immer durch einen schmalen Eingang, an dem man es am wenigsten erwartete.) Die alte Köchin und ihr Mann waren auf dem Boden hingestreckt. Ihr hatte man die Kehle aufgeschlitzt, sie lag mit offenen Augen neben dem Tisch. Ihr Mann lag in der Ecke, das Geschoß aus einer Armbrust, das ihn mit dem Gesicht nach unten zu Boden geworfen hatte, steckte noch zwischen seinen Schulterblättern. Der Tod mußte unerwartet, schnell und leise über sie gekommen sein. Auf dem Tisch flackerten noch die Kerzen, und vor dem kleinen Feuer schlummerte eingerollt noch die Katze.

Ich zog meinen Dolch, ging hinaus und tastete mich über die Galerie. Alessandro saß in seinem Sessel, das Buch, in dem er gelesen hatte, auf dem Schoß. Auch er war schnell gestorben. Jemand hatte sein Haar nach hinten gezogen und ihm mit einem Dolch die Kehle von einem Ohr zum anderen durchgeschnitten. Jetzt saß der arme Teufel leicht nach vorn gebeugt da, als habe er sich im Moment seines Todes noch über das Blut gewundert, das sein Hemd und seine Beinkleider befleckte. Beatrice lag auf der Treppe. Ihr Mund formte immer noch ein ›O‹, das sie im Todeskampf hervorgestoßen hatte. Ihre Augen waren halb offen, und ihre Hand hatte sich in Richtung des Dolches bewegt, der sich in ihre Brust gebohrt hatte. Ich befühlte ihre Wangen. Sie waren noch nicht ganz erkaltet. Daraus schloß ich, daß sie noch keine Stunde tot war.

Ich blieb auf der Treppe stehen und starrte hinauf in die Dunkelheit. Ihr dürft mir glauben, am liebsten hätte ich Reißaus genommen, aus Angst vor dem, was mich hier noch erwarten mochte, und aus Sorge darüber, was Benjamin zugestoßen sein konnte. Ich zog meine Stiefel aus und warf sie über die Balustrade. Sie trafen mit einem

Krachen und Klirren unten auf, das den Mörder ablenken sollte. Dann ging ich weiter. Roderigo lag nackt auf seinem Bett, in seiner Kehle steckte der Bolzen einer Armbrust. Bianca, die ebenfalls nackt war, hatte offensichtlich zu flüchten versucht. Sie lag mit dem Gesicht nach unten auf dem Boden, und um die Wunde in ihrem Hinterkopf hatte sich ein großer, dunkler Blutfleck gebildet.

Ich eilte weiter und stürzte in die Kammer meines Meisters. Fast hätte ich vor Erleichterung gelacht – er lag in seinem Bett und schlief. Ich entdeckte einen Weinbecher auf dem Boden und einen großen Fleck in der Matte. Die rechte Hand meines Meisters baumelte über den Bettrand herunter. Ich schob meinen Dolch in die Scheide und trat an sein Bett. Als ich sein bleiches Gesicht sah und die unnatürliche Lage seines Kopfes bemerkte, wußte ich, daß man ihn betäubt hatte. Ich hob den Becher auf und roch daran. Ich verstehe ein bißchen etwas von Kräutern und Tränken, doch ich konnte keine verräterischen Spuren im Becher entdecken. Ich schüttelte meinen Meister. Er bewegte sich, und seine Augenlider begannen zu zucken. Ich wischte ihm den Speichel vom Mund, ergriff eine der Nackenrollen und riß sie auf. Die Gänsefedern flatterten heraus. Ich nahm einige davon, verschlang sie ineinander, drückte den Kopf meines Meisters nach hinten und steckte ihm die Federn tief in den Rachen. Er würgte, und sein Körper zuckte. Ich griff nach einem Krug und schüttete ihm Wasser ins Gesicht. Er begann sich zu wehren. Ich nahm erneut die Federn und steckte sie ihm in den Hals. Er würgte abermals, rollte sich auf die Seite und erbrach ein wenig von dem, was er getrunken hatte. Dann hielt ich mich nicht mehr mit den Federn auf, sondern steckte ihm zwei Finger in den Rachen, bis er so heftig würgte, daß er das Bewußtsein wiedererlangte. Ich flößte ihm Wasser ein, schlug in sein Gesicht und rief seinen Namen. Schließlich öffnete er die Augen und schaute mich benommen an.

»Baldrian«, krächzte er. »Der Wein war mit Baldrian versetzt.«

»Wer war es?« schrie ich.

»Giovanni.«

Ich rüttelte an seinen Schultern. »Giovanni!« schrie ich. »Giovanni! Wir haben uns geirrt, Master!«

Ich erinnerte mich an den feindseligen Gesichtsausdruck des Söldners, als Maria und ich aus dem Hof geritten waren. Er mußte der Mörder sein. Seine Leiche hatte ich bis jetzt noch nicht gesehen. Er mußte hinauf in die Kammer meines Meisters geeilt sein, ihm den präparierten Wein eingeflößt haben und dann, als die Albrizzi sich zur Nachtruhe zurückzogen, seine blutigen Taten vollbracht haben. Aber warum?

Mein Meister erholte sich allmählich wieder, war allerdings noch stark benommen. Ich bettete ihn bequem – und dann fiel mir Maria ein, die immer noch unten bei den Ställen wartete.

Ich stürzte die Treppe hinunter, stieß meine Stiefel beiseite und rannte durch die blutbesudelte Küche nach draußen.

»Maria!« schrie ich. »Maria!«

Ich versuchte, die Dunkelheit mit den Augen zu durchdringen. Unsere beiden Reittiere standen noch da, beide an einen Pfosten angebunden. Sie waren nervös und unruhig. Ich kauerte mich zu Boden, um meine Angst in den Griff zu bekommen, und da sah ich vor der Stalltür etwas Weißes aufscheinen. Ich kroch leise näher und erstarrte.

»O nein!« murmelte ich. »Um Himmels willen, nein!«

Maria lag wie eine kleine Puppe vor der Stalltür, die Arme seitlich abgeknickt, und ihre winzigen, rosenbesetzten Schuhe schauten unter dem Kleid hervor. Ihr Gesicht war weggedreht, aber ich konnte eine Blutspur erkennen, die aus ihrem Mundwinkel sickerte. Die weiße Halskrause war rot gesprenkelt. Dann erschien es mir, als hätte sich ihre Hand bewegt. Ich kroch näher heran. Ich berührte das bleiche kleine Gesicht und drehte es zu mir. Gott ist mein Zeuge, diese Augen, die einst so schelmisch und schalkhaft geblickt hatten, waren voller Angst. Sie zwang sich zu lächeln.

»Roger, Roger, ich hätte mit Euch ins Haus gehen sollen. Er kam her und ...« – sie hustete, wobei sie Blut spuckte – »er kam ... und hat meinen Kopf gegen die Wand geschlagen.« Sie hustete erneut. »Mir ist so kalt. So furchtbar kalt. Ich möchte schlafen.« Ihr Kopf fiel herunter. Sie war tot.

Ich kniete eine Weile neben ihr, während mir Tränen die Wangen herunterliefen.

»Herr im Himmel, ich werde ihn umbringen!« murmelte ich. »Giovanni, du gemeiner Bastard!«

Ich bemerkte, daß Marias kleine Hand ausgestreckt war und auf etwas zu zeigen schien. Ich ging in diese Richtung und erblickte einen weißen Ärmel, der zu einem Lederwams gehörte, und billige Ringe, die an toten Fingern steckten. Giovannis Leichnam lag hinter dem Eingang zu einem der Ställe. Dann hörte ich hinter mir ein Geräusch. Ich rollte meine Zunge ein, um die Wut zu unterdrücken, die in mir aufstieg. Schnell sprang ich auf und zog Schwert und Dolch. Auf der anderen Seite des Hofes erblickte ich eine Gestalt, die ihr Gesicht unter einer Kapuze verbarg. Die Falten ihres Umhangs bewegten sich, und im schwachen Dämmerlicht sah ich Stahl aufblitzen.

»Komm näher!« rief ich.

Die Gestalt bewegte sich vorwärts und schlug die Kapuze zurück. Ich starrte in Enricos Gesicht: es war glatt, offen, und seine Augen waren nicht mehr wegen des Lichts zusammengekniffen. Er stand da wie der Engel des Todes.

»Das ist Euer blutiges Werk!« knurrte ich.

Er kam näher, und seine Augenbrauen hoben sich erstaunt.

»Master Shallot, was redet Ihr für einen Unsinn?«

»Wart Ihr denn noch nicht im Haus?« rief ich.

Er nickte. »O ja. Sie sind alle tot, Master Shallot. Giovanni hat sie getötet.«

»Giovanni?« rief ich.

»Ja«, murmelte er und legte den Kopf schief. »Ich bin unerwartet aus Florenz zurückgekommen. Giovanni hatte sein blutiges Werk schon vollendet. Ich sah die Köchin, den armen Alessandro und Bianca. Ich lief hinaus und tötete Giovanni, in einem Kampf Schwert gegen Schwert, Dolch gegen Dolch.«

Ich starrte ihn ungläubig an. »Wart Ihr auch schon oben?«

Er schüttelte den Kopf. »Nein, nachdem ich Bianca entdeckt hatte, hörte ich ein Geräusch aus dem Garten. Das war Giovanni.« Enrico blickte in die Dunkelheit. »Dort habe ich ihn getötet. Dann zog ich mich wieder zurück, denn er hätte einen Komplizen haben können, der vielleicht noch im Haus war. Ich hörte, wie Maria und Ihr ankamt, aber ich habe es nicht gewagt, mich zu zeigen.«

»Ihr seid ein Lügner, Enrico!« stieß ich hervor. »Ihr seid ein Lügner!« Ich trat einen Schritt zurück. »Ihr seid verrückt! Ihr seid ein hinterhältiger Mörder!«

Der Mistkerl blickte mich mit schiefgelegtem Kopf an.

»Diese Geschichte habt Ihr Euch also zurechtgelegt?« sagte ich. »Ihr wollt mir weismachen, Ihr hättet Euch anders besonnen und wärt auf dem Weg nach Florenz wieder umgekehrt? Ihr wollt mir einreden, Giovanni hätte in einem Anfall von Wahnsinn oder aus Rache oder weil er dafür bezahlt wurde, die ganze Familie massakriert? Er hätte meinen Meister betäubt und wäre unbehelligt entkommen, wenn Ihr nicht eingegriffen hättet?«

Enrico lächelte. »Aber das ist doch Unsinn, Master Shallot. Weshalb sollte ich meine Familie auslöschen? Weshalb sollte ich so viele Morde begehen?« Ich sah das Feuer des Wahnsinns in seinen Augen flackern. »Weshalb sollte ich meine schöne junge Frau ermorden?«

»Aus Rache«, erwiderte ich. »Genauso wie Ihr Francesco, Matteo und Preneste umgebracht habt.« Ich trat noch weiter zurück. »Ein gut ausgeklügelter Plan. Wer könnte das Gegenteil beweisen? Giovanni war ein Condottiere, ein Söldner, ein bezahlter Mörder. Wer würde schon Lord Enrico verdächtigen, der Beatrice Albrizzi wahnsinnig liebte? Den getreuen Stiefsohn, den ruhigen Patriziersprößling?« Ich lächelte. »Sehr geschickt gemacht, Enrico. Sehr gut eingefädelt. Wie ist das alles vor sich gegangen? Seid Ihr hierher zurückgekommen, habt Euer Pferd in den Stall gebracht und seid dann in die Küche gegangen, um einen Becher Wein mit einer kräftigen Dosis Baldrian zu versetzen? Habt Ihr Giovanni befohlen, ihn zu meinem Meister hinaufzubringen? Kardinal Wolsey von England wäre natürlich höchst erzürnt gewesen, wäre sein Neffe hier zu Tode gekommen, aber auf diese Weise blieb Benjamin nicht nur am Leben, sondern wurde auch noch Euer wichtigster Zeuge. Er hätte sich daran erinnert, daß es Giovanni gewesen war, der ihm den Wein gebracht hatte, und dies hätte Eure Geschichte untermauert. Ihr wärt ungeschoren davongekommen, als einziger Erbe des gewaltigen Vermögens der Albrizzi. Also, was habt Ihr nun mit mir vor?«

»Mit Euch, Master Shallot?«

Ich sah, daß ein leichtes Lächeln seine Lippen umspielte.

»Ihr wolltet mich doch auch töten, oder? Und wie?«

Enrico schüttelte den Kopf. »Ihr seid verrückt, *Inglese*. Ihr habt keinen Beweis für das, was Ihr behauptet.«

Ich stellte mich zwischen ihn und die arme Maria.

»Ich habe einen Zeugen«, sagte ich leise. »Die kleine Frau. Sie ist nicht tot, sondern nur bewußtlos. Sie hat mir gesagt, wie Ihr Giovannis Leiche in den Stall geschafft habt.«

Enrico fröstelte, als sei die Nacht plötzlich kalt geworden.

»Müssen wir uns hier unterhalten?« fragte er und wandte sein Gesicht ab.

»Wir können hier reden«, antwortete ich, »oder im Palast von Kardinal Giulio de Medici oder auch in den Gemächern dieses blutrünstigen Schweinehunds, der sich Herr der Acht nennt.«

Enrico schaute mich an und biß sich auf die Lippe, als habe er es mit irgendeinem schwierigen Problem zu tun.

»Es gäbe noch eine andere Lösung«, sagte er. »Was wäre denn, wenn ich Euch all dieser Morde beschuldigen würde?«

»Es gibt immer noch Maria.«

Doch allmählich bekam ich es mit der Angst zu tun. Was sollte ich tun? Wenn ich ihm ins Haus folgte und Maria hier draußen liegen ließ, würde er wissen, daß ich log. Wenn ich im Hof blieb, konnte er mich hier an Ort und Stelle töten. Wenn ich mich zur bewußtlosen Maria umdrehte, war ich ihm schutzlos ausgeliefert. In meinem Kopf formten sich die unterschiedlichsten Ideen und Pläne.

»Wir gehen hinein«, entschied ich schroff.

»Das ist gut, *Inglese*.«

»Unter einer Bedingung: Ihr geht voraus. Senkt Euer Schwert, Master Enrico, und legt es zusammen mit Eurem Dolch auf den Boden. Und die Schleuder, die Ihr bei Euch tragt, ebenfalls.«

Er grinste. »Woher wißt Ihr das?«

Ich zuckte mit den Schultern. »Bei uns in England gibt es eine Redewendung: Beurteile ein Buch niemals nach seinem Einband. Ihr habt die Wahl. Wir können uns entweder im Haus unterhalten oder es hier draußen auf Leben und Tod ausfechten.«

Enrico trat zurück und legte Schwert und Dolch auf den Boden. Unter seinem Umhang zog er eine gefährlich aussehende, Y-förmige Schleuder mit Lederriemen hervor. Er legte sie neben seinen anderen Waffen auf das Pflaster.

»Noch etwas?« fragte ich.

Enrico fuchtelte mit den Händen herum. »Ihr habt mein Ehrenwort, *Inglese*!«

Kapitel 12

Mir kam alles unwirklich vor. Ich schob mein Schwert in die Scheide, legte meinen Umhang ab und trat zurück, ließ Enrico jedoch keine Sekunde aus den Augen. Ich breitete den Umhang über den Leichnam der armen Maria und redete leise auf englisch auf sie ein, als sei sie noch am Leben. Ich zog den Umhang um ihren Kopf herum fest, so daß Enrico keinen Verdacht schöpfen konnte. Er hatte möglicherweise noch eine weitere Waffe, ein Stilett im Stiefel vielleicht oder eine zweite Schleuder. Doch als ich Maria anhob, die so leicht war wie eine Feder, und mit ihr langsam auf das Haus zuschritt, erkannte ich, daß dieser kaltblütige Bastard darauf brannte, mit mir zu reden. Er wollte herausfinden, wieviel ich wußte, und er wollte feststellen, ob es Schwachstellen in seiner Geschichte gab. Oder vielleicht auch hielt er mich für einen Schurken, den man kaufen konnte. Weiß Gott, was in seinem Gehirn vorging! Ich erinnere mich nur noch daran, daß dies einer der längsten Wege war, die ich jemals zurückgelegt habe. Mit Maria auf den Armen und dem Dolch in der schweißnassen Hand bewegte ich mich langsam auf das Haus zu.

»Wir unterhalten uns in der Eingangshalle«, befahl ich. »Ihr stellt Euch mit dem Gesicht zur Wand und legt die Handflächen darauf. Ich gehe zuerst nach oben. Ihr wartet unten.«

Mir gefiel es nicht, wie der Scheißkerl grinste. Ich betrat das dunkle Haus, stieß mit den Schienbeinen gegen Wände, Türen oder Möbelstücke, aber schließlich erreichte ich die Treppe. Schwitzend und fluchend blieb ich auf halbem Weg nach oben stehen, um die Fackeln an der Wand zu entzünden, dann eilte ich über die Gänge zu unserer Kammer. Benjamin lag immer noch auf dem Bett ausgestreckt, in einem großen Haufen von Erbrochenem. Ich legte Maria auf mein Bett, streckte ihren kleinen Körper und fuhr mit einer Hand sachte über ihre Augen. Sie sah aus, als schlafe sie, wenn man die wächserne Blässe auf ihrem Gesicht, das Blut, das aus ihrem Mundwinkel lief, und das blutige Haarknäuel in ihrem Genick nicht beachtete. Ich starrte auf sie hinab.

»Maria, ich habe es gut mit dir gemeint! Du wärst mit uns zurück nach England gereist, das schwöre ich, so wahr mir Gott helfe, und ich schwöre auch, daß ich dich rächen werde!«

Ich deckte ihr Gesicht zu. Mein Meister bewegte sich und stöhnte. Ich eilte an sein Bett. Er schlief tief, atmete jedoch gleichmäßig, und sein Gesicht hatte schon wieder etwas Farbe bekommen. Als ich ihn schüttelte, regte er sich und murmelte etwas. Enrico rief von unten herauf.

»Master Shallot, ich habe Euch mein Wort gegeben.«

Schnell wusch ich mir die Hände und das Gesicht mit Wasser und trocknete mich ab, dann nahm ich meinen Dolch und trat hinaus auf den Gang. Nun, an einer der Wände hing Waffenschmuck – zwei Hellebarden, die von einem Schild bedeckt wurden. Ich nahm den Schild herunter. Er war ziemlich schwer, aber während ich die Hand und den Arm durch den Griff schob, ging ich vorsichtig weiter zur obersten Stufe der Treppe. Enrico stand an ihrem unteren Ende im hellen Schein der brennenden Fackeln. Er hatte seine Hände gegen die Wand gelegt und grinste zu mir herauf, als wären wir zwei Knaben, die dabei waren, irgendeinen Streich auszuhecken. Ich fragte mich, ob ich mich vielleicht in einem Alptraum befand.

»Master Shallot, Ihr solltet Euch beeilen. Die Nacht ist

bald vorbei, und gegen Morgengrauen werden die Diener zurückkehren.«

Ich ging langsam die Stufen hinunter, den Schild vor mir hertragend. Enrico schien sich darüber zu amüsieren.

»Ihr seht aus, als hättet Ihr Angst, *Inglese*.«

»Ich habe keine Angst!« gab ich knurrend zurück.

»Wenn ich wollte«, fuhr er im Plauderton fort, »könnte ich Euch töten. Mit oder ohne Schild. Ihr müßt wissen, Master Shallot, daß ich nicht Alessandro bin, sondern jemand, der meisterhaft zu fechten versteht.«

Ich blieb auf halbem Wege stehen, um meinen revoltierenden Magen unter Kontrolle zu bringen. Enrico war so selbstsicher. Wenn ich blieb, konnte er mich töten. Wenn ich weglief, konnte er mich als den Mörder hinstellen, die Dorfbevölkerung gegen mich aufbringen, eine Hetzjagd auf mich veranstalten, mich gefangennehmen und vielleicht auf der Stelle umbringen. Ich bin schon vielen Mördern begegnet, Menschen mit kalten Herzen und schwarzen Seelen, doch Enrico war einer der schlimmsten. Er hatte ein Spiel ins Laufen gebracht, bei dem er nur dann verlieren konnte, wenn ich ihn tötete. Und er war felsenfest davon überzeugt, daß er aus jedem Duell als Sieger hervorgehen würde. Wäre doch nur Benjamin als Zeuge hier gewesen. Und was war mit dem Herrn der Acht? Hielten seine Männer nicht das Landhaus unter ständiger Beobachtung? Was geschah, wenn sie eingriffen? Wem würden sie glauben? Mir oder Enrico? Ich erreichte das untere Ende der Treppe. Enrico lächelte und ging ins Refektorium voraus. Er zeigte zu dem Hohen Tisch.

»Ich habe schon Kerzen angezündet, und es gibt auch noch Wein.«

Ich folgte ihm auf das Podest.

»Ihr, Master Shallot, sitzt an einem Ende. Ich am anderen.« Er goß Wein in die bereitgestellten Becher.

»Trinkt Ihr als erster!« befahl ich.

Er zuckte mit den Schultern, nahm einen tiefen Schluck, füllte den Becher gleich wieder nach und schob mir den meinen zu.

»Und was ist mit der Schleuder?«

Er fuhr mit einer Hand in seinen Umhang und warf sie auf den Tisch.

»Schön, schön!« Er lächelte und setzte sich. Dann beugte er sich nach vorn und schaute mich erwartungsvoll an.

»Wir sind ganz allein, Inglese, Ihr und ich.«

»Ihr vergeßt Maria!« fuhr ich ihn an. »Und meinen Meister. Er ist nicht mehr bewußtlos«, fügte ich schnell hinzu. »Ich habe ihn aufgeweckt. Jetzt schläft er, aber er weiß, wo wir sind.«

Zum ersten Mal verschwand sein höhnisches Lächeln für ein paar Sekunden.

»Sagt mir, Master Shallot«, begann er, »was diese dummen Anschuldigungen, besser gesagt, diese unbegründeten Anschuldigungen, bezwecken sollen. Weshalb hätte ich diese Morde begehen sollen?«

»Es begann schon vor vielen Jahren«, antwortete ich, »als Euer Vater und Euer Onkel in Rom ermordet wurden. Sie sollten dort kostbare Steine einkaufen. Zwei Männer wurden gefaßt und gehängt.«

Enrico nickte.

»Zu dieser Zeit«, fuhr ich fort, »stand Rom unter der Herrschaft von Papst Leo X., einem Mitglied der Familie Medici. Ich vermute, er stellte den Mördern eine Falle?«

Enrico murmelte bejahend.

»Doch Ihr hattet einen anderen Verdacht. Ich vermute,

kurz vor Eurer Abreise nach England erzählte Euch Kardinal Giulio de Medici, daß die beiden armen Teufel, die man damals gehängt hat, nicht die eigentlichen Mörder waren. Sie waren nur die Handlanger, die die Morde ausführten; in Auftrag gegeben hatte die Morde Francesco Albrizzi.« Ich nahm einen Schluck Wein. »Nun, wahrscheinlich habt Ihr vom Kardinal einen Beweis verlangt.«

»Vielleicht.«

»Ja, das habt Ihr getan«, fuhr ich fort. »Und der gute Kardinal hat Euch gesagt, daß ein teurer Smaragd, der Eurem toten Vater gestohlen wurde, sich in Lord Francescos Besitz befindet.«

Enrico beobachtete mich, ohne mit der Wimper zu zucken. Ich atmete tief durch, um meine Angst zu unterdrücken.

»Nun, der Kardinal erzählte weiter, Francesco werde bei der Ankunft am englischen Hof König Heinrich einen wertvollen Edelstein als Geschenk überreichen. Keiner der Albrizzi hatte diesen Edelstein zuvor jemals gesehen; es war jener, den man Eurem Vater gestohlen hatte.« Ich schüttelte den Kopf. »Ich weiß nicht, was der Kardinal sonst noch als Beweis anführte, doch Ihr wart zumindest schon zur Hälfte überzeugt. Die Albrizzi hatten vom Tod Eures Vaters gewiß profitiert. Sie hatten Euch in ihre Familie aufgenommen, beschützten und überwachten Euch und konnten über das beträchtliche Vermögen Eures Vaters verfügen. Natürlich arrangierten sie dann die Vermählung zwischen Euch und ihrer Tochter Beatrice – eine wunderschöne junge Frau mit der Moral einer läufigen Hündin.«

Enrico grinste. »Woher wißt Ihr denn das?«

»Oh, Herr im Himmel!« erwiderte ich. »Ihr habt die Rolle des liebenden Ehemannes sehr gut gespielt, aber die verliebten Blicke zwischen Beatrice und, Gott hab' ihn selig, dem Soldaten Giovanni, sind Euch natürlich auch nicht entgangen.«

Er lehnte sich zurück und ballte die Fäuste – das einzige Anzeichen für die Wut, die in ihm tobte.

»Fahrt fort«, sagte er ruhig.

»Nun, den Rest der Geschichte kennt Ihr besser als ich«, sagte ich. »Die einflußreichen Albrizzi reisten als Gesandte der Stadt Florenz an den englischen Hof. Man tauschte Geschenke aus. Lord Francesco überreichte unserem König Heinrich den Edelstein. Die Damen der Familie protestierten dagegen, daß ein solch wertvoller Stein, den sie noch gar nicht zu Gesicht bekommen hatten, einfach verschenkt wurde. So, damit hattet Ihr den Beweis. Ihr hattet schon lange darunter gelitten, von Francesco gegängelt und von Beatrice hintergangen zu werden, und jetzt war der Zeitpunkt gekommen, um zur Tat zu schreiten. Francescos Ermordung war ziemlich einfach. Ihr seid zusammen mit ihm in die Cheapside gegangen, erinnert Ihr Euch?«

»Natürlich.«

»Eure Gemahlin schaut sich englische Tücher an. Lord Francesco geht weiter. Ihr gebt vor, beim Goldschmied etwas zu erledigen zu haben. Als der Goldschmied Euch sagt, Ihr sollt Euch die Auslage ansehen, geht Ihr hinaus – und schlüpft dann in diese Gasse, aus deren dunkler Enge heraus Ihr Francesco erschießt.«

»Aber wie?« Enrico spreizte die Hände. »*Inglese*, Ihr seid zu schnell. Was ist das für eine Geschichte über den Kardinal und den Edelstein?«

»Oh, lügt mich doch nicht an!« rief ich. »Ich kann es in Eurem Gesicht sehen. Wollt Ihr mir vielleicht weismachen, daß Ihr es zugelassen hättet, daß der Mörder

Eures Vaters ungeschoren davonkommt? Daß er ungestraft Euren Vater umbringt und sich dann seinen Besitz und seinen Sohn aneignet?«

Meine Worte trafen Enrico. Seine Hand fuhr unter den Tisch. Mein Blut erstarrte. Er war schon vor mir im Refektorium gewesen und hatte den Wein und die Becher bereitgestellt. Wo war die Armbrust, mit der er Roderigo getötet hatte? Enrico richtete sich auf.

»Nehmen wir einmal an«, sagte er und klopfte mit einem Finger auf die Tischplatte, »daß der Lordkardinal mir Beweise vorlegte – einen Brief, den ihm mein Vater vor vielen Jahren geschrieben hatte, in dem er seine Angst vor den Albrizzi und ihrem Ehrgeiz zum Ausdruck brachte. Nehmen wir weiter an, daß der Lordkardinal eine Liste jener Edelsteine besaß, die mein Vater bei sich trug, als man ihn umbrachte und daß einer darauf jenem Stein entsprach, den die Albrizzi Eurem fetten König schenken wollten. Nehmen wir ferner an, daß der Lordkardinal belegen konnte, daß Francesco Albrizzi sich damals nicht irgendwo anders befand, wie er angegeben hatte, sondern sich am Stadtrand von Rom versteckte. Und nehmen wir zu guter Letzt an, daß ich alle diese Beweise habe. Welch eine Wut und welch ein brennendes Verlangen nach Rache hätte dies wohl in mir geschürt!« Enrico setzte sich auf und legte beide Ellbogen auf die Armlehnen des Stuhls. Seine Stimmung hatte sich plötzlich verändert. »Doch Annahmen sind das eine, Beweise das andere. Francesco wurde mit einer Handfeuerwaffe erschossen.«

»Unsinn!« widersprach ich. »Ihr wißt das ganz genau, und ich auch. Es war kein Gewehr im Spiel. Das war nur ein Ablenkungsmanöver – ein Trick, um glauben zu machen, daß Ihr, obwohl Ihr zum Zeitpunkt des Mordes in der Nähe von Francesco wart, als Mörder nicht in Frage kamt. Ihr wärt nicht in der Lage gewesen, eine Arkebuse mit Euch zu führen. Man fand keine Pulverspuren bei Euch. Und wie hätte der kurzsichtige Enrico einen solch gezielten Schuß abgeben können?«

Ich stand auf und nahm die Schleuder vom Tisch, wobei ich den dicken Lederriemen zurückzog.

»Also, es wurde kein Gewehr benutzt, habe ich recht? Es wurde vielmehr eine kleine Musketenkugel in diese Schleuder eingelegt, und aus der Gasse heraus habt Ihr damit auf Francesco geschossen.« Ich zog den Lederriemen zurück und ließ ihn nach vorne schnellen. »Ich kann damit nicht besonders gut umgehen. Doch eine Schleuder kann durchaus treffsicherer sein als eine Feuerwaffe, und eine Kugel aus einer Schleuder richtet unter Umständen noch größeren Schaden an als eine Gewehrkugel. Hat nicht David auf diese Weise Goliath getötet? Und vertreiben die Hirtenjungen in der Toskana nicht Wölfe mit Hilfe von solchen Schleudern, ja, töten sie manchmal sogar? Und schließlich: Wurdet Ihr, Master Enrico, nicht eine Zeitlang von Schäfern erzogen?«

Enrico lachte leise. »Aber der Knall, den man hörte, als Francesco getötet wurde? Und was war mit Preneste? Und dem armen Matteo?«

Ich griff in meine Geldbörse und fischte die Feuerwerkskörper heraus, die Benjamin mir gegeben hatte.

»Die Bewohner von Florenz lieben das Feuerwerk«, sagte ich. »Wir haben gesehen, wie einige Kinder damit im Garten hinter einer Schenke spielten.«

Ich beugte mich nach vorne, hielt die Zündschnüre kurz in eine Kerzenflamme und warf die Knallkörper dann zu Boden. Einige Sekunden glimmten die Schnüre noch, dann explodierten die Feuerwerkskörper mit einem lauten Knall, der das ganze Refektorium erschütterte.

»Ihr habt in der engen Gasse in der Cheapside einen solchen Knallkörper gezündet«, sagte ich. »Lord Francesco geht langsam an den Ständen entlang. Er blickt über seine Schulter zurück, um zu sehen, wo seine Tochter stehengeblieben ist. Er ruft nach Euch. Ihr steckt die Zündschnur in Brand, der Feuerwerkskörper explodiert. Francesco blickt überrascht auf, und Ihr schießt mit Eurer Schleuder. An Bord des Schiffes war es noch einfacher. Der Knallkörper explodiert, dadurch wird Matteo, der sich in der Nähe der Reling aufhält, ins Meer geschleudert. Im Garten der Villa sind alle Augen auf Preneste und seinen Mummenschanz gerichtet. Nur Gott weiß, ob Preneste Euch verraten hätte, aber Ihr wolltet auf Nummer sicher gehen.«

Ich spielte mit meinem Becher. »Im Garten war es dunkel, alle schauten auf Preneste. Ihr nahmt den Knallkörper, habt ihn an einer der Fackeln entzündet und dann in die Luft geworfen. Mit der Schleuder zu schießen, dauert nur ein paar Sekunden. Vor der brennenden Fackel bietet Preneste ein ausgezeichnetes Ziel. Auch das zeitliche Zusammenspiel ist kein großes Problem. Der Knallkörper glimmt eine Weile leise vor sich hin, währenddessen Ihr ladet und zielt, und dann explodiert er, fast ohne Spuren zu hinterlassen, in dem Augenblick, in dem Ihr schießt.«

»Wußtet Ihr eigentlich, Shallot«, flötete der verkommene Bastard, »daß wir alle Euch für einen Dummkopf hielten, mit Eurer linkischen Art und Euren komischen Augen?« Er biß sich auf die Unterlippe. »Aber Ihr seid kein Dummkopf, habe ich recht? Mit Eurem scharfen Verstand und Eurer Unbekümmertheit würdet Ihr einen guten Florentiner abgeben.« Er seufzte. »Aber keinen guten Ankläger. Welche Beweise habt Ihr denn?«

»Oh, wir haben einige«, erwiderte ich. »Wir haben das Motiv – Rache an den Albrizzi. Wir wissen, daß Ihr ein Meister im Umgang mit der Schleuder seid. Und schließlich gibt es noch die Tatsache, daß Ihr der einzige Überlebende dieses Blutbades hier seid.«

Er zuckte mit den Schultern. »Ich hatte Glück. Alle Diener haben gesehen, wie ich die Villa verließ. Ich kam zufällig früher zurück und mußte Giovanni, den Mörder, töten.«

»Aber wird Euer Herr Euch das abnehmen?« fragte ich zweifelnd. »Seine Eminenz der Kardinal Giulio de Medici, wird er Euch weiter stützen?«

In diesem Augenblick sah ich einen Schatten der Besorgnis über das Gesicht dieses erbarmungslosen Mörders huschen.

»Weshalb der Kardinal?« fragte er heiser. Doch der Tonfall seiner Stimme verriet ihn.

»Weil er Euch erzählt hat, wie Euer Vater zu Tode kam. Er hat Eure Reise nach England arrangiert. Er hat Euch von dem Edelstein und natürlich auch von Matteo und Preneste erzählt.« Ich schlug auf den Tisch. »Diese beiden waren persönliche Gefolgsleute von Francesco, und ihnen war es auch zuzutrauen, daß sie die Wahrheit herausfanden.« Ich nahm einen Schluck aus meinem Becher. »Ihr habt gesehen, wie Matteo versuchte, auf dem Schiff mit uns ins Gespräch zu kommen, also mußte er umgebracht werden. Preneste stellte eine weitere Gefahr dar. Also wurde auch er ermordet und seine Kammer in Brand gesteckt. Wir dachten anfangs, es sei um seine alten Briefe gegangen, doch Ihr wolltet verhindern, daß er seinen Verdacht zu Papier brachte.«

Enrico klatschte leise in die Hände. »Ihr seid wirklich gefährlich«, sagte er. »Ich rechnete nicht damit, daß Heinrich zwei Spione nach Florenz schicken würde, um den Mörder zu jagen. Ich wollte Euch nicht in England töten«, fuhr er beiläufig fort. »Ihr habt recht, Master Shallot, ich kann sehr gut mit der Schleuder umgehen. Wenn ich gewollt hätte, hätte ich Euch töten können, aber ich wollte Euch nur einen Schrecken einjagen. Doch Euch zu erschrecken ist ziemlich schwierig. Das habt Ihr gegenüber dem arroganten Bastard Alessandro unter Beweis gestellt.«

»Wonach Ihr besser Euren Mund gehalten hättet«, unterbrach ich ihn ruhig. »Weil Ihr das Duell so genau verfolgt und danach so fachmännisch kommentiert habt, begann mein Meister sich zu fragen, ob Ihr wirklich so schlecht seht, wie Ihr behauptet.«

Enrico grinste, griff in eine kleine Tasche an seinem Wams und brachte seine Augengläser zum Vorschein.

»Nur einfaches Glas.« Er hielt sie in die Höhe. »Aber sie verleihen einem das Aussehen eines Gelehrten.«

»Warum?« fragte ich.

»Warum was, *Inglese*?«

»Warum habt Ihr auf einen Schlag alle diese Leute ermordet?«

»Wenn man gejagt wird, *Inglese,* und man spürt, daß man in die Enge getrieben wird, was kann man dann noch unternehmen? Was hatte Daunbey für mich vorgesehen? Eine dramatische Konfrontation mit dem Herrn der Acht? Weiß der Himmel, was für Beweise Ihr angeführt hättet, und was wäre dann aus mir geworden? Arrest, Kerker, Hinrichtung! Oder, wenn mir das erspart geblieben wäre, hätte man mich zumindest mit Schimpf und Schande ins Exil gejagt. Ich mußte es tun!« Enricos

Augen weiteten sich. »Ihr seid nicht aus Florenz, Shallot. Ihr wißt nichts von der Blutrache. Auge um Auge, Zahn um Zahn!« Sein Gesicht versteinerte sich, und mir wurde mulmig, als ich sah, wie er wieder unter den Tisch griff. »Sie haben meinen Vater getötet, sie haben meinen Onkel getötet. Sie haben mich in ihr Haus aufgenommen und sich meinen Besitz angeeignet. Sie haben mich mit dieser Dirne verheiratet!« Die Haut auf seinem Gesicht spannte sich, und sein ganzer Körper schien vor Wut zu beben. »Mein Gott, wie werden sie hinter meinem Rücken über mich gelacht haben!«

Enrico wischte sich den Schaum von den Lippen.

»Ich warnte sie.« Er kicherte seltsam. »Ich schickte ihnen die Eule, die Unglücksbotin.« Er lächelte mich an. »Das gelang mir sehr gut. Ich rechnete eher damit, man würde sie tot im Garten finden, nicht damit, daß sie ins Haus fliegen und dort tot herunterfallen würde.« Sein Gesicht wurde ernst. »Ich nahm dies als ein Zeichen, ein Zeichen dafür, daß Gott mit meinen Plänen einverstanden war.«

»Was geschieht, wenn Ihr Euch geirrt habt?« fragte ich, um Zeit zu gewinnen.

»Was meint Ihr damit?«

»Was ist, wenn die Albrizzi Euren Vater doch nicht auf dem Gewissen haben? Wenn der Mordauftrag von den Medici kam? Sie könnten den Edelstein an sich genommen und Euch diese Idee eingepflanzt haben, damit Ihr ihr Werkzeug zur Vernichtung der Albrizzi wurdet. Ihr kennt doch den Palast der Medici? Dort hängt ein Gemälde an der Wand, das Kardinal Giulio als jungen Mann zeigt. Er trägt darauf den Smaragd, den Lord Francesco einst König Heinrich schenkte. Die Medici haben Euren Vater umbringen lassen. Sie haben Preneste beeinflußt, der ihnen die Einzelheiten über die verhängnisvolle Reise Eures Vaters nach Rom beschaffte. Weshalb sonst hätte Kardinal Giulio Preneste versprechen sollen, er werde sich um ihn kümmern? Und übrigens«, fügte ich hinzu, um das Maß voll zu machen, »wußtet Ihr, daß Giovanni ein Spion der Medici war?«

Enrico blinzelte. »Welche Beweise habt Ihr für diese Behauptungen?« Er legte den Kopf schief. »Welche Beweise könnt Ihr vorlegen? Was hätten die Medici durch den Tod meines Vaters gewinnen können? Hätten sie, wie die Albrizzi, auch davon profitieren können, hätten sie sich auch als mein Vormund eingesetzt? Nein, nein.« Er legte seine Hände zurück auf den Tisch und begann mit den Fingern zu trommeln. »Die Albrizzi waren schuldig und haben für ihre Sünden bezahlt. Die Rache ist vollzogen, und Euch, Master Shallot, bleiben zwei Möglichkeiten: Entweder Ihr stellt Euch auf meine Seite, oder ich töte Euch und Euren Meister und schiebe es Giovanni in die Schuhe.«

»Vielleicht.« Ich warf meinen Kopf zurück. »Vielleicht hatten die Albrizzi ihr Schicksal verdient. Aber warum mußte auch der Maler Borelli sterben? Weshalb war er so wichtig?«

Enrico machte einen verblüfften Eindruck und schüttelte den Kopf.

»Der Maler Borelli? Warum sollte ich einen Maler umbringen? Er war kein Albrizzi.«

»Maria auch nicht!« schrie ich.

»Oh, kommt, *Inglese*. Diese mitleiderregende kleine Kreatur!« Seine Lippen verzerrten sich.

Ich packte den Weinbecher und schleuderte ihn auf Enrico, gerade in dem Augenblick, in dem er die Armbrust hochriß, lud und schußbereit machte. Er betätigte den Abzug, und der grausame, spitze Bolzen schoß durch die Luft. Doch ich war flink und warf mich zur Seite. Der Bolzen fuhr in die Lehne des Stuhls, auf dem ich eben noch gesessen hatte. Ich sprang auf, zog Schwert und Dolch und stürmte auf Enrico zu. Er erwartete mich. Ich stieß zu, doch er wehrte meinen Angriff mit seinem Dolch ab. Ich sprang zurück. Er zog sein Schwert und machte sich bereit, während ich mich weiter in die Tiefe des Refektoriums zurückzog.

»Ihr hättet mich nicht leben lassen!« sagte ich. »Ihr hättet mich genauso umgebracht wie alle anderen!«

»Habt Ihr nicht gesagt, Maria wäre noch am Leben? Ihr solltet Enrico nicht belügen!«

Er durchschnitt die Luft mit seinem Schwert. Ich sprang weiter zurück. Enrico scharrte mit den Füßen.

»Ihr sollt mich niemals belügen!«

Der Mann war zweifellos wahnsinnig. Er hatte jeden getötet, der ihm in dieser Nacht über den Weg gelaufen war, jeden, der irgend etwas mit den Albrizzi zu tun gehabt hatte, jeden, den er irgendwie für schuldig hielt. Ich hatte schreckliche Angst. Ich bin ein guter Schwertkämpfer, weiß, wie man angreift und wie man Hiebe pariert. Doch Enrico erinnerte mich an meinen portugiesischen Fechtlehrer – er bewegte sich mit derselben Sicherheit und Leichtigkeit und hielt Schwert und Dolch genauso locker und gewandt in den Händen. Er trieb mich weiter zurück und bereitete das Terrain vor, auf dem er mich umbringen konnte.

»Sagt mir noch eines, *Inglese,* bevor ich Euch töte: Wie seid Ihr darauf gekommen, daß ich eine Schleuder und keine Feuerwaffe benutzt habe?«

»Die Skelette!« keuchte ich. »Die Skelette, die ich in England gesehen habe. Männer, die von römischen Soldaten getötet worden waren oder jedenfalls von römischen Verbündeten. Die kleinen Löcher in ihren Schädeln sahen genauso aus wie die Verletzungen, die Ihr Francesco und Preneste zugefügt habt.«

Enrico riß die Augen auf.

»Es geht doch wirklich seltsam zu im Leben, *Inglese*. Alles dreht sich im Kreis. Ihr habt die Skelette Eurer Vorfahren gesehen, die von Männern aus Italien getötet wurden, und jetzt werdet Ihr von mir getötet.«

Er drehte sich zur Seite, nahm die klassische Pose eines Fechters ein, die Hand mit dem Dolch leicht erhoben, die Klinge des Schwertes auf den Boden gerichtet.

»Gehabt Euch wohl, Inglese!«

Er bewegte sich so geschmeidig wie eine Katze, stach mit seinem Schwert in Richtung meiner Brust und wirbelte dann mit seinem langen Dolch herum. Ich sprang zurück, machte einen Schritt nach vorn und führte einen Hieb gegen seinen Hals. Enrico wehrte meinen Angriff ab, dann machten wir uns bereit für den nächsten Schlagabtausch. Die Klingen unserer Waffen waren wie glitzernde Pfeile. Allmählich verzweifelte ich. Er war so flink, so gewandt und bewegte sich doch kaum. Er führte einen Hieb gegen meine Brust, dann plötzlich zielte sein Schwert auf meinen Hals, meine Lenden oder meine Beine. Meine Arme flatterten wie Windmühlenflügel, und am ganzen Körper brach mir Schweiß aus. Er trat zurück, schon ein wenig schwerer atmend, und dann begannen wir aufs neue. Mich befiel Panik, doch dann sorgten das Stampfen unserer Füße auf dem Boden, das rhythmische Klirren unserer Waffen und mein immer stärker zum Durchbruch kommender Selbsterhaltungstrieb dafür, daß ich ein wenig ruhiger wurde. Zugleich kamen die Fertigkeiten stärker zum Tragen, die mir mein portugiesischer Fechtmeister beigebracht hatte. Ich wich nicht weiter zurück, sondern indem ich mich zur Seite drehte, gelang es mir, seine Vorstöße zu parieren, und einmal schaffte ich es sogar, seinen Arm leicht anzuritzen. Er sprang zurück, schüttelte den Arm, mit dem er das Schwert hielt, und lächelte. Doch dann ging er sogleich wieder zum Angriff über, flink wie eine nach vorn schnellende Natter.

»Du bist wirklich gut, *Inglese*«, keuchte Enrico. »Aber gräme dich nicht, bald wirst du deine Zwergin wiedersehen.«

Gott ist mein Zeuge, ich weiß nicht, ob es diese Worte waren oder das häßliche Grinsen auf seinem Gesicht, was mich dazu brachte, alle Regeln des Duells zu brechen. Wir trennten uns, und während er sein Schwert für die nächste Attacke in Position brachte, wandte ich einen Trick an, den ich in den schmutzigen Gassen von London gelernt hatte. Ich wechselte Schwert und Dolch in die andere Hand. Er kam ein bißchen näher, um sich darauf einzustellen, doch anstatt den nächsten Schlagabtausch zu beginnen, packte ich meinen Dolch am Knauf und schleuderte ihn mit voller Wucht gegen seine Brust. Er fuhr tief in sie hinein, knapp unterhalb des Herzens. Enrico glotzte mich verblüfft an, sein Mund klaffte auf, und das Schwert fiel ihm aus der Hand. Er stolperte nach vorne.

Ich sprang auf ihn zu und stieß ihm mein Schwert in die Brust, mitten zwischen die Rippen.

»Geh zur Hölle!« zischte ich. »Und sag dem Teufel, daß ich dich geschickt habe!«

Ich zog mein Schwert wieder heraus und trat zurück – auch ein sterbender Mann konnte noch gefährlich sein. Enrico hatte jetzt auch seinen Dolch fallen lassen. Sein

Gesicht verkrampfte sich vor Schmerz, als das Blut aus seinen Wunden schoß. Er blickte auf, als wolle er etwas sagen, dann stöhnte er und brach zusammen. Ich warf Schwert und Dolch weg, kauerte mich nieder, schlang die Arme um die Brust und überließ mich der Angst, die mich schüttelte. Ich starrte diesen Mörder an und beobachtete, wie sich das Blut um ihn herum verteilte. Er lag auf der Seite. Ich kroch hinüber und zog meinen Dolch aus seinem Leib. Es gab ein fürchterliches, schmatzendes Geräusch. Ich warf den Dolch zu Boden, rappelte mich wieder auf, schleppte mich zum Tisch und schüttete einen Becher Wein in mich hinein, so schnell, wie ich es selten zuvor getan hatte. Dann stolperte ich nach oben. Maria lag noch zugedeckt auf dem Bett. Mein Meister begann sich zu regen. Ich war so erschöpft, so von Schrecken erfüllt, daß ich mich einfach neben ihn fallen ließ.

(Kümmert Euch nicht um das Gekicher meines Kaplans. Jeder, der nicht durch und durch böse ist und dessen Seele noch nicht vollkommen abgestorben ist, wird nach dem Ende eines Duells am ganzen Körper zittern und die unterschiedlichsten Gefühle empfinden. Er wird würgen und sich erbrechen, zum nächstgelegenen Abort rennen, sich betrinken! Oder auf einem Bett liegen und mit verschränkten Armen darauf warten, daß der Schreck nachläßt.)

Natürlich war es mir nicht lange vergönnt, mich auszuruhen. Ich hatte vielleicht ein paar Minuten auf dem Bett gelegen und hatte die Kerzenflamme beobachtet, wie sie in dem Luftzug flackerte, der durch das offene Fenster hereinstrich, als ich unten im Hof das Geklapper von Pferdehufen und Stimmen hörte. Ich blieb einfach liegen. Wer immer jetzt angekommen war, er war herzlich eingeladen, auch diesen Alptraum durchzumachen, den ich gerade hinter mir hatte. Ich hörte Rufe, die zunehmend lauter wurden, als die Ankömmlinge eine Leiche nach der anderen entdeckten. Dann polterten Schritte die Treppe herauf, die Tür wurde aufgerissen, und Seraphino, der Herr der Acht, drängte mit seinen schwarzgewandeten Männern in unsere Kammer, wie eine Vision aus der Hölle. Ich stöhnte und schwang meine Beine aus dem Bett. Der Herr der Acht stapfte zu mir herüber. Sein weiches Gesicht war in Sorgenfalten gelegt, er wirkte wie ein gütiger Onkel, der entdeckt hatte, daß sein Lieblingsneffe in Schwierigkeiten steckte. Er stellte sich über mich, die Hände tief in den weiten Ärmeln seines Umhangs vergraben.

»*Inglese*, was habt Ihr hier getan? Die Leichen unten im Haus! Signor Enrico, der in seinem eigenen Blute schwimmt!«

Ich glotzte hinauf zu ihm.

»Verschwindet, elender Mistkerl!« zischte ich.

Er schlug mir ins Gesicht.

»Verschwindet!« wiederholte ich.

Ich stand auf. Er zog auch die andere Hand aus dem Ärmel, und ich spürte die Spitze seines Stiletts an meinem Hals, knapp unterhalb des Kinns. Frater Seraphino lächelte mich begütigend an, doch seine Augen waren zwei schwarze, seelenlose Löcher.

»Ich könnte Euch auf der Stelle töten«, flüsterte er.

»Dann tut es doch«, erwiderte ich, »und Ihr werdet Euch vor unserem König verantworten müssen. Ich habe niemanden umgebracht.«

»Niemanden?«

»Bis auf Master Enrico. Er ist verantwortlich für all diese Morde.«

»Das glaube ich nicht.«

»Es ist mir scheißegal, was Ihr glaubt!« gab ich zurück. »Enrico ist der Mörder. Er hat eine Blutfehde ausgetragen, die ihn schon seit Jahren beschäftigte. Er hat meinen Meister betäubt und versucht, mich zu töten. Aber das wißt Ihr gewiß schon alles. Ihr habt doch dieses Haus unter ständiger Beobachtung. Ihr habt gesehen, wie Enrico zurückkehrte, und Ihr habt auch unsere Ankunft beobachtet. Ihr hättet jederzeit eingreifen können«, fuhr ich fort, »aber Ihr habt vorgezogen, es nicht zu tun. Warum?«

»Das weiß ich nicht, *Inglese*. Ich weiß nur, daß hier ein tödliches Spiel gespielt wurde, und mich beschäftigt bei dem Ganzen nur ein einziger Gedanke: Wird es Florenz schaden oder nicht? Wird es der Stadt zum Nachteil gereichen?«

»Ich glaube, diese Frage solltet ihr eher Kardinal Giulio de Medici stellen«, erwiderte ich.

Seraphino verzog den Mund. »Ihr könntet wieder mein Gast werden, Inglese. Diese Ratten haben Euch noch nicht vergessen.«

»O ja, wie geht es Euren Brüdern?« fragte ich.

Der Herr der Acht lächelte dünn.

»Witzig wie eh und je, was, Shallot?« Er fuhr sich mit der Zunge über die Lippen, zwinkerte, und das Stilett verschwand im Ärmel. »Nun, es sind noch einige Fragen unbeantwortet, und es bleiben noch einige Lücken, doch ich kann meine Schlüsse ziehen und Vermutungen anstellen, und eines Tages wird das Bild vollständig sein.«

Er blickte auf meinen Meister hinunter, dann wandte er sich an einen seiner Begleiter und sagte etwas auf italienisch zu ihm. Ich weiß nicht, was er gesagt hatte, doch Benjamin erhielt etwas zu trinken, wurde vorsichtig aufgehoben und nach unten getragen. Ein Pferdekarren wartete schon. Sie legten Benjamin hinein und betteten ihn auf eine Matratze, die sie aus einer der Kammern geholt hatten. Mich forderten sie auf, unsere Satteltaschen zu packen. Ich befolgte eilends die Anweisungen des Herrn der Acht und sammelte alles ein, was uns gehörte.

»Ihr werdet nicht mehr hierher zurückkehren!« sagte er kurzangebunden. »Je früher Ihr aus Florenz verschwindet, *Inglese,* desto besser.«

Bald war ich fertig. Ich trug unsere Satteltaschen nach unten. Der Herr der Acht hatte noch keine der Leichen wegbringen lassen. Er ignorierte sie einfach, als wären sie Abfall, doch ich sah, daß seine Untergebenen verschiedene kleine Gegenstände mitgehen ließen.

»Habt Ihr alles, Inglese? Euer Meister ist schon draußen. Wir haben es ihm so bequem gemacht, wie es unter diesen Umständen geht. Meine Soldaten werden das Landhaus bewachen. Wir müssen verschwinden!«

»Noch einen kurzen Augenblick!« bat ich.

Ich ging zurück in unsere Kammer und kniete mich neben Marias Leichnam nieder. Ich nahm ihre kalte, kleine Hand in die meine und starrte in ihr wächsernes Gesicht. Dann küßte ich ihre winzigen Finger, beugte mich über sie und berührte ihre Augenbrauen mit meinen Lippen. Daraufhin deckte ich ihr Gesicht wieder zu und ging nach unten.

Kapitel 13

Der Herr der Acht brachte uns nach Florenz. Der Himmel begann sich schon zu röten. Frater Seraphinos schwarze Reiter umschwärmten unseren Karren, still bis auf das Klappern der Hufe ihrer Pferde. Seraphino und seine zwei Leibwächter ritten an der Spitze. Ich ritt hinter dem knarrenden Karren und behielt meinen Meister im Auge. Er schlief, sein Gesicht war bleich. Ich machte mir immer noch Sorgen, denn verschiedene Gifte und Schlaftränke können dem Verstand einen Streich spielen, so daß er nie mehr aus der Umnachtung erwacht. Deshalb wollte ich, daß ein erfahrener Doktor Benjamin untersuchte. Ich überlegte, ob ich mit dem Herrn der Acht darüber sprechen sollte, doch ich konnte mir ausrechnen, daß ich mit Bitten bei diesem hartherzigen Mann nicht viel erreichen würde.

Wir ritten durch ein Seitentor in die Stadt hinein, und zu meiner Überraschung führte uns der Herr der Geheimpolizei nicht zum Stinche-Gefängnis, sondern zu den Barmherzigen Brüdern. Sie trugen Benjamin vorsichtig durch dunkle Gänge in einen weiß gekalkten Raum. Frater Seraphino begleitete uns. Dann tat er etwas, was mich außerordentlich überraschte – er ergriff meine Hand und schüttelte sie!

»Gehabt Euch wohl, Master Shallot.« Er lachte über meine Überraschung. »Ihr wart nie wirklich in Gefahr. Und außerdem habt Ihr mächtige Schutzherren.« Er steckte seine Daumen in den Gürtel und legte den Kopf schief. »Ihr seid ein seltsamer Mann, Shallot. Anfangs hielt ich Euch für einen Feigling.«

»Das bin ich auch«, erwiderte ich. »Und eines kann ich

Euch schwören: In Florenz habe ich mehr Fechtkämpfe mitgemacht als in meinem ganzen Leben!«

Frater Seraphino kicherte und wendete sich ab. An der Türe drehte er sich noch einmal um und grinste mich spitzbübisch an.

»Master Shallot, solltet Ihr wieder einmal nach Florenz kommen, müßt Ihr unbedingt unser Gast sein.«

Ich reckte den Mittelfinger meiner rechten Hand hoch, doch die Türe schloß sich bereits. Die Barmherzigen Brüder waren um das Bett versammelt, auf dem mein Meister lag. Sie schwatzten alle durcheinander. Sie befühlten seinen Puls am Hals, hoben seine Augenlider an, rochen an seinem Mund und fühlten den Puls am Handgelenk. Der Herr ist mein Zeuge, es waren gute Menschen – unter ihnen befanden sich die besten Ärzte, die ich bisher kennengelernt habe. Einer von ihnen berührte leicht meine Hand und lächelte.

»Nicht sorgen«, sagte er.

»Ihr meint, ich brauche mir keine Sorgen zu machen?«

»*Si*, bald wieder gut.«

Sie brachten einen Trank, der nach Pferdepisse roch, und schütteten ihn Benjamin in den Schlund. Dann traten sie zurück, und einer von ihnen hielt eine Schüssel vor das Bett. Benjamin bewegte sich und drehte sich dann ruckartig auf die Seite. Er erbrach sich so heftig wie ich damals, als ich in der Gallows-Schenke in der Nähe von Ipswich einmal zuviel Bier getrunken hatte. Ich war besorgt, doch die Brüder schienen sehr zufrieden zu sein. Sie schauten in die Schüssel, als enthalte sie eine Sammlung wertvollster Edelsteine. Sie zwangen Benjamin, noch mehr von dem Trank zu schlucken. Erneut erbrach er sich. Im Raum begann es abscheulich zu riechen, doch die Brüder hüpften fröhlich umher und freuten sich, daß

Benjamins Magen sich reinigte. Die Prozedur wurde ein weiteres Mal wiederholt, dann kam Benjamin langsam wieder zu sich. Sie ließen ihn eine Weile ausruhen und brachten einen Kelch mit frischem Wein. Ich konnte riechen, daß der Wein mit irgend etwas gewürzt war. Sie setzten Benjamin den Kelch an die Lippen. Mein Meister trank, fiel wieder zurück auf das Bett und begann sogleich zu schnarchen, als liege er in einem höchst erquicklichen Schlaf. Einer der Brüder, der fröhliche Augen und einen Kahlkopf hatte, bedachte mich mit einem aufmunternden Blick. Der Kelch wurde erneut gefüllt, und auch ich trank daraus. Schon nach einer Minute war ich eingeschlafen.

Am nächsten Morgen weckte mich Benjamin. Er hatte Ringe unter den Augen, sah aber ansonsten wieder recht gesund aus.

»Mußt du denn die ganze Zeit schlafen, Roger?« witzelte er. »Erzähl mir um Gottes willen, was alles passiert ist!«

Ich richtete mich auf und starrte ihn an.

»Habt Ihr Euch wieder erholt, Master?«

»Ja, dank deiner Hilfe. Aber jetzt erzähl mir, was los war!«

Doch wir konnten uns nicht weiter unterhalten. Die Brüder kamen herein und beglückwünschten sich und uns. Sie führten uns in ihr Refektorium hinunter, wo man uns einen vorzüglichen Eintopf, weiches Weißbrot und einen leichten Weißwein kredenzte, der, wie die Brüder uns versicherten, keinerlei medizinische Beigaben enthielt. Benjamin hatte einen Heißhunger. Während er sich den Magen vollschlug, berichtete ich ihm, was geschehen war. Hin und wieder stellte er eine Zwischenfrage. Nachdem ich geendet hatte, legte er den Löffel weg, stützte die Ellbogen auf den Tisch und schaute mich an.

»Ich kann mich nicht an viel erinnern«, sagte er. »Ich weiß nur, daß Giovanni hereinkam. Er sagte, ein neues Faß Falerner sei angestochen worden und ich solle den Wein probieren. Ich tat es. Aber ich trank den Kelch nicht ganz aus, denn der Wein schmeckte seltsam. Giovanni schaute mich eigenartig an. Ich fragte ihn, was los sei. Er wirkte besorgt, trat einen Schritt auf mich zu und sagte, Enrico sei zurückgekommen.« Benjamin zuckte mit den Achseln. »Danach versiegen meine Erinnerungen. Ich lag wohl auf dem Bett. Ich ahnte, daß ich einen fürchterlichen Fehler gemacht hatte. Ich weiß noch, daß du dann später hereinkamst. Hast du da jemanden getragen?«

»Ja, Maria«, antwortete ich leise.

Benjamins Augen blickten traurig. »Ja, Gott lasse sie ruhen in Frieden! Ich weiß auch noch, daß man mich dann aufgehoben und nach unten getragen hat. Dabei habe ich die Leiche einer Frau gesehen, die wie ein toter Hund herumlag.«

»Beatrice«, sagte ich.

»Danach weiß ich nichts mehr«, fuhr Benjamin fort. »Bis ich dann heute morgen aufwachte, noch ein bißchen schwach und hungrig. Ich hörte die Mönche durcheinanderreden, sie zeigten auf dich und schienen betrübt zu sein. Sie schüttelten mit den Köpfen und schnalzten mit den Zungen. Oh, Herr im Himmel!« Benjamin verbarg sein Gesicht in den Händen. »Ich hätte nie gedacht, daß Enrico zu so etwas fähig wäre. Ich wollte ihm nach deiner Rückkehr die Tatsachen unter die Nase reiben.« Er schüttelte den Kopf. »Ich habe den Haß des jungen Mannes unterschätzt, seinen Durst nach Vergeltung.« Er ergriff meine Hand. »Roger, das werde ich dir nie vergessen. Du warst wirklich sehr tapfer!«

»Ich hatte Glück«, erwiderte ich bitter. »Wann können

wir nach Hause aufbrechen?« Ich ließ den Blick durch das weiß gekalkte Refektorium wandern. »Die Brüder sind gute Menschen, aber . . .«

»Bald, Roger«, sagte Benjamin. »Es tut mir leid, daß so viele Menschen sterben mußten, auf so furchtbare Weise sterben mußten!«

(Mein Meister vergaß die Ereignisse in dem Landhaus der Albrizzi nie, und er konnte es sich auch selbst nie wirklich verzeihen. Doch hinterher sind wir alle klüger. Was hätten wir denn ausrichten können? Enrico hatte es sich in den Kopf gesetzt, alle Mitglieder der Familie Albrizzi zu ermorden. Ich teilte die Trauer meines Meisters. Jedes Frühjahr, wenn das Wetter umschlägt, zahle ich eine Messe, bei der für die Erlösung ihrer armen Seelen gebetet wird. Und Maria? Mit ihr verhält es sich anders. Als sie starb, starb auch ein Teil von mir!)

»Aber wir haben recht behalten, Master«, sagte ich. »Enrico war der Mörder. Mit dem Tod von Borelli jedoch hatte er nichts zu tun. Und er wußte auch nichts von dem Bild.«

»Nein«, erwiderte Benjamin nachdenklich, »ich glaube auch nicht, daß er dafür verantwortlich ist. Da tappen wir immer noch im dunklen, Roger. Das Spiel ist noch nicht zu Ende.«

Ich stöhnte, denn mein Meister hatte natürlich recht. Einige Stunden später, als wir im schattigen Garten des Klosters saßen, schickte diese Verkörperung des Satans, Seine Eminenz Kardinal Giulio de Medici, der Herrscher von Florenz, seine Sendboten, die uns zum Palast bringen sollten. Er erwartete uns, wie auch bei unserem ersten Besuch, in seinen opulent ausgestatteten Privatgemächern, von denen aus man die Piazza überblicken konnte. Diesmal gab er sich nicht so wohlwollend. Er thronte hinter seinem großen Tisch in einem hohen Stuhl mit purpurfarbener Lehne. Er kam mir vor wie ein prächtiger Falke, der auf seiner Stange sitzt und sich überlegt, ob er zustoßen soll oder nicht.

»Der Hauptmann meiner Wache«, begann er, »hat sich im Haus der Albrizzi umgesehen. Die Nachricht von dem Blutbad hat sich schon in ganz Florenz herumgesprochen.«

»Enrico war der Mörder«, sagte Benjamin.

»Das weiß ich«, entgegnete der Kardinal.

»Enrico glaubte«, fuhr Benjamin fort, »daß Francesco Albrizzi und sein Bruder Roderigo hinter dem Mord an seinem Vater und seinem Onkel steckten. Doch wie habt Ihr das herausgefunden, Euer Gnaden?«

Der Kardinal funkelte ihn an.

»Was habt Ihr gesagt, *Inglese*?« fragte er leise.

»Nun«, antwortete Benjamin gerade heraus, »jemand hatte Enrico gesagt, die Albrizzi seien die Mörder und hätten seinem toten Vater einen Smaragd entwendet, den sie versteckten, bis sie ihn später unserem König Heinrich zum Geschenk machten.«

Der Kardinal rutschte unbehaglich auf seinem Stuhl umher.

»Doch denselben Smaragd, Euer Gnaden«, fuhr Benjamin fort und zeigte zu dem Gemälde an der Wand, »tragt Ihr auf diesem Porträt, das ein paar Jahre, vielleicht auch nur ein paar Monate nach der Ermordung von Enricos Vater fertiggestellt wurde.« Benjamin verschränkte seine Arme. »Nun, soweit ich weiß, hielt sich Enricos Vater in Rom auf und kaufte einen wertvollen Smaragd von einem Kaufmann aus dem Osten. Ihr werdet Euch erinnern, Euer Gnaden, daß Rom zur damaligen Zeit unter der Herrschaft Eures Onkels, Papst Leo X., stand. Enricos

Vater wurde ermordet, und der Smaragd verschwand. Ich frage mich ...«

Der Kardinal beugte sich vor und klopfte mit seinem Zeigefinger geräuschvoll auf das Holz.

»Ja, ich gab diesen Smaragd Francesco Albrizzi«, sagte er. »Ich schärfte ihm ein, niemandem zu sagen, von wem er ihn bekommen hatte, sondern ihn als Familienerbstück auszugeben.« Er fuchtelte mit den Händen herum und lehnte sich wieder zurück. »Das war das mindeste, was ich tun konnte. Lord Francesco mußte schon viel gutes Silber für die Reise nach England vorstrecken. Ich konnte nicht verlangen, daß er auch noch das Geschenk für den englischen König aus eigener Tasche bezahlte. Aber«, sagte er und streckte einen Finger hoch, »Ihr habt keinen Beweis, daß der Edelstein von Enricos Vater stammt.«

»Euer Gnaden haben recht«, erwiderte Benjamin lächelnd. »Ich habe keine Beweise dafür, ich kann es nur vermuten. Ich möchte Euch auch nicht beschuldigen, mit diesen Morden in Rom etwas zu tun gehabt zu haben. Doch die Steine sind nie wieder aufgetaucht. Es ist schon seltsam, daß Ihr Lord Francesco einen solch kostbaren Stein überlassen habt, um ihn unserem ehrenwerten König zu schenken. Vielleicht war es tatsächlich nur ein Zufall, daß die Übergabe dieses Geschenks der Auslöser für die Morde an den Albrizzi war. Welchen anderen Beweggrund, wenn nicht Vergeltung, hätte aber Enrico haben können?« Benjamin rutschte auf seinem Sitz umher. Er bebte vor Zorn darüber, daß dieser in Seide gekleidete Satansbraten sich so gelassen gab. »Also«, fuhr er fort, »komme ich zu meiner ursprünglichen Frage zurück. Wer konnte Enrico das alles erzählen? Es mußte gewiß jemand sein, der Macht besitzt und Zugang hat zu Geheimnissen. Enrico war schon sehr verbittert darüber, daß man ihn gezwungen hatte, Beatrice zu heiraten. Vielleicht hegte er auch schon einen gewissen Verdacht, der von dieser hochgestellten Persönlichkeit weiter genährt wurde. Doch er brauchte eindeutigere Anhaltspunkte, um seinen Verdacht zur Gewißheit werden zu lassen. Dieser Anhaltspunkt, Euer Gnaden, war der Smaragd.«

»Ich könnte Euch wegen Verrats ins Gefängnis stecken lassen«, murmelte der Kardinal.

»Das bezweifle ich. Man würde Fragen zu stellen beginnen. Schließlich habt Ihr zwei der einflußreichsten Familien von Florenz ausgelöscht – zwei Familien, die die Vorherrschaft der Medici nie ganz akzeptiert haben.«

Der Kardinal gestattete sich ein verkniffenes Lächeln.

»Vergeßt nicht, daß Francesco auch noch andere Geschenke überreicht hat.«

»Ja, das Gemälde von Borelli, das von Francesco in Auftrag gegeben worden war.«

In den Augen des Kardinals blitzte dämonische Freude auf. Er wedelte mit einem Finger vor Benjamin herum.

»Ihr seid gut, *Inglese*. Wirklich sehr gut.«

»Nein«, widersprach Benjamin. »Wegen mir mußten andere Menschen sterben. Und vielleicht wird niemals Gerechtigkeit geschehen. Nicht Francesco hat dieses Gemälde in Auftrag gegeben, Ihr tatet es!«

»Oh! Warum ich?«

»Weil Euer sogenannter Bruder in Christo, mein Onkel Thomas Wolsey, Euch darum bat.«

»Und weshalb hätte er das tun sollen?«

»Um Euch eine Gefälligkeit zu erweisen.«

»Wofür?«

»Wenn Rom ja sagt«, äffte Benjamin ihn nach, »wird auch England ja sagen. Welche verborgene Bedeutung hatte dieses Gemälde, Euer Gnaden?«

»*Inglese*, ich weiß es nicht. So wahr ich hier in meinem Palast sitze, ich weiß es nicht.«

»Aber Borelli wußte es wahrscheinlich«, warf ich ein.

»Ja, vielleicht.« Der Satansbraten wischte sich über die Augen. »Unglücklicherweise ist Master Borelli einem schrecklichen Unfall zum Opfer gefallen. Ich glaube, er wird heute beerdigt. Oh, Herr, erbarme dich unser!« Er schaute zu der Uhr, die gerade zu schlagen begann. »*Tempus fugit*«, murmelte er, »*tempus fugit*.« Er erhob sich. »Für Euch bleibt hier nichts mehr zu tun.« Er blickte uns beide streng an. »Falls Ihr noch weitere Fragen habt, stellt sie Eurem Onkel. Er wird sie Euch beantworten.« Er komplimentierte uns hinaus. »Ihr werdet unten im Hof reisefertig gemachte Pferde vorfinden. Ihr werdet Florenz jetzt verlassen. Binnen einer Woche müßt Ihr auf einem Schiff nach England sein. Ihr wißt noch, welche Antwort Ihr Eurem Onkel überbringen sollt?«

Benjamin nickte.

»Dann achtet darauf, daß Ihr sie nicht vergeßt!«

Er ging zur Tür.

»Master Daunbey!« rief er dann.

Benjamin und ich drehten uns um.

Der Kardinal machte ein segnendes Kreuzzeichen. »Kommt in einem Jahr nach Rom.«

Er begann leise und spöttisch zu lachen, als Benjamin und ich über die Gänge und hinaus in den sonnendurchfluteten Hof geführt wurden.

Eine Gruppe von stämmigen Bediensteten, die die Livree der Medici trugen, erwartete uns. Nach einer Stunde schon hatten wir Florenz hinter uns gelassen und ritten auf der Küstenstraße unter einer wärmenden Sonne dem nächsten Hafen entgegen. Dort verbrachten wir den Rest des Tages faulenzend, bis der Anführer unserer Eskorte für uns eine Überfahrt auf einer Genueser Kogge arrangiert hatte, deren Ziel der Hafen von London war. Ich sprang fast an Bord, und obwohl meine Erleichterung durch Befürchtungen verschiedenster Art getrübt wurde, als das Schiff wendete und dem offenen Meer zustrebte, verlief die Überfahrt ziemlich reibungslos. Es zeigten sich weder Freibeuter noch türkische Kriegsschiffe. Nur in der Bucht von Biscaya wurde es ein wenig stürmisch. Nach drei Wochen wurde das Wetter kühler, die See ruhiger, und als die Kreidefelsen der englischen Küste in Sicht kamen, fiel ich auf die Knie und dankte Gott. Ich hatte genug von der heimtückischen, in Samt und Seide gehüllten Pracht von Florenz. Ich hatte schon fast nicht mehr damit gerechnet, daß es mir jemals wieder vergönnt sein würde, friedlich in meinem Bett in Ipswich zu schlafen. (Zumindest solange, bis die Milchmagd erschien!) Benjamin indes war die ganze Zeit über schweigsam und in sich gekehrt. Der Tod der Albrizzi sollte ihn noch lange beschäftigen. Nur hin und wieder schimpfte er offen über die Hinterhältigkeit des Giulio de Medici.

»Siehst du denn nicht, Roger«, sagte er mehr als einmal bitter, während wir an der Reling lehnten und den tanzenden Sonnenstrahlen auf dem Wasser zuschauten, »siehst du denn nicht, daß die Albrizzi unschuldig sein könnten? Daß die Medici, vielleicht sogar der Kardinal persönlich, für den Mord an Enricos Vater verantwortlich gewesen sein könnten? Dadurch fielen ihnen nicht nur die Edelsteine zu, sondern es war ihnen auch möglich, eine einflußreiche Florentiner Familie entscheidend zu schwächen. Dann benutzten sie Enrico, um die Albrizzi ganz auszulöschen.«

»Aber das ist doch nur die halbe Wahrheit, Master?«

»Ja, und mein Onkel kennt den Rest. Borelli sollte nie wirklich nach England kommen.«

»Warum hat man uns dann nach Florenz geschickt?«

»Um Giulio die Botschaft zu überbringen und um zu übermitteln, daß unser Herr über den Mord an Lord Francesco erzürnt oder angeblich erzürnt war. Wir sind nur Schachfiguren, Roger. Doch im Schach können auch die Bauern, werden sie geschickt eingesetzt, einem Bischof und sogar einem König manchmal zum Verhängnis werden.«

Wir fuhren die Themse hinauf, und das Schiff machte in Dowgate fest. Ich lief an die Reling und sog die Gerüche und Geräusche Londons in mich auf. Es war ein trüber, grauer Morgen, aber mir kam es wie das Paradies auf Erden vor. Sogar die Abfallboote, die ihre stinkende Fracht in den Fluß entleerten, waren mir ein willkommener Anblick. Nachdem wir von Bord gegangen waren, verblüffte ich meinen Meister dadurch, daß ich in die Knie ging und den Boden des Kais küßte. Ich tat es nicht nur, weil ich wieder zurück in London war. Ich war so froh, dem Dolch, der Garotte, der Schleuder und, den rotäugigen Ratten glücklich entronnen zu sein. Schnurstracks ging ich in die Vintry und suchte einen schummrigen, verrauchten Schankraum auf, während mein Meister weiter den Fluß hinunter fuhr, um Johanna in Syon zu besuchen. Ich trank drei Krüge Bier und stimmte in den Gesang einer Gruppe von Seemännern ein, die ich durch die schmutzigen Wörter, die ich kannte, in Erstaunen zu versetzen verstand.

Am späten Abend kehrte mein Meister zurück, ziemlich traurig und niedergeschlagen. Die hübsche Johanna hatte den Verstand verloren, sie war in den Wahnsinn getrieben worden durch einen Edelmann, der sie verführt und dann verlassen hatte. Benjamin hatte ihn getötet, doch es hatte nichts mehr geholfen. Johanna lebte in der

Vergangenheit, hielt am Fenster unablässig Ausschau nach dem jungen Cavendish, dem Edelmann, auf dessen Rückkehr sie wartete. Gott vergebe mir, aber ich glaube, meine Fröhlichkeit machte alles nur noch schlimmer. Ich war sturzbetrunken, als Benjamin in die Schenke kam. Eine Dirne hatte ihren Arm um mich gelegt, und ich hatte meine Hände am Mieder einer anderen. Beide kreischten vor Lachen, als ich ihnen meine eigenwillige Deutung der Geschichte von dem Prediger, dem Esel und dem drallen Landmädchen erzählte.

(Verzeiht, mein Kaplan möchte die Geschichte auch hören. Ich gebe ihm mit meinem Rohrstock einen tüchtigen Hieb auf die Pfoten. Er ist noch zu unschuldig und zu jung, und die Geschichte ist auch ziemlich verwirrend und sehr, sehr skurril.)

Nun, mein Meister jedenfalls zog mich hinaus. Wir nahmen eine Kammer in einer Herberge in der Cheapside. Ich erinnere mich nur noch daran, daß ich den ganzen Weg bis dorthin sang. Ich glaube, ich sang immer noch, als ich voll angezogen auf das Bett fiel und sofort einschlief.

Am nächsten Morgen sprachen Benjamin und ich bei der königlichen Kanzlei in Westminster vor. Ein Palastbediensteter, dem die Nase lief, erklärte uns, Seine Teuflische Majestät und sein geschätzter Kardinal würden sich in Surrey aufhalten. Er bat uns, ein wenig zu warten. Wir warteten mindestens eine Stunde und traten immer wieder mit unseren Absätzen gegen die Bank auf dem schäbigen Korridor. Benjamin ging ein ums andere Mal zum Tisch des Bediensteten, um zu fragen, wann endlich jemand käme. Der Mann hob dann sein hageres, schmales Gesicht, klopfte sich mit der Schreibfeder auf seine Nasenflügel und sagte, wir sollten noch Geduld haben.

Benjamin lief auf und ab. Ich entschloß mich, den Schreiber nach Kräften zu stören durch Husten und Niesen und die lautesten Rülpser, die ich zustandebrachte. Mein Verhalten schien allmählich Wirkung zu zeigen, denn der Bursche begann umherzueilen, und gerade als ich mir überlegte, was ich noch anstellen könnte, erschien eine kleine, schwarzgekleidete Gestalt in der Tür – Doktor Agrippa, der sich nicht um eine Spur verändert hatte, seit wir ihn zuletzt in Eltham gesehen hatten. In seinem Engelsgesicht stand ein breites Lächeln. Er schüttelte uns die Hände und klopfte uns auf die Schultern. Er schien äußerst erfreut über die Begegnung zu sein, nannte uns Prachtkerle und sagte, er habe Anweisungen von Wolsey. Ich packte ihn am Ärmel und schaute in seine harten, pechschwarzen Augen.

»Was für Bosheiten habt Ihr Euch jetzt für uns ausgedacht, werter Doktor?«

Er hob ungeduldig die Augenbrauen. »Was ist denn, mein lieber Roger?«

»Nennt mich nicht ›lieber Roger‹, verdammt noch mal!« bellte ich. »Doktor Agrippa, man hat mich gefoltert, beschossen, ich wurde seekrank, wäre fast krepiert, und ich mußte mich mit den verkommensten Misthunden herumschlagen, die auf der Erde herumlaufen! Und wofür?« Ich schüttelte Benjamins Hand ab. »Wo stecken der feiste Heinrich und sein großer Lordkanzler? Sind sie jetzt endlich mit uns fertig? Haben sie kein Interesse mehr an uns?«

Benjamin erkannte, worauf ich hinaus wollte.

»Doktor Agrippa«, fragte er, »wo ist Borellis Gemälde?«

Agrippa trat einen Schritt zurück. »Das Gemälde?«

»Ja, wo ist das verdammte Gemälde?« knurrte ich.

»Oh, es gab einen Brand. Ein kleiner Unfall in den Privatgemächern des Königs. Kein großer Schaden, aber leider wurde dadurch dieses Gemälde zerstört.«

Benjamin flüsterte Agrippa etwas ins Ohr. Agrippa warf den Kopf erstaunt zurück.

»Ich glaube, es wäre am besten, wenn Ihr mit mir kommt«, brummte er.

Wir verließen den Palast von Westminster und spazierten eine Zeitlang schweigend durch die Fleet Street. Vor der Schenke zum Goldenen Scheffel blieb Agrippa stehen. Er ging hinein, kam kurz darauf wieder zurück und winkte uns hinein.

Er führte uns nach oben. »Das Essen hier ist vorzüglich«, meinte er. »Feinstes Rind in saftiger Zwiebelsoße. Und es gibt hier einen erlesenen Rotwein. Ich habe eine Kammer für uns gemietet.«

Ich hätte ihm in den Hintern treten können. Außerdem ärgerte es mich, daß Benjamin so verschlossen war.

»Was ist denn los?« zischte ich ihm zu.

»Das kann ich dir nicht sagen, Roger«, gab er flüsternd zurück. »Doch die Zerstörung von Borellis Gemälde hat meine Vermutungen bestätigt.«

In der Kammer ließ es sich aushalten, und das Essen war köstlich. Agrippa spielte immer noch den nonchalanten Höfling. Nachdem der Wirt uns allein gelassen hatte, stand er auf, verriegelte die Tür und stellte sich dann vor uns hin.

»Wie lautet die Antwort von Kardinal Giulio?«

»Rom wird ja sagen«, erwiderte Benjamin.

Agrippa entspannte sich und lächelte.

»Interessiert Euch der Rest nicht?« entfuhr es mir.

Agrippa setzte sich an den Tisch. »Wenn Euch daran liegt, dann erzählt es mir. Wie ich sehe, habt Ihr Master Borelli nicht mitgebracht?«

»Nein, er war leicht unpäßlich«, antwortete ich.

»Er ist tot«, sagte Benjamin. »Und die Albrizzi ebenfalls.«

Agrippa zog die Augenbrauen hoch. »Erzählt weiter!«

Benjamin gab einen zusammenfassenden Bericht unserer abenteuerlichen Reise. Agrippa hörte aufmerksam zu, nickte und flüsterte hin und wieder unverständliche Worte vor sich hin.

»Der König wird sehr zufrieden sein«, rief er, als Benjamin geendet hatte. »Und der Lordkardinal ebenfalls.«

»Was bedeutet diese Botschaft?« fragte ich.

Agrippa zuckte mit den Schultern. »Das weiß ich nicht. Wenn ich es wüßte, würde ich es Euch sagen.«

Benjamin beugte sich nach vorn. »Dann möchte ich es Euch sagen, werter Doktor Agrippa. Im Jahre 1509 lag der Vater unseres Königs im Sterben. Sir Edward Throckle war sein Leibarzt. Nun, im Jahr vor seinem Tod hatte der alte König mit seinem Sohn, unserem jetzigen König, eine ernsthafte Auseinandersetzung gehabt. Nur Gott kennt den Grund dafür. Vielleicht erkannte Heinrich VII., der Herr lasse ihn ruhen in Frieden, welcher mörderische Wahnsinn in der Seele seines Sohnes heranreifte.«

Ich ließ Agrippa nicht aus den Augen.

»Er ist verrückt«, flüsterte ich. »Das wißt Ihr, Agrippa. Er ist der Maulwurf aus der alten Prophezeiung, der Dunkle Prinz, der das Reich in einem Meer von Blut ertränken wird. Habt Ihr das nicht selbst gesagt?«

Die Farbe von Agrippas Augen wechselte, sie wurden steingrau. Er legte einen Finger auf die Lippen und schaute Benjamin verschlagen an.

»Fahrt fort!« befahl er.

»Nun, der alte König hatte auch eine Auseinandersetzung mit seinem sehr ehrgeizigen jungen Bediensteten Thomas Wolsey. Sowohl der Prinz von Wales als auch der junge Wolsey fielen in Ungnade. Der Aufstieg meines Onkels hätte damals schon ein Ende nehmen können. Doch, um die grausame Geschichte ein wenig abzukürzen, der junge Prinz Heinrich, der es seinem Vater verübelte, daß dieser ihn seinen Zorn spüren ließ und der begierig darauf war, sich endlich die Krone aufzusetzen, vergiftete den eigenen Vater. Er benutzte Sir Edward Throckle, um dies zu bewerkstelligen.«

Agrippas Gesicht zeigte keine Regung. Ich muß zugeben, obwohl ich überzeugt war, daß Heinrich der verkommenste Mensch auf der ganzen Welt war, konnte ich doch kaum glauben, was mein Meister da sagte.

»Master, um Himmels willen!«

»Oh, das ist die Wahrheit«, fuhr Benjamin unbekümmert fort. »Der junge Prinz ließ seinem alten Vater, der nicht mehr bei bester Gesundheit war, entweder durch Throckle selbst oder mit dessen tätiger Unterstützung verschiedene giftige Tränke verabreichen. Der alte König starb, und unser Heinrich bestieg den Thron. Throckle zog sich in Ehren auf das Land nach Essex zurück. Nun, ich bin mir nicht ganz sicher, welche Rolle mein Onkel in dieser Angelegenheit spielte, doch ich glaube, er fand heraus, was geschehen war. Erinnerst du dich an die Geschichte von dem Tagebuch, das der alte König führte und das angeblich von einem zahmen Affen zerrissen und aufgefressen wurde?« Benjamin lächelte. »Es war ein Affe auf diesem Gemälde. Erinnerst du dich?«

Ich nickte.

»Nun, vielleicht fand mein Onkel das zerrissene Tagebuch und klebte es wieder zusammen. Wie auch immer, ich bin überzeugt, der alte König, der vereinsamt war und

Angst hatte, schrieb, daß er sich vor seinem Sohn fürchtete. Vielleicht argwöhnte er sogar, daß man ihn vergiften wollte?«

»Hat Throckle deswegen Selbstmord begangen?« wollte ich wissen.

»O ja, du erinnerst dich doch an dieses Einladungsschreiben? Der werte Sir Edward wurde eingeladen, den Hof aufzusuchen und gewisse Kräuter mitzubringen.« Benjamin lächelte schwach. »Ich brauchte einige Zeit, bis ich herausfand, daß es sich dabei nicht um gewöhnliche Kräuter oder Blumen handelte, sondern um Gifte wie Tollkirsche und Fingerhut. Die Blume, die Heinrich auf diesem Gemälde in der Hand hält, ist hochgiftig. Es ist die falsche Nieswurz. Man hält sie oft versehentlich für eine Lilie.« Benjamin berührte meine Hand. »Deshalb schickte ich dich und die arme Maria zu der alten Kräuterfrau im Dorf. Die meisten Giftblumen und Kräuter, die auf diesem Bild zu sehen sind, wachsen sowohl in England wie in Italien.«

»Dann hat Throckle in diesem Einladungsschreiben also zwischen den Zeilen gelesen«, warf ich ein.

»Ja, das hat er getan. Er dachte, er würde an den Hof zitiert werden, um sich für gewisse bisher geheimgehaltene Verbrechen zu verantworten. Also wählte er die römische Art, aus dem Leben scheiden. Er zerstörte alle Beweisstücke, die er besaß, machte sich ein Bad mit heißem Wasser zurecht und schnitt sich die Pulsadern auf.«

»Aber weshalb hätte Euer Onkel Throckle drohen sollen?« fragte Agrippa, den Kopf leicht zur Seite gelegt.

»Oh, er hat nicht Throckle gedroht«, erwiderte Benjamin. »Er drohte vielmehr dem König. Heinrich muß eine Abschrift dieses Briefes in die Hände gefallen sein, und nachdem er vom Tod des Arztes erfahren hatte, muß ihm klargeworden sein, daß auch sein Minister das Geheimnis kannte.«

»Das glaube ich nicht«, unterbrach ich ihn. »Ich glaube, Wolsey war von Anfang an in den Plan eingeweiht, den alten König zu ermorden. Nachdem der König gestorben war, erwähnten die drei Verschwörer nie mehr etwas von Giften. Throckle begab sich in den frühen Ruhestand. Wolseys Stern stieg schnell, und Heinrich war endlich Herr im Haus. Das Ganze ruhte, bis Throckle durchblicken ließ, er beabsichtige, das Land zu verlassen, woraufhin ihm Wolsey die Einladung an den Hof schickte.«

»Du glaubst also, mein Onkel war von Anfang an in die Verschwörung einbezogen?« fragte Benjamin.

»Ja, das glaube ich«, knurrte ich. »Throckle war so lange sicher, bis er darum bat, ins Ausland gehen zu dürfen. Vielleicht dachte er auch dann noch, daß ihm nichts geschehen konnte, daß Wolsey vergessen hätte, was vor sechzehn Jahren passiert war. Die Einladung Eures Onkels, mit der geheimen Botschaft, die darin verborgen war, hat Throckle buchstäblich zu Tode geängstigt.«

»Aber das Gemälde?« warf Agrippa ein. »Was hat das damit zu tun?«

»Ah!« Benjamin schob sein Eßbrett beiseite. »Wir wissen alle drei«, sagte er bedächtig, »daß der König seiner Ehefrau Katharina von Aragon überdrüssig ist. Wir wissen, es wird verschiedentlich gemunkelt, unseren zartbesaiteten König plagten Gewissensbisse, daß er die Witwe seines Bruders geheiratet hat.«

»Aber Katharina war doch eine Jungfrau, als sie Heinrich heiratete«, sagte ich. »Ihre Ehe mit Heinrichs älterem Bruder Arthur wurde nie vollzogen.«

»Das spielt für Heinrich alles keine Rolle. Katharina ist

alt und pummelig. Gott segne sie! Und was noch wichtiger ist, sie hat Heinrich bisher keinen männlichen Nachkommen geschenkt, und auch Heinrich wird allmählich alt. Ich vermute, er begann Wolsey dafür verantwortlich zu machen und nach einem Ausweg zu suchen, und deshalb begann der Stern meines Onkels zu sinken.« Benjamin füllte unsere Becher nach. »Wie kann Heinrich Katharina loswerden?« fragte er.

»Durch Gift«, schlug ich vor. »Diesem vermaledeiten Misthund würde ich alles zutrauen.«

»Katharina hat ihren eigenen Leibarzt«, mischte sich Agrippa ein. »Sie ist eine spanische Prinzessin und Königin von England. Ihr Onkel, der Kaiser, würde nicht sehr erfreut sein.«

»Also«, fragte Benjamin, »was tut man, wenn man unter derartigen Skrupeln leidet wie unser ehrenwerter König?«

»Man versucht, eine Annullierung der Ehe zu erreichen«, antwortete ich. »Durch den Papst. Man läßt die königlichen Anwälte Gründe dafür anführen, daß es keine Ehe ersten Grades war.«

»Aha«, sagte Benjamin. »Doch der gegenwärtige Heilige Vater, Adrian VI., ist ein unbestechlicher und sehr frommer Mann. Er würde ein solches Ansinnen zurückweisen.«

»Ein korrupter Papst aber nicht«, warf ich ein.

»Exakt«, fuhr Benjamin fort. »Letzten Herbst nahm mein Onkel an einer Geheimkonferenz in Boulogne teil, auf der es offensichtlich darum ging, England, die italienischen Republiken und den Kaiser des heiligen Römischen Reiches zu einer Allianz gegen ihren Intimfeind, den König von Frankreich, zusammenzuschweißen. Nun, bei dieser Konferenz trafen sich mein Onkel und Kardinal

Giulio de Medici. Sie werden miteinander geredet und vielleicht auch lange Spaziergänge in der Abenddämmerung unternommen haben. Giulio wird über seine Probleme zu Hause gesprochen haben, über die Feindseligkeit, mit der einflußreiche Familien wie die Albrizzi den Medici begegnen, und natürlich auch darüber, wie sehr ihm daran liegt, Papst zu werden. Und was wird Wolsey geantwortet haben, Roger? Wird er vielleicht davon gesprochen haben, daß er Angst hat, die Kontrolle über den König zu verlieren, und daß Heinrich bestrebt ist, die Ehe annullieren zu lassen?«

»Natürlich!« rief ich. »Und damals haben sie ihre Pläne ausgeheckt.«

»O ja. Kardinal Giulio plant, den gegenwärtigen Heiligen Vater zu ermorden. Adrian wird auf eine geheimnisvolle, unerklärliche Weise sterben. Es wird ein Konklave stattfinden. England wird Giulios Anspruch auf den Papststuhl unterstützen«, sagte Benjamin, während er mit dem Zeigefinger am Rand seines Bechers entlangfuhr, »aber unser guter Kardinal möchte Florenz nicht verlassen, weil er weiß, daß dann gleich Familien wie die Albrizzi Ansprüche auf die Macht anmelden werden. Also schickt er die Albrizzi nach England.« Benjamin nahm einen Schluck. »Nun, vor ihrer Abreise macht Giulio Enrico glauben, daß die Albrizzi hinter der Ermordung seines Vaters und seines Onkels steckten und daß der Smaragd, den Francesco dem englischen König schenken will, der Beweis dafür sei. Er bringt Enrico dazu, seinen Rachefeldzug weit weg von Florenz zu beginnen, damit auf ihn selbst nicht der Schatten eines Verdachts fallen kann.«

»Und das Gemälde?« fragte Agrippa.

»Oh«, erwiderte Benjamin. »Nachdem Giulio in Boulogne seine Geheimnisse vor Wolsey enthüllt hat, verlangt er dafür eine Gegenleistung. Wolsey erzählt ihm von der Ermordung von Heinrich VII. Er bittet Giulio, dafür zu sorgen, daß die Albrizzi ein Bild mitbringen, das eine verborgene Anspielung darauf enthält.«

»Warum?« wollte Agrippa wissen.

»Als unauffälligen Hinweis auf die Übereinkunft zwischen Wolsey und Giulio de Medici. Jeder ist in der Lage, den anderen zu erpressen. Die Albrizzi gaben das Bild in Auftrag, ohne zu wissen, welche Bedeutung es hatte. Damit war die Bühne bereitet. Giulio kannte die Wahrheit über den Tod des alten englischen Königs. Wolsey wußte, daß Giulio nicht nur darauf aus war, die Albrizzi zu vernichten, sondern daß er auch Papst Adrian aus dem Weg räumen will, um sich selber die Papst-Tiara aufzusetzen. Am Ende«, schloß Benjamin, »hatten beide Erfolg. Die Albrizzi sind ausgelöscht, und Enrico ist ebenfalls tot, so daß niemand mehr Anschuldigungen gegen die Medici erheben kann.«

»Das also wollte der Herr der Acht in Erfahrung bringen, stimmt's?« rief ich.

»O ja«, antwortete Benjamin. »Jetzt, da Throckle tot ist, sitzt Wolsey wieder fest im Sattel, weil er Giulio de Medicis festes Versprechen hat, die Ehe des Königs zu annullieren, sobald er Papst geworden ist.« Benjamin seufzte. »Dieser wiederum hat sich die Albrizzi vom Hals geschafft und sich die Unterstützung Englands gesichert. Borelli ist tot – wahrscheinlich hat sich einer der Männer des Kardinals seiner angenommen –, das Bild ist zerstört, und wir, nun ja, wir tanzen weiter über dem Abgrund!«

Agrippa faltete seine Hände auseinander und schüttelte den Kopf.

»Ihr glaubt mir nicht, Doktor Agrippa?«

Der Magier rieb sich das Gesicht.

»Ich hörte gerüchteweise, der alte König hätte sich von seinem Sohn entfremdet«, sagte er. »Er hätte sich gegen Wolsey gewendet. Ich weiß, daß Throckle ständig überwacht wurde. Es stimmt auch, daß Euer Onkel sich in Boulogne mit Giulio de Medici getroffen hat. Der König war unzufrieden mit ihm und möchte Katharina so schnell wie möglich loswerden. Und ganz gewiß ist Kardinal Giulio eine hinterhältige Kreatur. Er haßte die Albrizzi, und er will Papst werden. Ja, ja, das sind alles Stränge ein und desselben Strickes. Aber, sagt mir, welche Rolle hat das Gemälde gespielt?«

»Könnt Ihr Euch daran erinnern?« fragte Benjamin. »Das Original ist zwar zerstört, aber könnt Ihr Euch an die Blumen erinnern?«

»Ja.«

»Nun, genau besehen, handelte es sich bei allen um Giftpflanzen! Und das kleine Bild auf dem Grab? Ein Heiliger in Ritterrüstung. Wir hielten ihn zunächst für den heiligen Georg. In Wirklichkeit war es St. Julian, der Johanniter. Die Legende, die sich um diesen Heiligen rankt, ist kaum bekannt. Julian war ein Soldat, der seine Eltern tötete und den Rest seines Lebens damit verbrachte, dieses schreckliche Verbrechen zu sühnen. Heinrich hat diese Anspielung gewiß verstanden. Ich bin überzeugt, es gab auch noch andere versteckte Hinweise – deshalb wurde das Gemälde vernichtet. Natürlich wurde auch Borelli ermordet, damit er nicht anfangen konnte, über das Werk nachzudenken, das er geschaffen hatte.«

Agrippa kratzte sich am Kinn. »Doch weshalb hat man Heinrich das Gemälde geschickt?«

»Oh, zum einen wollte Wolsey den König an die Verschwörung erinnern. Und zum zweiten wollte Giulio de Medici andeuten, daß er das dunkle Geheimnis des Königs kennt.«

»Warum hätte er das tun sollen?«

»Nun, um eine Garantie zu bekommen. Wolsey, Heinrich und Giulio sind nun alle drei durch ein geheimes Band aneinander gebunden. Die Geheimnisse, die sie teilen, werden dafür sorgen, daß sie ihre wechselseitig gegebenen Versprechen einhalten.«

»Was wird jetzt geschehen?« fragte ich.

»Ah!« Benjamin stand auf und streckte sich. »Ich vermute, daß wir binnen eines Jahres in Rom einen neuen Papst haben werden. Heinrichs Ehe wird annulliert werden, und Kardinal Wolsey wird weiterhin Heinrichs wichtigster und treuester Diener sein.«

Agrippa erhob sich ebenfalls. Er fuhr mit der Hand über die breite Krempe seines Hutes. Sein Gesicht war bleich geworden, und seine Augen hatten die Farbe von Feuerstein angenommen. »Es stimmt, Heinrich ist der Maulwurf, der Dunkle Prinz aus Merlins Prophezeiung. Der König wird sehr zufrieden mit Euch sein. Ihr könnt Euch seines großzügigen Dankes sicher sein, denn er wird denken, daß seine Pläne ihren Lauf nehmen.«

»Ich verstehe aber immer noch nicht«, warf ich ein, »warum Kardinal Giulio und Kardinal Wolsey so eng zusammenarbeiten?«

Agrippa ging zur Tür. »Vor vielen Jahren«, antwortete er, »übertrug Wolsey die Einnahmen des Bistums Worcester an Giulio de Medici.«

Er lächelte, als er die Überraschung in meinem Gesicht sah.

»Ja, Giulio de Medici war eine Zeitlang Bischof von

Worcester.« Er zuckte mit den Schultern. »Er war niemals dort, doch er verfügt weiterhin über die Einnahmen aus einem der reichsten Bistümer Englands. Das Treffen von Boulogne sollte seine Freundschaft mit Wolsey festigen.«

»Es gibt noch einen weiteren Grund, nicht wahr?« fragte Benjamin und schaute Agrippa an. »Und, werter Doktor, ich glaube, Ihr wißt mehr, als Ihr uns sagt!«

»Der Geist des Königs verfinstert sich zusehends«, fuhr Benjamin fort, »und mein Onkel beginnt, ihn zu fürchten. Dem König dieses Bild zu schicken, war ein gewagtes Spiel. Wolsey wollte den König an ein dunkles Geheimnis aus seiner Vergangenheit erinnern, und er wollte den Kardinal von Florenz zum Mitwisser machen. Jetzt sind sie alle aneinander gebunden.« Benjamin spielte mit seinem Becher. »Aber Wolsey verfolgt noch eine weiteres Ziel. Er hat sich gegenüber Heinrich abgesichert. Er hat einer fremden Macht Heinrichs Geheimnis anvertraut. Ich bin überzeugt, Kardinal Giulio hat geheime Anweisungen, diese Information zugunsten von Wolsey einzusetzen, falls dieser in Ungnade fallen sollte.«

Agrippa grinste. »Wir werden sehen. Wir werden sehen.« Und nachdem er sich gekünstelt vor uns verbeugt hatte, öffnete er die Türe und schlüpfte hinaus – bevor ich erkannte, daß der schlaue Fuchs die Rechnung noch gar nicht bezahlt hatte!

Benjamin und ich kehrten auf unser Anwesen in der Nähe von Ipswich zurück. Natürlich schickte uns der ›geliebte Onkel‹ Dankesschreiben und Beutel mit Silber, doch Benjamin blieb seltsam in sich gekehrt. Er stürzte sich auf seine Arbeit, die er für unsere Pächter leistete. Niemals mehr suchte er diese alte Bergfestung auf, die über der Mühle am Fluß steht. Vielleicht weil er fürchtete, traurige Erinnerungen könnten dadurch wieder wachgerufen werden. Ich hingegen stieg hin und wieder hinauf, setzte mich auf den Boden und betrachtete die Stelle, an der wir gegraben hatten. Dort hatte unser großes Florentiner Abenteuer begonnen. Dann schloß ich immer meine Augen und dachte an Maria, die Spaßmacherin, die immer voller Leben gewesen war. Ich blickte um mich, wollte sicher sein, daß ich allein war, und begann zu trauern und zu weinen, wie es nur der gute Shallot kann. Auch heute noch hole ich ab und zu den kleinen Handschuh hervor, den ich mir von Maria vor so vielen Jahren in jenem warmen Garten vor dem Landhaus der Albrizzi als Andenken nahm. Ich halte ihn an meine Wange und rieche das Parfüm. Arme Maria! Armer Shallot! Wer wird dereinst um uns trauern? Oh, ich suchte Vikar Doggerell auf. Ich leerte meine Silberbüchse und bestellte einen speziell behauenen Stein, der vor dem Altar eingelassen werden sollte. Er trug die Inschrift:

FÜR DIE GELIEBTE MARIA,
VOM ZWIEBELESSER.

Dennoch, ein wenig Trost habe ich gefunden. Marias Geist und jener der hingeschlachteten Albrizzi mußten Gott um Vergeltung angefleht haben. Wolsey, Heinrich und Kardinal Giulio setzten ihre Pläne in die Tat um. Ein Jahr später starb Papst Adrian, plötzlich und auf geheimnisvolle Weise. Es fand ein Konklave statt, auf dem Giulio de Medici als Papst Clemens VII. zum Nachfolger gewählt wurde. Was werden sie gelacht haben! Die Mühlen Gottes mahlen zwar recht langsam, aber auch sehr gründlich. Im Jahre 1527, vier Jahre nach der Wahl des neuen Papstes, wurde Rom von den Truppen des deutschen Kaisers Karl V. erobert und geplündert, einem Verwandten von Katharina von Aragon. Papst Clemens geriet in Gefangenschaft, und aus der Annullierung von Heinrichs Ehe wurde nichts. Oh, wie hat unser König getobt! Wie hat Wolsey gezürnt! Und Papst Clemens war vollkommen hilflos! Dann schlug der König zu, schnell und mit schicksalhafter Konsequenz. Wolsey verlor sein Amt, und Heinrich brach mit der Kirche von Rom. Nun aber sind alle schon längst verblichen! Alle diese Menschen sind nur noch Schatten in Shallots Erinnerung. Doch immer wenn das Frühjahr kommt und die Sonne mein Gesicht wärmt, dann denke ich an Florenz, an Benjamin, an Maria und all jene bedauernswerten Geschöpfe, die von blutiger Mörderhand hingeschlachtet wurden.

Nachwort des Autors

Häufig stellen Leser die Frage, inwieweit Shallots Aufzeichnungen mit der Wirklichkeit übereinstimmen. Was soll ich darauf antworten? Nach eigenem Bekunden ist Shallot ein geborener Lügner, ein Geschichtenerzähler. Dennoch enthalten seine Geschichten mehr als nur ein Körnchen Wahrheit. Heinrich VII. starb unter mysteriösen Umständen, seinem Sohn und dem ehrgeizigen jungen Thomas Wolsey entfremdet, und er soll auch ein Tagebuch geführt haben, das von einem gezähmten Affen zerrissen und aufgefressen wurde. Giulio de Medici und Thomas Wolsey waren enge Freunde und unterstützten sich gegenseitig. Heinrich glaubte wirklich, Papst Clemens würde einer schnellen Scheidung von Katharina von Aragon zustimmen. Daß Papst Clemens in die Hände von Karl V. fiel, ist eine historisch belegte Tatsache, ebenso Heinrichs fürchterliche Wut auf Wolsey und das Papsttum. Und schließlich: In einer alten Kirche außerhalb von Ipswich gibt es einen verwitterten Gedenkstein mit der Inschrift: FÜR DIE GELIEBTE MARIA, VOM ZWIEBELESSER. Vielleicht ist Shallot doch nicht der große Lügner, als der er sich ständig darstellt!

Band 13 603

P.C. Doherty

Die Legende vom Teufelskult

Deutsche Erstveröffentlichung

Oxford im 13. Jahrhundert: Studenten verschwinden spurlos aus der Stadt, Einbrecher plündern Häuser und bringen deren Bewohner um, die nicht einmal Gegenwehr leisten. Das finstere Treiben erinnert die Stadtväter an den Teufelskult, der Oxford schon zu Zeiten William des Eroberers in Atem gehalten haben soll.
Sir Godfrey Evesden und sein junger Gehilfe Alexander wollen das Rätsel hinter diesen Anschlägen lösen. Mit Hilfe einer blonden Seherin gehen sie einer Spur nach, die immer deutlicher in das Kloster der Trinitarier führt. Aber jedesmal, wenn die beiden glauben, kurz vor der Lösung des Falls zu stehen, erschüttert ein neuer Anschlag die Stadt . . .

BASTEI LÜBBE

Sie erhalten diesen Band im Buchhandel, bei Ihrem Zeitschriftenhändler sowie im Bahnhofsbuchhandel.